海賊島事件

the man in pirate's island

上遠野浩平

講談社
タイガ

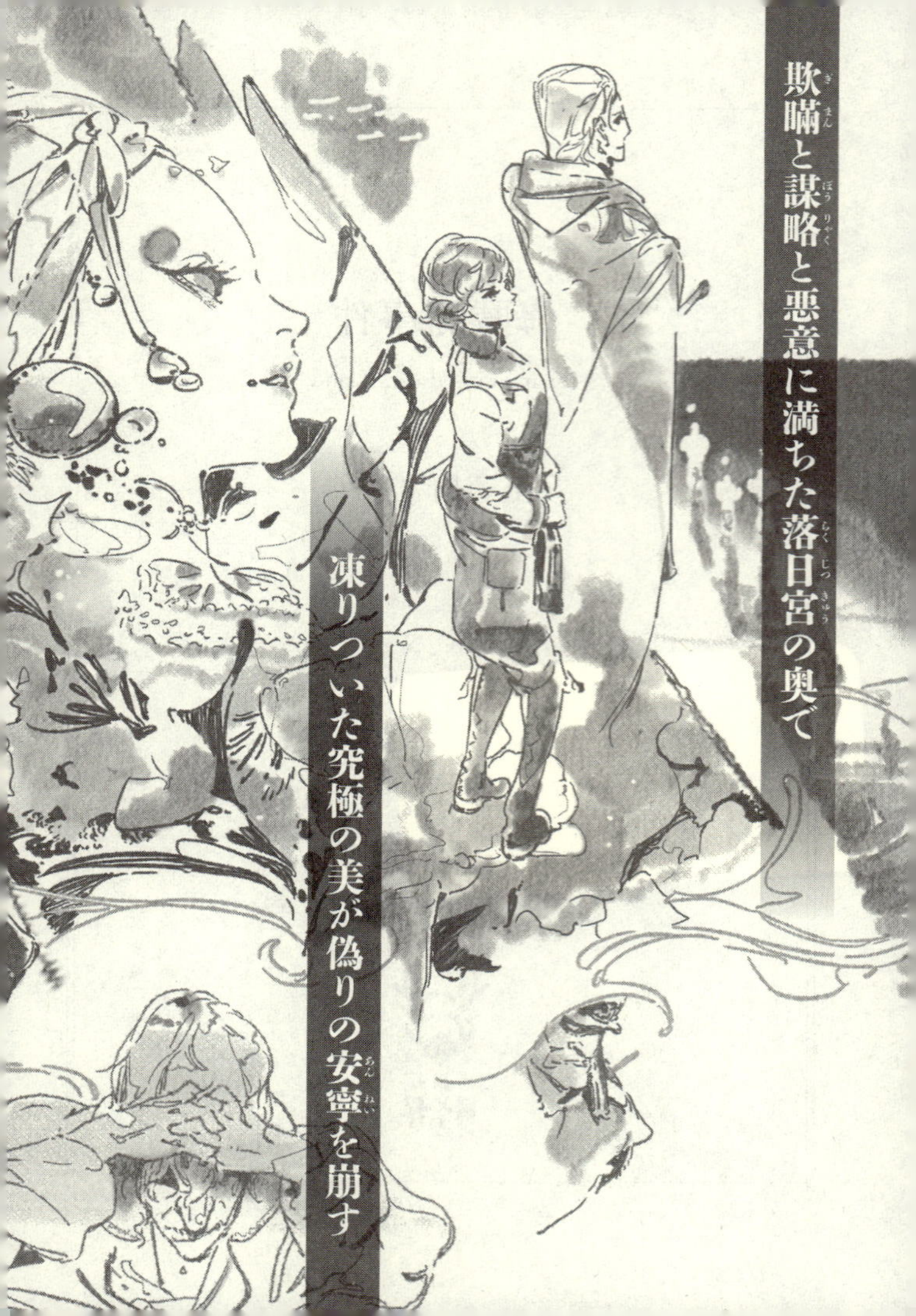
欺瞞《きまん》と謀略《ぼうりゃく》と悪意に満ちた落日宮《らくじつきゅう》の奥で
凍りついた究極の美が偽りの安寧《あんねい》を崩す

傲慢《ごうまん》な敗者の喉に刺さる冤罪《えんざい》を釣り餌《え》に
不世出の海賊が狙《ねら》う歴史を賭けた大博打《おおばくち》

イラスト——鈴木康士
デザイン——坂野公一（welle design）

目次

『人はよく新しいことをしようとしては昔にも前例があるといって嘆く。
だが、すべては過去と同じようで、未来も似たようなもので――
しかし現在と同じものなど二度とこの世には顕れないし、過去に存在したことも
ない』

――〈霧の中のひとつの真実〉より

それは、事件が起きる半世紀前のことである。

*

夜の港は凍るような冷たさの中に静まり返っていた。

「……ん？」

辺境警備官のクノックスは妙な感覚を覚えて周囲を見回した。

彼の乗っている小型哨戒艇《しょうかいてい》は、港湾のほぼ中央に停泊している。夜であるため、他の船は現在、航行していない。

ここモリミナの港は、聖ハローラン公国の西端に位置していて、周辺には特に大きな都市もなく、漁港としても貿易港としてもそれほどのものではない。一般的な国際航路からは外れた場所にあった。

だから港を警備するクノックスの仕事も、いつもならばどちらかというと退屈なものである。だが――

「…………」

彼が押し黙って、暗い海を睨《にら》むように見ていると、横にいた助手が、

「どうかしたんですかい？」

と訊いてきた。この男は現地で雇った漁師くずれの船乗りだ。

「何か嫌な気配がする——」

クノックスは呟《つぶや》いた。

「わたしゃ何も感じませんが」

助手の方は抜けた声で応える。

しかしクノックスは変わらず厳しい顔で周囲を観察する。彼は平和なこの国の人間ではない。国際条約に基づいて設置されている辺境警備隊から派遣されている魔導戦士なのだ。実戦も何度も経験している。

「点火呪符《じゅふ》で、機関に熱を入れろ」

「まだ帰投時刻じゃありませんが」

助手の方は呑気《のんき》なものだ。

「かまわん、すぐに移動する——ことによると、増援を要請した方がいいかも知れない」

「と、言いますと」

「隠蔽《いんぺい》されているようだが……高密度の、戦闘呪文の気配がある——もしかすると、こいつは海賊かも……」

言葉に出して、あらためてクノックスはその意味に我ながら戦慄《せんりつ》する。

海賊といっても、最近のそれは単なる海の強盗団というものではない。数年前の戦争で敗れたラ・シルドス軍の残党が議会の降伏決定を良しとせず、今なお海上で軍事活動を続けているのである。無関係の非武装船舶を襲い、物資を略奪して活動資金としているのだ。装備と態勢は一国の軍とほぼ同じ——辺境警備の一部隊程度ではとても歯が立たない。

「海賊は、こんなしけた港を襲ったりはしませんよ」

助手は相変わらず緊張感がない口調で文句を言う。

「だが、闇商人たちと何らかの取り引きをしに来たのかも知れん。いくら宝を船から奪っても、買う奴がいなければ意味がないからな」

クノックスは言った。

「歴戦の勇者のカンってやつですかい」

助手があきれたような声を出した。そして、ぼそりと呟いた。

「やっぱり——手を回しておいて正解だったな」

「……なんだと?」

クノックスが振り向いたとき、助手はもう携帯攻撃器を彼の方に向けてかまえていた。

(な——!?)

クノックスが反応するより先に、助手になりすましていた男は彼を狙って魔導衝撃波を発射していた。

不意打ちには対する術《すべ》はなく、クノックスは船上から弾き飛ばされた。

——どっ、

と衝撃で心臓が停止するのを感じながら、クノックスは水面に落ちて、そのまま冷たい海中に没していった。

「…………」

辺境警備官が沈んでいくのを確認すると、助手に化けていた男は松明《たいまつ》に明かりをつけて、沖の方に向かって振り回してみせた。

すると、それまでそこには何もいなかったはずの水面に、一隻の船が突如として出現した。

蜃気楼《しんきろう》呪文を転用して、その姿を外から見えないようにされていたのだ。船は哨戒艇の明かりに従って、港の中に音もなく侵入していく。

そして、船が近づいていく港の方には数十名の男たちの集団が待っていた。

その中心にいる初老の男が、横に立つ細身の男に訊《たず》ねかける。

「――ニーソン、本当に抜かりはないんだろうな？」

「手はずは整えてあります」

「儂《わし》に、恥はかかせるなよ」

「すべての条件は検討済みです。我々に負ける要素はありません」

ニーソンと呼ばれた男は落ち着き払った口調で断言した。

「ムガンドゥ様、来ました」

海の方を監視していた者が報告してきた。

「よし——」

初老の男はうなずいた。周囲の人間たちのかしこまった姿勢から見て、この男が一味の長であろう。

インガ・ムガンドゥ——このところ勢力を拡大途中の犯罪組織〈ジェスタルス〉の頭首だった。

その顔面には無数の刺青《いれずみ》がびっしりと彫《ほ》られている。ただの刺青ではない。病気や攻撃などから彼の身を防護する呪文が込められている紋章なのだ。全身の、服の下に隠れているところにもすべてこの紋章が刻まれている。

横に立つニーソンの痩《こ》けた頬にはそういうものは一切ないが、目つきの鋭さは似たような印象がある。

「〝金〟を点検しておけ」

ニーソンは部下に指示を出した。直接の命令はボスのムガンドゥではなく、副長格の彼から皆に下されているようだった。

海賊の船が、夜の港に入ってくる。

桟橋に停まり、錨《いかり》を降ろす。

そして軍服に身を包んで、規律正しい動作で海賊と呼ばれているラ・シルドス軍の兵士たちが次々と上陸してきた。

「よお——」

ムガンドゥは海賊たちに軽く手を上げた。

「約束通りの宝はあるんだろうな？」

「無論だ。そちらも金の用意はできたんだろうな」

士官服を着た船長が訊き返してきた。ムガンドゥはうなずき、ニーソンに向かって顎《あご》をしゃくった。

「はっ」

ニーソンは部下たちに命じて、金貨の詰まった袋を前に出させた。

海賊たちは袋を受け取ると、素早く後方に下がる。

「おい、宝を早く渡せ」

ムガンドゥが声をかけると、海賊の兵士たちが手にしていた武器を一斉に彼らに向けた。

「残念だったな！」

船長が怒鳴ると同時に、海賊たちはムガンドゥ一味を攻撃してきた。

とっさに彼らも逃げている。障害物の陰に飛び込み、海賊の呪槍《じゅそう》から放たれる雷撃や衝撃波をかわした。

しかし攻撃は容赦《ようしゃ》なくさらに加えられる。

「貴様らの金は、我が軍がありがたくいただいてやる！　ラ・シルドスの崇高《すうこう》なる理想の礎《いしずえ》になれることを天に感謝するがいい！」

船長の高笑いが聞こえてきた。

「…………」

ムガンドゥは隣のニーソンに視線を向けた。

ニーソンはうなずいた。

「——問題ありません」

彼がそう呟いたとき、海賊たちの手の内にあった金貨入りの袋に異変が生じた。

もぞり、と蠢《うごめ》いたかと思うと、袋は次の瞬間には膨《ふく》れ上がり、そして破裂した。

「——な!?」

海賊たちが啞然《あぜん》とする間もなく、飛び散った袋の破片は、そのひとつひとつが変形して
——怪鳥になった。

相手の殺意に反応する呪いが、袋それ自体に前もって込められていたのである。

〝グケエエエエエッ——〟

と怪鳥軍団は鬨《とき》の声をあげると、その鋭い嘴《くちばし》と爪で殺戮《さつりく》を開始した。

「わ、わあっ！」

海賊は自分たちのまっただ中に突如出現したこの脅威に対応しきれない。パニックの反撃は同士討ちを招いただけだった。

一分とかからなかった。

呪文がその効力を失い、怪鳥たちが実体を失って空に消えていったときには、海賊たち

の屍《しかばね》が港に、どさりと山積みになっていた。

まったく容赦のない、予定通りの結果であった。

「——終わったぞ」

ニーソンが出てきて、停泊したままの海賊船に向かって声をかけると、船上からいくつか顔が出てきた。

海賊の、その手下として働かされていた者たちだった。強制徴兵でかき集められて、敗戦後も無理矢理に協力させられていた一般市民たちである。

「の、呪いはもう消えているよな？」

彼らの一人がおそるおそる訊いてきたので、ニーソンはうなずいてやった。

「さて、こっちはあんたたちの言うことを聞いてやって、海賊から解放してやるが、もちろんこっちの要求も聞いてくれるよな？」

「あ、ああ——ラ・シルドス船団の隠れ場所と、その防衛態勢なら包み隠さず教えるよ。他の連中だって、ほとんどは俺たちみたいな、軍にはうんざりしている者ばかりなんだ」

「一部の、旧軍士官だけを叩けばいいってことだな？」

ニーソンはまたうなずいた。これは相手に対しての会釈《えしゃく》ではなく、自分の計算を確認した動作だった。

ここでニーソンに続いて、ムガンドゥも海賊船の前にやってきた。

「そうすればこの儂が、奴等の戦力を縄張りごと乗っ取ってしまうのも容易《たやす》いというわけだ」

ムガンドゥはニヤリと笑い、

「まさかこの歳になってから海賊稼業に手を出すことになろうとは、このインガ・ムガンドゥ、思いも寄らなかったぞ」

呵々大笑《かかたいしょう》した。

「…………」

その横ではニーソンが、このボスの様子を静かに見守っている。彼こそ、この十年後にムガンドゥ二世を名乗り組織を支配することになる男だった。

……これが、最大最強の海賊として世界中の領海に縄張りを持ち、やがては無数の貿易会社を従えて表社会にも歴然たる影響力を持つことになる巨大組織〈ソキマ・ジェスタルス〉の出発点だった。

＊

そして、五十年後――。

陽光降りそそぐ港には喧噪《けんそう》が満ちていた。

かつては寂れて、ろくな自治体制もなく辺境警備隊に保護されていたような港は、二十年前に聖ハローラン公国の王都が遷都《せんと》されてきたことによって一変していた。貿易航路そのものが変わり、今やそこはあらゆる国から船が訪れ、あらゆるところに向けて出航していく世界有数の港湾都市に変貌を遂《と》げていた。

「——よーし、よーし、ちょい右！」

今も、桟橋のひとつで軍用貨物船からひとつの荷物が陸揚げされようとしていた。

「よし、停止。そこでいい！　固定器を弛《ゆる》めていけ。いきなり四度にするなよ、二度から三度に慎重《しんちょう》に移していけ」

港に降りている士官が指示を出し、厳重に梱包されているその荷物は、船の上から吊されて、ゆっくりと下に降ろされていく。

貨物としては小さいが、人間と比べれば遥《はる》かに大きい。成人男子の身長の倍ほどの高さに、その三分の二ほどの幅を持つ円柱のようなものに防護布の覆いが被《かぶ》せられている。

「…………」

この貨物をここまで運んできたダイキ帝国の官吏《かんり》たちは、恐ろしいものでも見るような眼をしている。

ぶるぶる、と小さく身震いしている者までいる。

「……ふう」

この作業の責任者らしい男がため息をついた。

彼らはこの王都の港に来るに当たって、帝国政府から特殊な任務を与えられていた。

〝この貨物を聖ハローラン公国の港までは運ぶが、そこで引き取りに来た者に渡さずにそのまま本国に持ち帰ってこい〟

命令書にはそんなことは一行も書かれていないが、この密命は今、世界中で大騒ぎになっている事件の行く末に大きく影響しているのだ。

(だが、どうやって品物を引き渡せないと言い張るべきか——やはり、あれしかないか)

と責任者の男が考えたとき、彼らの背後から近づいてくる者たちがいた。

三人いる。騎士が二人に、若い女性が一人だ。

その少女と言ってもいい可愛らしい女性を見て、官吏たちは顔色を変えた。

それは、この地で最も有名な女性であり、世界中でその名を知らぬ者はいない。

こんな貨物の引き取り作業になど、いちいちやってきたりすることなどない立場の人間のはずなのだ。だが……

「搬送、手間を掛けさせたな」

と彼女は、両側をしっかりと騎士に守らせながら優雅な動作で彼らに手を振ってきた。

「……あ、あの……？」

責任者の男はすっかり動揺していた。こんな事態は予測していなかった。貨物を引き取りに来るのは自分たち同様の、ただの官吏だとばかり思っていたのだ。

「ふふっ」

彼女は微笑《ほほえ》みを向けてきた。びっくりした。こんなにも美しく、高雅な雰囲気を放つ人間を彼らはそれまで見たことがなかった。彼らの母国、ダイキ帝国の貴族はこんなほっそりとした風ではなく、なんというかもっと丸々と太っている者ばかりなのだった。

「引き取りには、身分証の提示が必要かな？」

彼女はからかうような口調である。彼らは一斉におどおどしてしまう。

「妾《わらわ》は――まあ、本名は我ながらうんざりしてしまうほど長くてくどいので、通称で名乗ろう」

彼女は彼らを見回して、うなずいてみせる。

「月紫姫《つくしひめ》じゃ。そなたらの中にも聞き覚えのある者もいるのではないかな」

全員が同時に、

「そ、それはもう！　御尊名は存じ上げております！」

「まあ、規則だろうから提示はする」

月紫姫はそう言って、自らの指に嵌《は》めている指輪をかざして見せた。聖ハローラン公国に代々伝わる天雷神の指輪だった。どんな書類よりも、それは確実な身元を保証していた。

「い、いえそんな――もったいないことです」

責任者の男は顔を赤くしたり青くしたりしている。

月紫姫はただのお姫さまではない――現在、この公国の摂政《せっしょう》であり、公王の白鷺真君《しらさぎしんくん》に代わって国政を事実上管理している最高指導者なのである。

「な、何故に姫君自《みずか》ら、こんな——？」

責任者の男は動揺の極《きわ》みにあった。

「なに、今夜から明日に掛けて、この港で通商会談が三つほどあってな。ちょうどいいので妾が来ることにした。他に人手を割《さ》くのも馬鹿らしいのでな——身内のことで」

彼女は視線を貨物の方に移す。

「で——その防護布に覆われているのが例のものか」

月紫姫の美しく透《す》き通ったその眼にかすかな翳《かげ》りが落ちる。

「夜壬琥《やみこ》姫——よもやこのような帰国になろうとはな」

「そ、それがですね——姫君」

責任者の男は密命のことをなんとか切り出そうとした。

「こ、このものは我が帝国の同盟国であるモニー・ムリラに長期滞在していた際に、正式な入国手続きを経《へ》ていません——密入国者扱いにせざるを得ず、引き渡しには一定の期間の審査が——」

「ああ、それは知っている」

月紫姫はあっさりと首肯《しゅこう》した。

「だから、これは身内のことだ——妾が、自分の従姉妹《いとこ》の代理として、そちらの審査とやらに出頭してもよい。そのつもりで自ら来たのだ」

「そ、そんな――」

動揺する男にかまわず、月紫姫が一歩、貨物の方に足を踏み出したそのときであった。

「――ん？」

港の地面が一瞬、ばちっ、と音を立てたかと思うと、そこからにょきっ、と異様なものが生えてきた。

鳥の、首――

それも恐ろしく鋭い嘴をぎらつかせた戦闘用怪鳥だった。

「な――」

責任者の男が驚く間もなく、怪鳥は地面からそのまま空中へ飛びだした。

〝グケエエエエッ！〟

凄まじい速さで旋回してきて、月紫姫の方に迫って――そして、
ばしっ、
と弾き返された。

姫の少し前で、見えない壁に激突したかのようだった。

同時に、姫の横にいた二人の騎士が一瞬にして怪鳥に迫り、その剣が一閃《いっせん》した。

怪鳥は微塵《みじん》に斬り刻まれ、そして空中に消滅していく。魔法呪文で合成された魔獣の一種だったのだ。

「――」

月紫姫は顔色ひとつ変えていない。ずっと平静なままだった。

「仕掛けられたのはいつ頃じゃ？」

騎士に淡々とした口調で問う。

「古いもののようです。半世紀は経《た》っています」

剣で斬ったときに、感触から騎士たちにはもう怪鳥の呪文の質は解析済みだ。

「以前に、この地でおこなわれた闘争の痕跡でありましょう。眠っていたそれが姫の御服の防御呪文に反応して甦《よみがえ》ったものと思われます」

「やれやれ——またか。今月に入って二回目じゃな。この世に人が殺し合いをしていない土地はないものか」

月紫姫は空を振り仰いで嘆息した。

「…………」

茫然《ぼうぜん》としていた官吏たちは、ここでやっと自分たちが包囲されていることに気がつく。二人の騎士だけでなく、周囲にはいつのまにか装甲騎兵たちが出現していて、ずらりと姫の四方を固めていたのだ。今まで隠蔽呪文で姿を隠していたらしい。

（い、一国の最高指導者がわずかな警護だけで動くはずがないと思ってはいたが……）

責任者の男は、騎兵たちの攻撃の矛先《ほこさき》が自分たちに向いているのをひしひしと感じていた。いつ集中砲火を受けてもおかしくない。

（……無理だ）

密命など、どう考えても遂行《すいこう》不能だった。書類手続きの不備などでごねられる問題ではない。これはもう、戦争の一歩手前の状況なのだ。

（もう、我々ではあれを確保などできるはずがない――）

今の騒ぎで、貨物を覆っていた布が外れてしまっていた。

そこにあるのは異様なものだった。

人の倍以上の大きさがあるクリスタル結晶の塊《かたまり》がごろりと転がっていた。

特に彫刻は施《ほどこ》されておらず、それだけならば高価ではあっても、掘り出されたばかりの大理石と同様に素材としての価値しかないものだ。しかも中に大きな不純物が混入していて曇《くも》りも見られるので、市場に出れば水晶体としては二級品扱いかも知れない。

だが――これの価値を決めるのはその容積のほとんどを占める水晶ではない。その結晶中の不純物にこそあるのだった。

伏し目がちの、憂いを含んだ眼差しを形作る長い睫毛《まつげ》が印象的な瞼《まぶた》は二度と閉じることも開くこともなく、微笑んでいるのか吐息《といき》をついているのか、唇は微妙な形に半開きになったまま、永遠に固定されていた。

あらゆることを見透かしているようでいて、何処《どこ》にも視線を向けていないような、謎めいた眼の光もそのままに、結晶の中にこの世の終わりの日まで閉じこめられ、なにものにも動じることなく静止し続ける――それは喩《たと》えようもなく美しい、一人の女性だった。

夜壬琥姫。

その名で呼ばれていた彼女はもちろん、完全に息絶えていた。

＊

深夜になり、月紫姫はひとり水晶体が運び込まれた宝物庫《ほうもつこ》にやってきた。

建物周囲には警備ががっちりと固められているが、中にいるのは彼女一人だ。

「…………」

薄暗くだだっ広い庫内に、明かりに照らし出された水晶体がぼうっと浮かび上がって見える。

庫内には他にも、公国が所蔵している財宝が数多く保管されている。水晶体よりも大きな彫刻もあれば、もっと光り輝いている宝石もある。もはや製法のわからない奇蹟のように微細な装飾のされた優美な壺も、天才画家が魂《たましい》を込めて描いた絵画も、すべてが超一流、すべてが世にふたつとない宝物ばかりだ。

（だが――）

と、月紫姫は水晶体を前にして思う。

（その、宝物庫一杯のすべての財宝を足しても、おそらくこの夜壬琥姫ひとりの価値の半分にも満たないことであろう――）

それほどまでに、それは美しかった。

もともと美形の女性ではあったが、今や生前の彼女など及びもつかないほどに、その結晶に封じられた死体は特別な存在に変わってしまっていた。

世界一の秘宝――。

そんな身も蓋《ふた》もない形容が、人がそれに対して使いうる最も適切な表現かも知れなかった。

「皮肉なものだな――夜壬琥姫よ。そなたはあれほどまでに己《おのれ》の美に固執《こしつ》していたというのに、その最大の達成を自身の眼で確かめることは、永遠に叶《かな》わなかったな――」

姫がぽつりと呟いた、そのときのことである。

ふわふわ、と彼女の目の前に一枚の布が落ちてきた。綺麗な刺繍《ししゅう》のされたスカーフだった。

反射的に目で追う。床に落ちるのを確認したその瞬間、横から声を掛けられた。

「それはプレゼントよ。こないだ弟さんの誕生日だったでしょう?」

可愛らしい声だった。月紫姫がそっちの方に顔を向けると、夜壬琥姫の水晶体の上に、ひとつの人影が腰を下ろしていた。

少女だった。

しかし幼い顔立ちとは裏腹に、どこか豹に似た引き締まった精悍《せいかん》なイメージのある、切れ味鋭く小回りの利《き》く短剣のような少女だった。

「や、ひさしぶりね?」

女盗賊ウージィ・シャオは屈託《くったく》のない笑顔で挨拶《あいさつ》してきた。

（――――）

月紫姫はこの少女の突然の出現にも驚かなかった。ただ、ここの周囲は装甲騎兵たちが完全に警備し、あらゆる鍵には侵入者を殺すための仕掛けがされているはずだということを少し思い出しただけだ。かなりの金が掛かっているだろうに、役に立たない出費は切りつめねばならないなと考えたのである。

彼女は、ふう、とため息をつくと少女に向かって、

「相変わらずじゃの。どこにでも遠慮なく現れる奴よの」

と笑顔を返した。

「この宝を盗みに来たのか？　ものは相談だが、保険を掛けてからにしてもらいたいものだな」

「どうしようかしら？」

シャオは悪戯《いらずら》っぽい表情になった。しかしすぐにくすくすと笑う。

「いやいや、冗談よ冗談。予告もなしに、持ち主のはっきりしてる財宝を盗んだりしたら我が一族の流儀に反するもんね。それに――」

シャオは目を落とし、自分が座っている水晶体を見た。

「なんか、こいつには忌《い》まわしい感じがする――近寄らない方がいいって気がすんのよ」

「忌まわしい、か」

月紫姫は首をかるく左右に振った。そして呟く。

「それはこれが〝殺人事件の被害者〟だからか？　しかも――」

彼女の顔にはやや苦悩が浮いていた。

「完全防御がされた密室で殺されたという、ひどくタチの悪い事件だ。〝犯人〟も捕まっていないし」

「ああ、そうそう。それよ、それ」

シャオがぴっ、と指を立てた。

「そのことで、あんたに教えてやろうと思ってね。それで来たのよ」

「教える？　なにをだ。まさか――」

月紫姫の顔から苦悩が消えて、驚きが表に出た。

「〝犯人〟の逃げた場所か？」

この問いに、シャオは立てた指先をちっちっ、と振ってみせた。

「サハレーン・スキラスタスは正確にはまだ、ただの最有力容疑者ってだけよ、一応」

「奴は今、どこにいるのじゃ？」

これは今、世界中でもっとも緊迫した状況を左右する質問であった。西の大陸の中でも最大の国土を誇るダイキ帝国が、この問いの答えを知るために全世界に協力を呼びかけているのである。

だがこの盗賊少女は、そんな事態の重さなどまるで意に介さずにあっさりと、

「ソキマ・ジェスタルス――ああ、組織名じゃなく地名の方ね、これは」

と、簡単に答えてしまった。

その名称に月紫姫は眉《まゆ》をひそめる。

「それは例の、あの海賊島とやらか？　あの謎の人物インガ・ムガンドゥ三世が支配しているという――」

「そして、国際条約で定められた治外法権の地でもある」

シャオは付け足したが、そんなことは誰でも知っていることだった。月紫姫は「ふうむ」と小さく唸って、

「確か〝賭場《とば》として、いかなる咎人《とがびと》も平等に受け入れる――賭けに参加できる金がある限り〟とかいう謳《うた》い文句で有名だったな」

と呟いた。

「そう――だから今回も最有力容疑者を手中に収めながら、まだどこにも突きだしていないわ」

「……なるほど。そのことを、奴を血眼《ちまなこ》になって探しているダイキ帝国軍が知ったら、大事になるな」

「この一連の件に絡んでいるどの国が先に知るか――割とそれって重要じゃない？」

「どこの国が奴の身柄を押さえるにせよ、ダイキ帝国と大きな関係をつくれるのは確かじゃな」

「そういうこと——で、まあ、そういう情報を手に入れたんで、一応あんたに教えとくことにしたのよ」

「何故じゃ？　おぬしらウージィ一族は七海《しちかい》連合と密約を結んでいるのではなかったか」

「ああ、まあ、そういうことにはなってるけどね——」

シャオはニヤリとした。

「ま、そんなにべったりって訳でもないのよ。あんまりこっちがどういうときに動いてるのか、知られるとまずいこともあんのよ。それに何と言っても、あんたは親友だからさ、ねえ摂政殿？」

「おぬしにそう呼ばれると、なにやら背中がこそばゆくなるな。のう大盗賊」

二人はけらけらと笑った。

「——ま、マジな話、あんたの国《トコ》はダイキとそんなに深い関係ないでしょ？　抜け駆けしようって連中に対しての牽制《けんせい》にもなるからね」

シャオは真顔で言った。

「妾が、その情報をどう使うか、それは任せるというのか？」

「そうそう、別に私の謀略にあんたを利用しようなんて思ってないわ。ていうか、むしろ私としてはこういうデカい情報《ネタ》って使い道なくて困るのよ。だから処分をあんたに頼んでるって感じかしらね」

「ふん——よく言う」

月紫姫は苦笑した。しかしすぐに、

「それで？　この情報はいつ頃になったら他の者たちも知ることになるのじゃ？」

「そうねえ、各国の諜報部《ちょうほうぶ》も馬鹿じゃないからね。まあ明日の朝には世界中のみんなが知ってるんじゃないかしら？」

「猶予《ゆうよ》はあまりないいな——確かに使えない情報じゃな。しかし——まあ、心当たりがないでもない」

「さすが名君」

ぱちぱち、とシャオは拍手した。

「それで？　おぬしはこの情報を妾にいくらで売るつもりじゃ？」

「そうねえ——秘密をひとつ共有、ってことで」

「妾とおぬしで、か——まあ、将来的に高く付きそうじゃが、良しとするか。いざとなったらおぬしの、あの恥ずかしい過去を世界中に触れ回ればよいしな」

「あーっ、そういうこと言う？　だったら私も、塔の中の姫君の、誰も知らない例の趣味を——」

うっ、と月紫姫は顔を赤くした。

「それだけは勘弁してくれ。これでもそれなりに責任というものがある身なのでな」

くすくす、とシャオは笑い、

「まあ、しっかりやんなさいよ。あんたならやれるわよ」

と親しみと誠実さのこもった口調で言った。

二人の少女は、大盗賊と国家宰相という非常識な立場にいる者たちだったが、このときの二人の様子は、その辺の通りで仲良くお喋りしている普通の少女たちとなんら変わるところがなかった。

「礼は言っておこう。なにかあったら遠慮《えんりょ》なく言うがよい。もっとも――」

月紫姫はニヤリとした。

「おぬしがこれまでの人生で、遠慮というものを一度でもしたことがあるかどうか疑問だがな」

きゃはははは、とシャオはそっくり返って笑い、

「わかってるじゃない！　ま、なんかあったらよろしくね」

と言うなり、ひらり、と手のひらを空中で振った。するとさっきの刺繡入りのスカーフが、床の上からふわっと浮き上がって、また宙に舞った。

月紫姫がスカーフに目をやり、そして戻したときにはもう、そこに盗賊少女の姿はなかった。忽然《こつぜん》と消えていた。

「やれやれ――せわしない奴だ。お茶の一杯でも付き合えばよいものを」

月紫姫は目の前を舞っているスカーフを摑むと、すいっ、と胸のポケットに差し込んだ。

そしてぱん、と両手を大きな音を立てて打ち鳴らした。

その途端に宝物庫の扉が開いて、側《そば》に控えていた警護役の騎士が入ってきた。

「殿下、なにか?」

「ちと、急を要することができた——今すぐに、七海連合に、極秘裏に連絡を取れるか?」

「は? ——はい、それはいつでも伝達呪文を発動させることはできますが」

「それは七海連合の枢要部《すうようぶ》にだろうな。他の所に漏《も》れるようなことは許されぬぞ」

「はい、それは問題ないでしょう——しかし、七海連合と何を?」

「なに——あそこには少し〝借り〟があったからな、ここらで逆に作ってやろうと思ってのう……どこよりも早くこの我が国が情報を教えてやるという〝貸し〟をな」

月紫姫はにやりとしてみせた。

「七海連合の、風の騎士に連絡を——いや、それよりも」

彼女はかるく頭を振った。

「何と言ったかの……仮面ばかり印象に残っていて名を失念した。ええと——ああ、そうじゃ、確か——エドワース・シーズワークス・マークウィッスルとか言ったな。彼奴《きゃつ》を呼び出してくれ。おそらく、かように複雑な事情が絡み合い、かつ奇怪千万なる事件を平穏無事に解決できるのは、世界広しといえどもあの男しかおるまい。そうじゃ——」

うむ、と姫は自らに対してうなずいてみせた。

「戦地調停士ED《エド》に、この事件の手掛かりを教えてやるとしよう——」

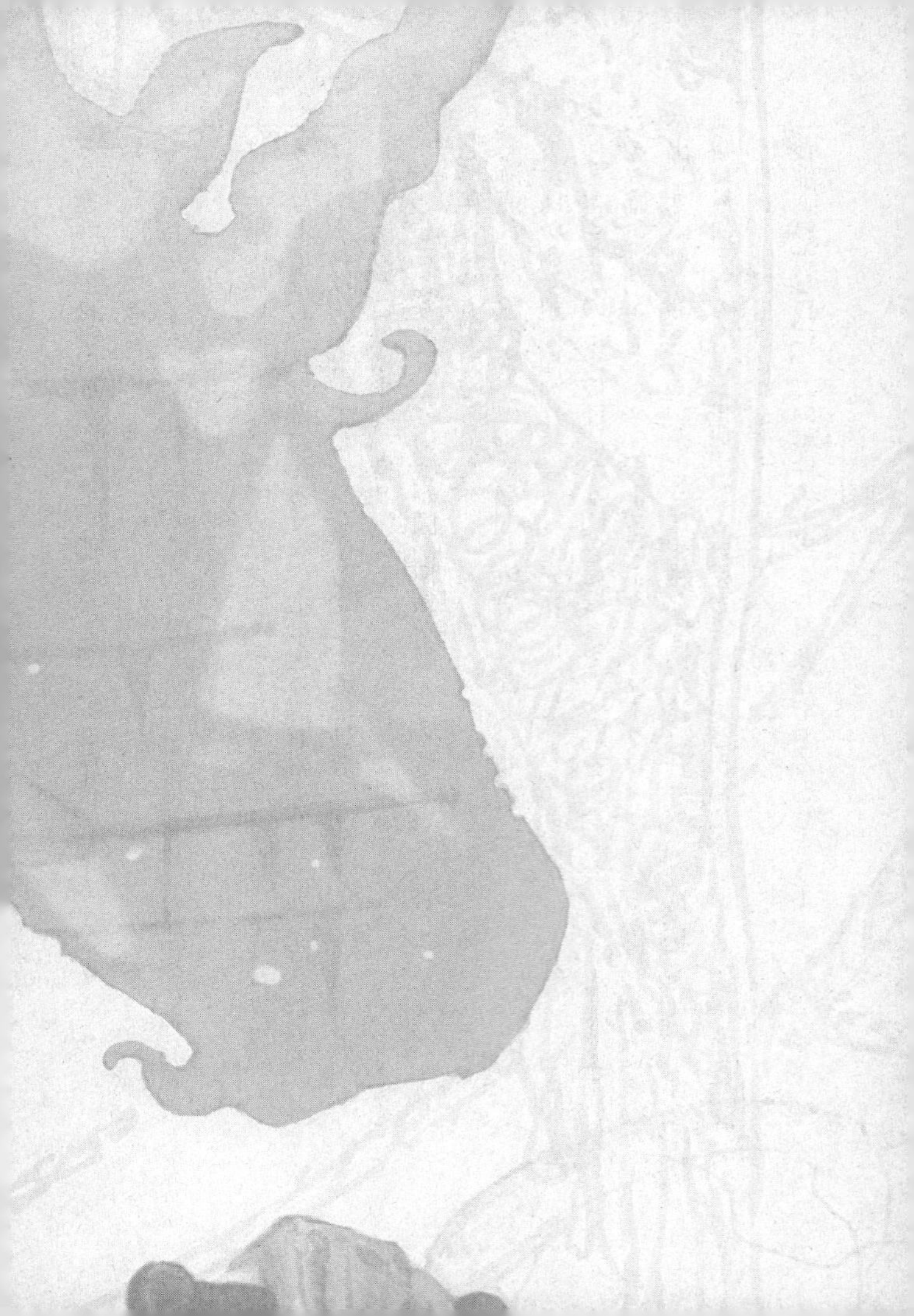

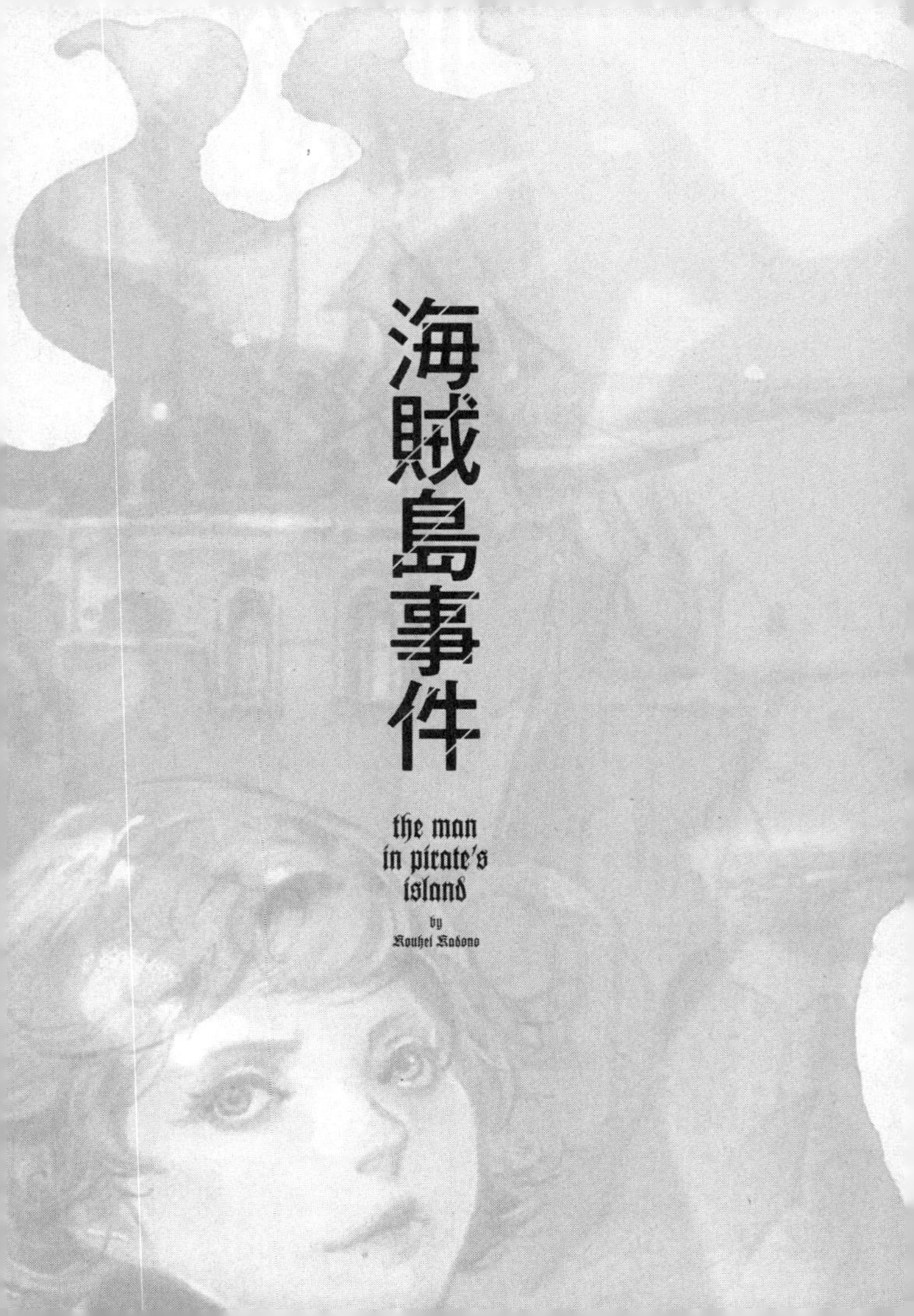

海賊島事件

the man in pirate's island

by
Kouhei Kadono

第一章　殺人

the man
in pirate's
island

「裏切りというものは許していいことだと思うか？」

父はまだ幼い息子に奇妙なことを言った。

息子は首を横に振った。裏切るのは悪いことだ、とたどたどしい口調で言った。

これに父はかすかな微笑をみせた。それは口元は笑っているのだが、眼は全然楽しくなさそうな、そういう笑いだった。そしてさらに訊いてきた。

「そもそも裏切るということは、どういうことだと思う」

約束を破ること、誓いを守らないこと——息子はそう答えた。

「なるほど——では約束というのはどういうときにするものだと思う」

父のさらなる問いに、息子はちょっと戸惑ったが、すぐに、これからやることを先に言うことだと答えた。

「だが、この先に起こることを完全に予想することはできまい。〝たぶんできる〟〝きっとやれるはず〟そういう願望でしかない。たとえば喧嘩《けんか》をするとして、いつでも勝てる勝負しかしていないつもりでも、喧嘩をするということ、それ自体にもう負ける可能性が秘められている。その場合いくら〝負けない〟と約束したとしても、いつか必ず負けてしまうことがある。未来を考えに入れるというのはそういうことだ。あれも勝てるこれも勝てると約束してみせることではない——勝ってばかりはいられないから、負けることが必要なのだ」

父は静かな口調で、しかし反論を許さない力の込められた声で淡々と喋る。

「そう——裏切られることもまたしかり。問題はどこで裏切られるか、どの誓いは守れないか、それを前もって考えておくことだ。そうすれば動揺せずにすむ」

それは友人に裏切られても困らなくなるということか、と息子は訊ね返した。これに父親は寂しげに首を横に振った。

「それは二の次だ。一番重要なことは別にある」

それはなにか、という質問に父は答えた。

「自分が、自分を裏切ってしまってもそれを受けとめられるようになることだ」

息子はこの言葉を、ずっと忘れなかった。父が死んだその後になっても——ずっと。

1.

事件が起こった〈落日宮《らくじつきゅう》〉という古城を利用して作られた集会場《サロン》は、モニー・ムリラという辺境に近い小さな国にある。

基本は高級レストランで、それに宿泊施設がついている。無論、様々な遊興設備も完備されていて、近隣地域でも最大の規模を誇っている。

しかも、ここはただのサロンではない。世界中の国から、そこに集まってくるのは各国の貴族とか大臣、政府高官といったお偉方ばかりだ。しかも、誰もが非公式でやってくる。国際社会の、裏情報を取り引きするために。そう〈落日宮〉とは実は闇情報の大市場に他ならないのだ。

国土は街ひとつ分ぐらいの広さしかないモニー・ムリラが独立を保っているのは、この土地が魔女帝リ・カーズの死後、混乱しきった世界を救った英雄モニー・ニーの生地という歴史的な意味のおかげである。どこの国も、この小さくてそれほど価値のない、しかも征服したりすれば周囲の国々の猛反発を受けることが必至《ひっし》の地を侵そうとはしなかったが故《ゆえ》の、ささやかな自立だ。

その自立性が、いつのまにか〈落日宮〉のような特殊な場所を生み出すことになったのだが——その特殊性ゆえにここにはそれぞれの国で居づらくなって、亡命とまではいかないが、帰国することもおそらく一生できないだろう者たちもかなりいる。貴族であってももはやその地位には具体性のない、残る人生を優雅に、しかし心からホッとすることもなく、このサロンで過ごしていくだけの金持ちたちだ。そう——夜壬琥姫もまた、そういう人種の一人だった。

*

　これはまったくの私見なのだが、世の中の事柄というのは大別すると七つの概念に分類できると思う。それはすなわち、甘いか、しょっぱいか、酸っぱいか、苦いか、渋いか、辛いか――そういう印象で分けることができると、わたしは考えている。

　そう、要するにこれは味覚を、その他のことにまで広げてみるという感覚なのだが、これがなかなか面白い。甘い印象の人としょっぱい印象の人は相性が悪いようで、実は〝甘辛〟というどちらにもバランスの良い味がある。酸っぱさと甘さというのも、うまく配分すれば暑いときに食べるものとしてとてもいい感じになる。そう考えていくと、この世のすべてを〝味わい〟というもので割り切ることが、わたしにとってはとても自然な感覚になっているのだ。

　そして、味わいには味覚だけでなく、皮膚《ひふ》感覚というのも重要な要素である。そう、熱いか冷たいか、それは味わいにとって大きな意味を持っている。まず冷たかったり熱かったりすると、味を感じるのが遅くなってしまうものだ。

　彼女の印象は正にそんな感じだった――熱かったのか冷たかったのか、今になってもわからないが、味を感じる前にわたしはただ、衝撃を受けていたのだ。

「――あなた、珍しいわね」

彼女は開口一番にそう言った。

「は?」

わたしはきょとんとした。それはそうだろう。平民のわたしが、王侯貴族の美女に声を掛けられることなどそれまでの人生で経験したことのない出来事だ。

そこは〈落日宮〉の三つある庭園のひとつで、花もそれほどなく、一番奥にあるためあまり人が来ない所だった。

だからこそわたしは孤独と落ち着きを求めて、しばしば足を運んでいたのだが、そこで話しかけられるというのはかなり意表を突かれることだった。

しかし彼女はそんなわたしの様子におかまいなしに、

「あなたは何をしにここにいらしたのかしら?」

と訊ねてきた。

「は?　いや、深い意味はありませんが。ただの散歩です」

わたしは茫然としつつも返事した。

「ああ——そうではなくて」

夜壬琥姫は首を左右に振って、

「この〈落日宮〉に何をしにいらしたのか、と訊いたのです。あなたのようなすっきりとした方が来るような所ではありませんでしょう?　ここは」

と変わったことを言った。

「すっきり――していますか？」

わたしは自分の身体を見た。わたしは背もそれほど高くなく、お腹の周りに肉もかなり付いている冴《さ》えない中年男である。丸い顔立ちに眼は糸のように細く、よく「あんたは夜寝るときに、それ以上どうやって眼を閉じるんだい」とからかわれるほどだ。見栄えがいいとはお世辞にも言い難い。すっきりとはどういう意味だろう。

「ええ――とても。すっきりしていること、それは美徳です」

彼女はくすくすと笑った。馬鹿にされているのかなとも疑ったが、それならそれでもいいかと思った。なにしろ有名な美女と会話する機会などそうあるものではない。それに、その彼女の表情と声の印象は悪くなかった。甘くて、少しほろ苦いというわたしの好みの範疇《はんちゅう》にあったのだ。

「お名前をうかがってもよろしいかしら？」

「カシアス・モローといいます。あなたに名乗ることができるとは光栄です、夜壬琥姫」

「私のことはご存じのようですね」

「ええ、まあ――」

「有名ですものね、私は」

「いや、それは――それだけお美しいのですから」

「そうではないでしょう？　あなたも私の噂《うわさ》話を聞いたことがあるはずです」

そう、それは〈落日宮〉に滞在する者は誰でも知っている話だった。

夜壬琥姫はずっと誰かを待っている。

少なくとも自分ではそう言い張っている。それが恋人なのか、それとも支援者なのか、誰も知らない。しかし彼女がこの〈落日宮〉に来てから三年が経過しているが、そのような者が現れたという話はないという。

妄想——誰もがそれを疑っている。そして同時に、それは彼女の演技ではないかとも思われている。だがなんのためにそんな演技をしなくてはならないのか、それを説明できる者もいないのだった。

「…………」

「ふふっ」

わたしが黙ってしまったのを見て、彼女はまた微笑む。

「あなたも、私と同じかしら？　誰かを待っている？」

わたしは少なからず驚いた。その通りだったからだ。

「ええ——そうです。わたしも人を待っています。そのためにここに来たんです」

「そうだろうと思いました。どのような約束ですか？」

「面接を受けるためにです。まもなく、ここにわたしを審査してくれる人がやってくることになっていまして」

「なんの面接かしら？」

「仕事の採用試験ですよ。わたしは今、無職でして」

「あらあら、どんなお仕事かしら?」

「昔は料理人をしていましたが――そのうちに他の料理人に材料を調達する貿易商になりまして、そうこうしているうちに声を掛けられたんですよ、その――」

わたしは少し言い淀《よど》んだ。その組織は、人によってはとても毛嫌いしているものであったからだ。特に貴族には不埒《ふらち》な連中と軽蔑《けいべつ》している者が多い。しかしわたしは素直に言った。

「――〝七海連合〟に」

「まあ!」

彼女は眼を丸くした。

「あの、国土のない帝国に招聘《しょうへい》されているのですか? わざわざこんな所に呼び出されるということは当然、幹部待遇としてでしょうね。それはすごい――」

彼女は素直に感心してくれたようだ。酸味のきいた果実のような言い方であった。

「採用されるかどうか、まだわかりませんよ」

わたしはやや照れてみせながら、首を振った。

今、彼女が言ったように〝国土のない帝国〟とも呼ばれている七海連合とは全世界に影響力を持つ巨大な通商連合である。もともとは災害からお互いを保護する目的で商人たちが結んだ互助機構だったが、今ではそれ自体が大きな力を持っていて、国際会議などをいくつも主催したり、戦争の講和条約を締結させたりしている。

「あなたの待ち人はいつ来るのかしら？」

「一週間後ということです。わたしもこんなに早く来る必要はなかったのですが、身辺を片づけてしまいましたのでね——どうせ待つなら、ここに逗留《とうりゅう》するのも悪くないと考えたのです。しばらく休暇も取っていませんでしたので、いい機会だと思いまして」

「それはよろしいことですね。私の待ち人も、いずれ来るでしょう——」

と彼女が微笑みながら言った、そのときである。

「おお、夜壬琥姫、あなたはまだ決して来ることのない幻影を待っていらっしゃるのですか？」

という男の声が我々の背後から響いてきた。

振り向くとそこには一人の若い男が立っていた。その男もわたしは知っていた。彼は夜壬琥姫に負けず劣らず、ここでは有名人だったからだ。

その男——サハレーン・スキラスタスは、要するにわたしと反対の男だった。

背は高く、身体は引き締まっている。大きな眼に彫りの深い顔立ち、女性にとっては憧《あこが》れをかきたてられるハンサムと言えた。しかもこの男は、才能豊かな芸術家でもあるのだった。天は二物も三物も彼に与えたようだ。ただひとつ——遠慮というものを除いては。

「断言しますが、あなたのその不実極まる待ち人とやらは永遠にこの地に姿を現すことはありますまい！」

彼は歌劇の歌手のようなよく通る声で、なんのためらいもなく言った。

「ただひたすらに待つ――あなたのような輝きを持っている方に、そのような後ろ向きの姿勢はふさわしくない！　お国で何があったのかは存じませんが、過去に囚《とら》われる必要はありません。新しい愛を見つけ、新しい人生に一歩を踏み出すべきなのです！」

彼は実際に足を踏み出してきた。夜壬琥姫に迫って、その手を馴れ馴れしく握ってきた。

「その新しい相手はあなたに負けぬ輝きを持っていなければならない――しかしご安心ください。今、あなたの目の前にその新しい可能性が立っているのですから」

ぬけぬけと言いながら、この色男はウインクしてみせた。横にわたしがいることを完全に無視している。

「あら、まあ――」

夜壬琥姫は微笑んでいる。その微笑みには辛さをともなう苦みがこもっていたが、色男の方は一向にかまわず、さらに彼女の手を握りしめてきた。

「いいですか、今はあなたにとって幻影はかけがえのない重要なものかも知れない。だがしかし、待てど暮らせど現れぬそれに少しでも迷いが生じたとき――僕のことを思いだしていただきたい。このサハレーン・スキラスタスがあなたをお救いいたしましょう！」

握った手に唇を寄せて、うやうやしく、でもやはり遠慮というものが感じられない接吻《せっぷん》を彼女の手の甲にすると、スキラスタスは退場した。庭園の柵の向こうに消える。

「あら、まあ――おかしな方ですね、ほんとうに」

彼女は困ったような、しかし無礼を許すような穏やかな表情で、わたしに向かってうなずきかけてきた。

わたしとしてはどう反応していいかわからなかったが、多少は今のスキラスタスのふてぶてしさに感心もしていた。

「いや、驚きましたね。あれでなくては素晴らしい芸術作品など作れないのでしょうね。さすがは〝溶けない氷〟のスキラスタス殿ですよ」

わたしが言うと、彼女は眉を寄せた。

「なんですか、それは？」

「あのスキラスタス殿が得意とされる、結晶化呪文を用いた彫刻作品のことですよ。それぞれ名前があるのですが、その透き通っていながら瑞々《みずみず》しい印象から〝溶けない氷〟と総称されているのです。どれも大変に高価な物ですよ」

「あの方は魔導彫刻家ですか——」

夜壬琥姫は意外そうに呟いた。サロン最大の有名人は二番目の者のことをまるで知らなかったらしい。それがわたしには妙におかしく感じられた。

「どんなものでもお作りになるんでしょうか？」

「そうらしいですよ。精密な人物像から抽象的なシンボル像まで、彼の手がける作品で人々の賞賛を集めなかった物はないでしょうね」

わたしは正直に言った。無条件に彼を賞賛しているだけのような気もしたが、事実なのだから仕方がない。

「へぇ――」

夜壬琥姫の眼に、不思議な光がともった。からむような甘さと刺すような辛みが混じった複雑な印象だった。彼女が芸術家スキラスタスに興味を持ったのは確かなようだ。

「…………」

わたしはこのとき、少し嫌な予感を覚えていた。それは正しかったことがこの後で証明され、全世界を巻き込む騒動にまで発展することになる。

彼女が去った後でも、わたしは庭園のベンチに一人腰を下ろして、ぼんやりと頬をなぶるそよ風や植木の緑の香りを楽しんでいた。

すると突然に、ぬっ、と一人の男がわたしの顔を覗き込むようにして立った。長い白髪を肩まで伸ばしている、痩《や》せた老人の男だ。

左の眼球をなくしていて、黒い眼帯を付けているのが特徴的である。

「お休みになっていますか、お客様？」

わたしが眼を開けているのに、彼はそう訊いてきた。極端に眼が細いとしばしばこういうことを言われる。

「起きていますよ、支配人」

わたしはベンチから身を起こした。

眼帯の男はこの〈落日宮〉の最高責任者の、ニトラ・リトラだった。わたしがここを最初に訪れたときに、すでに挨拶を受けていた。

「これは失礼、起こしてしまいましたか？」

「最初から寝ていませんよ。この眼は生まれつきです」

わたしがそう言うと、彼はからからと笑った。

「人には色々と特徴があるものですなあ。眼を開けているのに、他人からは閉じているように見える――いやお客様、あなたもなかなか人が悪い」

いやに大仰《おおぎょう》な物言いにわたしが少し首をかしげると、老人はわたしの横に座って、うなずいてみせた。

「まさか七海連合の方だったとは――まるで気がつきませんでしたよ」

「…………」

わたしは少し沈黙する。どうやらさっきの夜壬琥姫との会話を聞いていたようだが、どこで盗み聞きされていたのかまるでわからなかった。

「まだそうと決まったわけではありません。採用されていませんからね」

わたしが断りを入れると、ニトラ・リトラはにやりとして、

「七海連合がわざわざ場を設けて面接までして引き入れようという人材は、それだけで徒《ただ》者《もの》ではない。違いますか？」

とねちっこい口調で言われた。

「いや、これは是非《ぜひ》とも今のうちにお近づきになっておきたいものですな。貴族のお客様の中には、七海連合というと、ただの商人の寄り合いだろうと軽く見ておられる方が多いですが……どうしてどうして」

ニトラは肩をすくめた。

「これからの世界で、七海連合と無関係でいられる場所はどこにもなくなるでしょう——たとえそれが高雅な人々の上流社会だろうと、犯罪に満ちた裏の社会だろうと、ね」

「…………」

わたしはこのニトラの言葉に、単なる形容に止《とど》まらないものを感じた。それはピリッと来る酸味の利いた苦みのような味わいだった。

その根拠は既に、わたしにはわかっていた。

「いや支配人、それを言うならあなたこそ、わざとらしいほどの格好の癖に、まさかその通りだとは誰も信じないに違いないですね。その——眼帯ですが」

わたしは彼のトレードマークを指差した。

「それは通常、ある存在を示す記号に過ぎず、お洒落《しゃれ》にしか使われませんが、しかしあなたの場合は本当に——〝海賊〟でしょう?」

わたしは穏やかな口調で言った。

ニトラ・リトラの顔がちょっと引き締まった。しかし落ち着いている。動揺はまるでないようだ。

彼はにっこりとしてみせ、

「七海連合の幹部候補に見抜かれても驚きはしませんよ。そうです。確かにそういう時期もありました。今ではご覧のように足を洗って陸《おか》の上の人間になりましたがね……しかし、どうしておわかりになりました？」

と訊いてきた。

「あなたの右手首にある、その刺青ですよ」

わたしは服の袖に隠されてほとんど見えないそれを指差した。

「それはかつてラ・シルドス軍の海軍士官が必ず彫っていた紋章だ。そう、かのムガンドゥ一世が指揮官たちを殺し組織を乗っ取って自分の配下にした、あの軍です。今現在、そんなものをつけたままでいながら、海賊に殺されないでいるということはつまり、あなたも海賊の仲間に、それも自ら率先して加わったからだということでしょう。違いますか？」

「その通りです。しかしこの紋章のことを知っている若い方がおられるとは、いや博識でいらっしゃる」

「商売上、いい魚を捕ってくれる腕のいい漁師の知り合いも多いんですよ。彼らはそういうことをよく知っていますから」

「ふうむ？　……まあ、そういうこともありますか」

ニトラ・リトラは少し訝《いぶか》しげな顔をした。わたしは訊いてみた。

「海賊〈ソキマ・ジェスタルス〉というのは、組織として厳格なものだと聞きますが、あなたはどのような地位におられたのですか？」

「ああ――厳格ね」

老人は苦笑いにも似た、やや酸っぱそうな表情をした。

「厳格というのは少し違いますね……とにかく、我々のような下っ端《したっぱ》は、上の者に近づくことができないのですよ。あなたもご存じでしょう？　現在の頭首、イーサー・インガ・ムガンドゥ三世についての噂を」

「ええ。誰も、側近でさえ顔も見たことがなく、その正体は闇に包まれているといいますが――しかしこれは皆が面白がって作った伝説でしょう。そこまで身を隠しているとは思えないですね」

わたしの言葉に、ニトラ・リトラは静かに首を横に振った。

「事実ですよ。一世が不審な病死を遂げ、二世は暗殺された――その過去が彼に慎重な態度を取らせているのです」

「暗殺――ですか？」

「そうです。特に一世が死んだときには、大きな混乱があったものだ――」

2.

初代インガ・ムガンドゥには娘がいた。

名前はアイリラ。

彼女は父親を嫌っており、海賊というものも憎悪していた。

父の金が無尽蔵とも思えるほどの自由さで使えたので、彼女はずっと遊び回っていた。兄弟はいなかった。アイリラの母はムガンドゥがまだ法律というものに遠慮をしていた時期に結婚という儀式を行った相手で、つまり彼女は正妻との間にできた唯一の子供だった。そしてムガンドゥは数十人という妾《めかけ》を持ちながら、とうとう彼女以外に自分の子を持てなかった。

母の記憶はアイリラにはほとんどない。死んだのか、悪党の父に愛想を尽かして出ていったか、それとも飽きられて追い出されたのかも知らない。

「おまえが男だったらな」

父は折に触れてそう言った。それは彼女をとても苛立《いらだ》たせる言葉だった。自分が必要とされていないと言われることが好ましいはずがない。しかもそれは本質的な女性蔑視《べっし》を含んでの発言だということも、彼女には直感的にわかっていた。父は母と結婚するに当たって、愛情は持っていたかも知れないが、尊敬とか信頼といった感覚が希薄だったであろうことも。

彼女は父が嫌いであり、父に関わるすべてのことには無関心を決め込んでいた。だから母親のことも訊かなかった。父も殊更《ことさら》に説明しようとしないことを、自分から訊いてなどやるものかと思っていた。

だが、その父が死んだと聞かされたとき、彼女はそのことを心底後悔した。

「……え？　なんですって？」

彼女は目の前の男に訊き返した。

「ですから、頭首が――つまりあなたのお父上がお亡くなりになった、と言ったのですよ、お嬢様」

ニーソンは慇懃無礼《いんぎんぶれい》な態度で繰り返した。

「な、なんで――」

アイリラは前からこのニーソンという、父の片腕だった男が苦手だった。

「ご病気で」

ニーソンは簡単な口調で言った。

「病気？　――そんな馬鹿な。三日前に会ったときには、全然元気だったじゃないの」

彼女は首を左右に、意味もなく振りながら言った。

これにニーソンは静かにうなずく。

「そうです。病気ではありません――ですが病気ということにせざるを得ないのです」

それは静かに言っている分だけ、ひどく不気味《ぶきみ》に聞こえるものの言い方だった。

「……どういう意味？」

「言葉に出してはいけない、そういうことも世の中には存在するのですよ、お嬢様」

ニーソンは眉ひとつ動かさない。

「……父は？　父は今、どこに――」

いるのか、と言いかけて彼女は口ごもる。死んだのならもう、いるとは言えない。どこにあるのかと訊かなくてはならない――。

「誰にも見せるなという、ご命令でした。残念ですが、あなたをお引き合わせすることはできません」

ニーソンの冷ややかな声に、アイリラはどうしてもある疑惑を感じずにはいられなくなる。

「ほんとうに――父は死んだの？」

「世界からその存在が消えてしまったのかというご質問ならば、その通りですとお答えするしかありません」

それはひどく突き放した響きとして、アイリラの耳を打った。

「………」

彼女は目の前の、得体の知れない男を見上げる。

彼は、父が拾ってきた孤児だったという。彼女が少女だったころから、父の側に仕《つか》えていた。父の身の回りの世話と、警護役を兼ねる何人かの一人だったが、いつのまにかそのリーダー格になっていて、そして父の副官と言うべき立場になっていた。そのころから、彼女はこの男が――当時はまだ若い青年だったが――理解できなかった。

彼は父の言うことは何でも聞いたし、そしてやれと言われることはなんでもできた。言われないことまで父の思うとおりにできた。頭が切れて、目端《めはし》の利く奴というところだった。だが——時々、彼女には父はこの男がやったことを、後で自分の意志ということにしているのではないか、と思うことがあった。知らずに言いなりになっているのは父の方ではないか——と。

「父が、消えて——それで、私はどうなるの？」

アイリラの声は少し震えていた。

彼女は、父が〝言葉に出してはいけない〟ような〝消え方〟をしたことには、特に怒りを感じなかった。やっぱり自分は父親を嫌っていたのだとあらためて認識するだけだった。だが……自分はインガ・ムガンドゥの一人娘であり、その強い影響下にあった存在であることもよくわかっていた。

それが消えてしまったら、彼女はどうなるのだろう。

「————」

ニーソンは無表情である。

「父には、敵が多いんでしょう？」

「そうですね」

ニーソンは素っ気ないほどに醒めた口調で言った。

「父がいなくなったら、その人たちは私が邪魔になるのかしら？」

「その通りです」

「……邪魔になったら、私を」

彼女はさすがに少し言葉を詰まらせた。だが気丈に口を開く。

「――そういう人たちは、私を殺すのかしら？」

「ムガンドゥという影響力をこの世界から根絶してしまいたい、と願っている者たちはそうすることを希望しているでしょうね」

ニーソンの声にはなんの感情もない。

「…………」

アイリラは目の前の男を見つめていた。

この男は今、紛れもなく組織のナンバー2であり、父がいなくなった後で誰がかしらになるかと言えば、こいつ以外には考えにくいという存在だ。

「……どうして？」

アイリラはまた訊ねていた。

「どうしてあなたが、私にその〝危機〟を知らせるの？」

「…………」

「そうでしょう？　父の影響力から脱して、その地位を乗っ取るのにあなたほど近い人間はいないはずだわ、ニーソン――あなたこそが、真っ先に私を殺しに来てしかるべき人間じゃあないのかしら？」

そうだ——そもそもどうしてこの男は、娘の自分さえも知らない父の〝消滅〟を先に知っているのだ？

「…………」

ニーソンは答えず、ただ彼女を見つめている。

その彼にアイリラはきっぱりとした口調で、

「父を殺したのはあなたなの、ニーソン？」

と、遂《つい》に訊いた。

「私は」

ニーソンの声には、まったく動揺はない。だが彼女の質問に答える気も、まったくないようであった。

「誰にも従う必要のない孤児だった頃、人を殺すのをなんとも思っていませんでした。自分がどんな死に方をしようが全く興味がなく、そのために怖いものはなかった。実のところ、あなたのお父上に初めて会ったときは、他の者から金を積まれて、彼を殺すために近づいたのですよ」

淡々と、とんでもないことを言った。要は——自分は最初から裏切り者だったと言っているのだ。

「……それで？」

しかし、アイリラは驚かなかった。

「どうしてそのときに殺さなかったのかしら？」

静かな声で訊いた。

「そうですね――なんというのか〝いつでも殺せるな〟と思ったら、誰かの言いなりで殺すのが馬鹿馬鹿しくなった――とでも言えばいいんでしょうかね。自分でもその理由はわかりません。それで私は彼に、自分の立場を正直に言った。そうしたら彼は笑いました」

「ああ――わかるわよ。父はこんな風に言ったのでしょう？」

娘は父の声色《こわいろ》を真似て、言った。

「〝それは好都合だ。するとおまえは私の敵に決定的な油断をさせられる立場にあるということだな。これは利用しない手はない〟って。違うかしら？」

彼女はよく知っていた。父は、どんなことからでも自分に都合のいいものの見方を見つけることにかけて、天才的だったのだ。

ニーソンはうなずく。

「概《おおむ》ね、そのようなことをおっしゃいました。それで私は、私の雇い主の組織を呼びだして、これを壊滅させました。そのときから、私は真の意味でムガンドゥの手下になったのです」

「自由奔放《ほんぽう》な野生児が、父の道具《コマ》に成り下がったというわけね」

ふん、と彼女は鼻を鳴らしながら嘲《あざけ》るように言い捨てた。

「そうですね――私はそのときに悟ったのです。〝この世にはなんの理由もない。だからこそ人は生き甲斐《がい》を求めるのだ〟と――そのときから、私にとってあなたの父上は、私が生きる理由となったのです」

真摯《しんし》に、恐ろしいほどにまっすぐな目で、彼は彼女を見つめながら言った。

「……？　意味がよくわからないわ」

「意味を探すのは愚かなことです。そんなもの、それこそ意味がない」

彼は、ゆっくりと首を左右に振った。

「……え？」

「問題は〝ムガンドゥ〟という存在がこれからどうなるのか、ということです」

彼は彼女から視線を外さない。

「そして――今、世界に存在するムガンドゥはたった一人です。私が、自分の力でムガンドゥを維持しようとしても、私はムガンドゥではない――そして現在、ムガンドゥそのものにはなんの力もない」

彼は、自らの言葉にうなずいてみせた。

「二つの問題があり、そして両者は決して互いを否定しない。――違いますか？」

「……何が言いたいの？」

「何が言いたいのか、あなたにはもうおわかりのはずだ」

ニーソンは無表情に言った。

「…………」

その名を持っていた父親のことをまったく愛していなかった娘と、裏切り者としてその組織に参加していた男は、しばし無言で対峙《たいじ》していた。

「つまり、あなたは、その――」

アイリラは上目遣いに男を睨むように見つめ返した。

「……私と？」

「はい」

ニーソンは至極あっさりとうなずいた。おそらくこの世で最も素っ気なく、味気ない、これは結婚の申し込みなのだった。

……彼女が一人息子のイーサー、すなわちインガ・ムガンドゥ三世を産み落とすのは、この一年後のことである。

＊

（……ニーソンが、自らの組織を立ち上げることをせずにムガンドゥ家を継いだのは正直意外だった。そんなことをすれば初代ムガンドゥが抱えていた敵がそのまま残ってしまうことになるのに、だ――）

今では〈落日宮〉の支配人になっているニトラ・リトラはあらためて思った。

かつてのボスはその娘婿《むすめむこ》に殺されたのだろうというのは、当時の裏社会ではかなりの信憑性《しんぴょうせい》を伴って語られていた噂で、ニトラ自身も半ばそう信じている。

しかし、それを確かめてみようなどという愚か者は当時存在しなかったし、これからもいないだろう。

（だが、その当のニーソンもまた今は死んで、その跡を継いだ息子はさらなる危機を避けるため身元を隠してまで、まだ——続けている）

かつてはラ・シルドス軍を裏切り、そしてニーソンが死んだ後でみずから海賊組織における地位を放棄したニトラは、なにか権力を求めるものにつきまとう宿命のようなものを感じずにはいられない。ムガンドゥという名を持つ者たちはこれまでも、そしてこれからもその宿命と共に生きていくのだろう。

「大変でした……そして、あの一族は一度としてその困難から、宿命から逃げようとはしなかった。それは確かでしょうね」

ニトラは目の前の、近い将来には七海連合という巨大な権力に関わることになる男、元料理人だというカシアス・モローという太った男に向かって言った。

「一族の宿命……ですか？」

わたしは片目の老支配人に訊ね返した。彼はうなずいた。

「そうです。あの一族は、自らが犯してきた罪に比例するだけの凶事に取り憑《つ》かれているのでしょう。しかし彼らに訊くことができればおそらくこう答えるに違いない――〝そんなことは知っている〟とね」

ニトラはゆっくりと頭を振りながら言った。

「いつ、どのような形で何者かの報復を受けても甘んじて受ける、というのですか」

「そうではない――復讐者《ふくしゅうしゃ》に襲われれば反撃もするでしょう、事前にそれを知れば先手を打って攻撃もするでしょう。要するに彼らは、世界は自分たちに都合のいいようにできていないことを知っていながら、その上で世界を操《あやつ》る側に立とうとしているのでしょうね。そのための危険は覚悟の上で」

彼はやや難解なことを言った。

わたしは、このどこか達観しているような老人に問いかけてみた。

「ではあなたは？　あなたも、彼らに操られている一員なのですか？」

「さあ――どうですかね。まあ、少なくともこの〈落日宮〉は法的にはまったく、ムガンドゥ家などというものとは無関係ですがね」

ニヤリと笑った。喰えない感じの、苦いくせに甘ったるい、落ち着かない印象がわたしの心に残った。

しばらく世間話をして、やがて彼は〝皆様の夕食の支度《したく》がありますので〟と去っていった。わたしも宿泊している自分の部屋に戻ることにした。

夕暮れの逆光の中に、その景観が最も美しいことから名付けられたという通りに〈落日宮〉のシルエットが見事に映えていた。七つある尖塔《せんとう》のひとつひとつに反射光に赤く輝く雲が引っかかって、たなびいているように見えた。

（夜壬琥姫はあの、どの塔に滞在しているのだろう？）

わたしはなんとなくそんなことを考えた。彼女は〈落日宮〉でも最上級の個室の、塔のてっぺんに滞在しているという。そこは選ばれた者だけが泊まることを許されている、おそらくは世界一高価な宿だろう。

（……職のない亡命貴族の彼女は、どこからその滞在費を出しているんだろう？）

わたしはふと気になった。

そうやって庭園から建物に戻る道を歩いていくと、ベンチにひとり、ぽつんと腰を下ろしている男に出くわした。

さっきの芸術家、サハレーン・スキラスタスだった。

「ん？」

彼もこちらのことに気がついて、顔を上げた。

「あんたは――さっきの」

今度はずいぶんと印象が変わって見えた。気取った色男のポーズがなくなると、なんだか粗雑な性格が露《あらわ》になっていた。

「ちょうどいい――あんたに話があったんだ」

彼はさっきの、夜壬琥姫に対する口調とは打って変わった砕けたものの言い方をした。

わたしの方が彼よりも一回りは年上だろうが、そんなことにはお構いなしのようだ。

「あんたはあの女と知り合いなのか？」

「あの女――って、夜壬琥姫ですか？　いいえ。ついさっきはじめて会ったばかりですが」

「それにしちゃあ、ずいぶんと親しげだったじゃないか。あ？」

彼は険悪な目つきで、わたしの丸っこい身体をじろじろと睨んできた。

どうやら彼はわたしのことを、自分の女にちょっかいを出す横取り野郎――とでも思っているらしい。

「普通の世間話だよ」

わたしも砕けた言い方でそう応えた。ついでに付け足してみる。

「貴族でないわたしが、とてもここに泊まっている客には見えないんで、それで向こうは物珍しかったんだと思うよ」

「貴族じゃない？　あんたはなんなんだ？」

スキラスタスが訝しげな顔になった。

「商人さ。料理人もできるがね。ここには人との待ち合わせでいるだけだ」

「ほうほう、商人か？　親は何をしている？」

「別に、普通の家具職人だった。もう二親《ふたおや》とも死んだよ」

「祖父母は？」

「祖父は辺境で戦士をやってたらしいが、若くして死んだという話だ。家系のことを気にしているなら、そんなものは特に、何もないよ」

わたしがそう言うと、彼の顔が見るからに明るくなった。どうやら警戒せずにすむ相手だと感じたらしい。わたしと夜壬琥姫では文字通り〝身分違い〟だと認識したようだ。

「そうか、そいつはすまなかったな。いや、ここはなかなか油断ならんところなんでね。人の獲物に脇から手を出してなんとも思わない礼儀知らずが多くて」

「………………」

そういう自分だって、おそらくは他人の恋人や妻を寝取ったのは一度や二度ではあるまいに、とわたしは思ったが、黙っていた。この男は自分のことを棚に上げて、異性関係では異常に嫉妬《しっと》深い性格のようだった。

「彼女、あんたにどんな話をしていたんだ？」

「よくわからないことだよ。すっきりしているのがどうとか、な。相手は姫さまだから、わたしみたいな庶民にはなかなか理解できんよ」

「すっきり？　なんのことだ。そういうのが好きってことか？」

「さあね。とにかくそういう言葉を使っていたよ」

それはわたしのことを表現したものだ、とはもちろん言わない。彼女にとってそれが誉《ほ》め言葉かどうかわからないが、この男にそれを教えることもない。

「すっきり、か――」

妙に考え込みはじめた。

「うんうん――そういうことならば、意外に行けるかも知れないな」

一人でぶつぶつ呟いている。そしておもむろに、妙に空々しい笑顔をわたしに向けてきた。

「いや、なかなか参考になる話をしてくれたな。彼女はどうも、この僕の偉大さを理解していないみたいだしな。それをどうすれば思い知るのか、切り口が見つかったようだ」

得意げに言っているが、偉大さも何も、おまえは一度も彼女に自分の素性《すじょう》を教えてなかっただろう、向こうはそっちの職業も何も知らなかったぞ――とは、もちろん口にしない。わたしはただ、そうかい、とうなずくにとどめた。

「いや、あんたはなかなか話がわかるようだ。名前はなんて言うんだ?」

「カシアス・モローだ」

「ものは相談なんだが……なあカシアス、どうやらあんたは彼女が警戒心なく話せる数少ない人間のようだ。どうだろう、これからも僕に色々と彼女のことを教えてくれないかな?」

こちらが名乗ったというのに、自分の方はわたしに一度も自己紹介をしていないことにまったく気が付いていないようで、スキラスタスは一方的に言ってきた。

「それはあんたの口説《くど》きの成果をわたしに確認しろ、ということか? 直接訊くのは野暮《やぼ》だから、緩衝役《かんしょうやく》が必要ってわけか」

「いや話がわかるな。そうだ。もちろんただで、なんて言わないさ。あんたには――」

彼はぶつぶつと口の中で何かを唱えた。それが呪文であると認識するのとほとんど同時に、わたしの目の前の空間になにかが現れた。

それは透き通った物体――魔導合成された水晶体だった。

空気中の眼に見えないほどに小さい粒子を収束《しゅうそく》させ、結合させて芸術を作るのがこの男の魔導師としての才能なのだ。わたしは専門魔導師ではないし、使える呪文も料理に使うための加熱呪文とかいったものぐらいの素人《しろうと》だが、それでもこの男の才能が特殊であり、特別であることはわかった。魔法とは炎を生むにせよ凍らせるにせよ、とにかく長時間の作用は難しいのが特徴だが、この男が〝固める〟ものは決して経時変化で崩れたりしないのだという――。

水晶体はわたしの目の前で、ちいさな一角獣の形に固まって、そして落ちた。わたしはそれを手のひらで受けとめた。

たった今、目の前で合成されなかったら、とても一瞬で造られたものとは思えない見事な細工が施された彫刻だった。

「――それをやろう。友情の証《あかし》だよ。ささやかなお礼だ」

尊大な口調でスキラスタスは言った。

「――どうも」

わたしは素直にその贈り物を受け取った。わたしも、くれるというモノを拒絶するほど潔癖な人間でもない。そして、ひとつ訊いてみた。

「彼女にはこういうプレゼントはしていないようだが？」

されていれば、彼女とてこの男が芸術家だと知っていたはずだ。

「ああ——ああいう女には、軽々しく貢ぎ物をしても無駄だからな。ここぞというときにこれぞ、という大きな一発が必要なんだよ、わかるかい？」

つまり、今わたしにくれたものは軽々しくて大したものでないと言っているに等しい。しかしそんなことは既にわかっていた。あんなに簡単な呪文だけで造れるということは、過去に何度も何度も同じものを造っているからで、つまりは魂《たましい》のこもっていない大量生産品なのだ。しかしわたしは別にそのことに抗議するでもなく、

「女のあしらいには全然自信がないんでね」

と肩をすくめるにとどめると、スキラスタスは大笑いした。

「そうだろうな！　その顔じゃあな」

言われてもわたしは特に怒りもしなかった。こういう無礼に単純に怒るには、わたしは少し色々な目に遭いすぎていた。この男はおそらく、もって生まれた才能のおかげで、これまでの人生をこのように押し通してきたのだろう。

だが……結局はこの傲慢《ごうまん》で譲ることを知らぬ態度が事態を深刻なものに追いやり、彼の命運を決定付けることになろうとは——。

3.

夜壬琥姫の生活は一風変わっていた。

祖国から追放同然に逃げてきた亡命貴族であるにもかかわらず、彼女は〈落日宮〉で誰よりも早く起き、早朝から庭園を散歩するのを日課としていた。庭師たちが夜明けと共に咲く花の手入れをしにやってくると、もう彼女がそこにいて微笑みかけてくるのだった。

朝食は野菜ジュースを一杯だけ。午前中はもっぱら趣味の楽器演奏や絵を描いたりして過ごすことが多い。腕前はいいらしく、彼女が描いた絵はサロンに何枚か飾られているし、演奏会も定期的に行われているという。

昼はパンやチーズ、そしてそのときの料理人が奨《すす》めるパテなどのごく軽い食事を摂《と》る。一般的でないものでもちゃんと味わい、彼女の感想は料理人たちにとっては色々と参考になっているようだ。わたしも、かつて料理人だった頃に自分がつくるものをちゃんと吟味《ぎんみ》して味わってくれる客などは千人に一人いるかいないかだということが身に染みていたので、彼女を相手にできるここの厨房《ちゅうぼう》にやや羨望《せんぼう》を感じた。

昼から夕方にかけては読書をする。これまた戯曲やら歴史書やら経済書、果ては界面干渉学《かいめんかんしょうがく》とかいう難しい学問の専門書に至るまで幅広い分野を網羅《もうら》している。

そして夕暮れ時にまたかるく散歩をして、その後サロンの定例になっている夕食会に姿を見せる。他の客たちと顔を合わせるのはほとんどこのときだけだ。

彼女の生活で、貴族らしいのはこの夕食会ぐらいであるが、しかしこのときの彼女は他の誰よりも優雅で洗練された、まさしく高貴な人間という雰囲気を漂わせている。だが他の貴族たちと違って、彼女にはなんというか、ある種の〝鋭さ〟が常に感じられた。

あるとき、夕食会で少し凝《こ》った料理が出てきたことがあった。外側を柔らかく甘酸っぱいクリームで包んだ魚の包み焼きだったが、クリームには一切焦《こ》げ臭さがないのに、中身には焼き目がしっかりと風味と共に保たれていて、かつ一緒に焼かなければ出ない調和がとれているというものだった。後からクリームで焼いた魚をくるんだのでは両者がちぐはぐになるだけで、決してこの味にはならない。

皆は、別にそのことの不思議さなど気にもせずに会談しながら料理を摘《つま》むだけだったが、彼女は一口でこれに気が付いたらしい。何口か味わった後で、そのとき隣の席に着いていたわたしに目を向けてきた。

「この料理は、どのように作るのかしら?」

わたしにはその知識があったので、簡単に説明した。

「前もって素材に呪文を掛けておくんですよ」

「魔法ですか。どんな呪文を使うんです?」

「加熱呪文の作用を遅らせる呪文ですよ。通常よりもゆっくりと燃えるようにするんです。そうすると外は柔らかいのに、呪文を掛けた中身だけいつまでも熱が加えられ続けて、焦げ目をつけることができるんです」

こういうのは調理用呪文としては初歩のことだったので、別に料理人も秘密にしていないだろうと思ってタネを明かしてやった。

しかし彼女は素直に感心したようだ。

「呪文にも色々と使い道があるものですね」

と納得したように、何度かうなずいている。

疑問をそのままにしておかないという、その隙《すき》のない姿勢は、ある意味周りからいつも保護されるはずのこのような美人には珍しい。彼女には一貫してそういうところが感じられた。お高くとまっているというわけでもないのだが、どこか他人をあてにせず、頼らずに、自分ですべてをすませてしまうような――。

そして夜は、さっさと部屋に帰って就寝してしまう。朝が早いことを考えれば当然であるが、亡命貴族たちの大半は不安から寝つけずに夜は酒を飲み、無意味な饗宴にふけるのが普通だからだ。

そして彼女が泊まっている部屋は、後から誰も入ることができない。合い鍵を持っているのは支配人であるニトラ・リトラだけだし、部屋をノックすることもできない――部屋は塔の頂点にあり、つながっている螺旋《らせん》階段はずっと下の門で封鎖されていて、部屋の扉の前に立つこともできない。もともと暗殺される危険のある亡命貴族を保護するために用意されている部屋のひとつなのだから、侵入者や、兵器による攻撃を防ぐための魔法防御も万全であるという。窓も中から開けたり身を乗り出す分にはなんでもないが、外から侵入しようとすると、待っているのは死の罠——少なくともわたしだったら強引に忍び込むことを試みようとも思わない。なにしろ部屋の下の庭園には時々、接近して仕掛けに引っかかってしまった鳥の死体が落ちているほどだ。

そのような部屋は、ほとんどの客にとっては牢獄《ろうごく》を思わせるので、寝に戻らずに夜をサロンで明かしてしまうことが多いのだが、彼女は毎日、必ず入室する。中で何をしているのか、誰も知らない。

「僕はあの女が部屋の中で、一人で何をしているのかぜひ知りたいんだよ」

スキラスタスはねちっこい口調で、楽しそうに言った。

「寝ているんだろう。朝も早いんだから」

わたしが素っ気なく言ったが、彼は聞こえないふりをして言葉を続ける。

「ああいう取り澄ました女に限って、ひとりのときはとんでもなく破廉恥《はれんち》なことをこそこそとやっているものなんだよ。僕は隠されたあの女の真実の姿を見たいんだ。それがこの僕に新しい芸術の着想を与えてくれると確信しているんだ」

「ということは、口説けたとしても手は出さないのか？」

芸術云々《うんぬん》、と言われたのでわたしがそう訊くと、彼は馬鹿にしきったように鼻を鳴らした。

「何を言っているんだ？　それじゃあなんのために苦労するんだかわからんだろう」

当然のように言った。どうやら肉体的な下卑《げび》た欲情と精神的で崇高な芸術への希求は、彼の中で分かち難《がた》く一体化しているようだ。

もっとも、この男から依頼されたり、高名な芸術家に取り入ることで得られるはずのメリットなどを抜きにしても、わたし自身が夜壬琥姫に個人的な興味を持つようになっていたのも事実だった。わたしも朴念仁《ぼくねんじん》ではないし、彼女とそういう関係になる機会があったら逃すはずもないが、しかしスキラスタスと張り合おうという気もなかった。

わたしが太っちょだろうがスキラスタスが色男だろうが、彼女には関係ない。なにしろ彼女には、待っている人が歴然といるのだから。

＊

「あの人は、必ずやってきます」

彼女は誰に訊かれても、きっぱりとした口調で答えた。

しかし誰も、その彼というのが何者なのか知っている人間がいない。彼女が聖ハローラン公国から追放された理由は、当時の公国摂政で絶大な権勢を誇っていたマギトネ将軍との不和、もっとはっきり言えば求婚を断ったからだと一般的には言われている。しかしその当時でも、彼女に恋人がいたというような話は一切聞かれなかった。

最初の内は、言い寄ってくる男たちを撃退するための方便ではないかとみんな思っていたという。しかしいつまで経っても彼女の態度は変わらず、そして彼女を訪ねてくる人もまた現れず――彼女はその中途半端な立場のままサロンに安からぬ金を払い続けて滞在を続けている。

「いいでしょう、その人が本当に存在しているとしましょう。しかしだったら、彼は何故《なぜ》現れないのですか？」

スキラスタスは彼女にそう言って迫っていた。

夕食会の席であり、周囲には他の客たちも大勢いる前でのことだった。

「彼はすぐに来ますわ」

彼女は平然とそう答える。

「すぐ？　それは明日ですか、明後日《あさって》ですか？」

絡むように詰め寄られても、彼女は動じることなく、

「すぐに、です」

と微笑みを浮かべながら、穏やかな口調で言う。

その表情はとても冷静で、自信に満ちあふれているために、スキラスタスも一瞬言葉に詰まった。彼は咳払《せきばら》いをして、いいでしょう、とその件については譲歩《じょうほ》してみせるというポーズを取って、さらに迫る。

「あなたを何年も待たせて恥じることのないような、そんな不実な男に何で遠慮しなくて

はならないのですか」

「遠慮はしていません」

「しかし、現に」

「あの人のことは問題ではなく、私が、彼のことを待っているのです」

きっぱりと言った。

わたしは、このやりとりを少し離れたところで聞いていたのだが、この断言にわたしは少し身震いした。その言葉には重い覚悟が込められていたからだ。

注意を向けていないようで、実は聞き耳を立てている他の客たちも、なにかただならぬ響きを持つ彼女の声に少し黙り込んだ。

「どうしてですか?」

スキラスタスだけが彼女のそういう様子に気が付かない。自分が口説き落とせない女がこの世に存在するということがどうしても納得できない、とでもいうかのように、彼はやや焦《あせ》っているように見えた。

「その〝彼〟とやらは、あなたに何をしてくれたというのです? そこまであなたが〝彼〟とやらに固執する理由は何ですか?」

このスキラスタスの苛立ちに対し、夜壬琥姫の方はあくまでも落ち着いた表情を崩さない。

「あなたにも、いずれわかることです。どんな人にも、避けることのできない運命というものが待っている、ということを」

彼女は芝居がかったことを言った。ただし舞台の上でならともかく、日常生活の中で使う科白《せりふ》としては、それはやや陳腐《ちんぷ》なものとしてその場に響いた。

「運命？　運命ですって？」

案の定スキラスタスは馬鹿にしたように鼻を鳴らした。

「自分の人生は、自分の意志で切り拓《ひら》くものですよ。つまらない偶然にいつまでも固執するのは、退屈で変化に乏しい生活に縛られた貧しい者がすることです。我々のように選ばれた者にはそんなものは必要ありません！　問題なのは今を如何《いか》に楽しみ、享受《きょうじゅ》するかなのですよ」

自信たっぷりなその物言いは、確かに普通の娘相手ならば充分に魅力的なものとして聞こえただろう。だが今回の相手、夜壬琥姫は彼の熱弁に対しても、穏やかで、はっきりと距離を取った笑みを決して崩そうとはしなかった。

「いずれ、あなたにもわかりますよ」

彼女は繰り返した。それは駄々《だだ》をこねる子供に向かって優しく諭《さと》すような、上から語りかける口調だった。

スキラスタスは始末に負えない、という感じで首を左右に振ってみせた。

「わかりたくもありませんな。そんな敗北主義者のような生き方をするくらいなら死んだ方がましですよ」

「運命とは、そう――それはあなたの彫刻のようなものですよ、スキラスタスさん」

彼女は静かに言った。

「なんですと？　それはどういう意味です？」

自分の誇りである彫刻を引き合いに出されて、明らかにスキラスタスの顔に不快感が浮かんだ。

「その才能――それはあなたが本当に持っているものなのかしら？　あなたはそれを手に入れるのに、自分が何をしてきたのか正確に思い出せますか？　他の人ではできないことが、自分にはできるのが不思議とは思いませんか」

彼女の声は、いつのまにか静まり返ってしまっていた夕食会の席のすみずみにまで、染み込んでいくように響いていった。

「あなたは自分を選ばれた存在だとおっしゃいました。天から才能を与えられたのだ、と――それが運命ですよ。あなたはその才能を使わないこともできますよね。しかしあなたは使うことをやめはしないでしょう。他の生き方では、あなたは選ばれた存在にはなれないからです。それが運命に従って生きるということです。誰もそれから自由にはなれないのです」

彼女はこれらの言葉を囁《ささや》くように言った。一瞬も、そこにためらいが混じることはなかった。

ぐ、とスキラスタスは言葉に詰まった。

「……………ぐ」

反論したくてたまらないのだが、言葉が出てこないようだった。

「──それでは皆様、おやすみなさいませ」

夜壬琥姫は優雅な動作で席を立ち、部屋へと戻っていってしまった。

そして、これが夜壬琥姫が皆の前に見せた、その最後の姿となったのだった。

「──────」

全員が、立ちすくんでいるスキラスタスの方を見ていた。

彼はその視線に気がつき、じろっ、と逆に皆を睨みつけてきた。客たちは素知らぬ顔でさっさと自分たちの会話に戻る。しかし彼らの目には、明らかにいい気になっているスキラスタスがこっぴどくやりこめられていい気味だという、嘲笑《ちょうしょう》の色が籠《こ》もっていた。

「……………ぐ、ぐぐ」

スキラスタスは顔を赤くしたり青くしたりして、この屈辱に対してふつふつと怒りをたぎらせているのが、傍目《はため》からでもはっきりと認識できた。

4.

夜壬琥姫が部屋から出てこなくなってから、三日が過ぎた。

中で何をしているのか、本当に誰にもわからなくなったわけだが、彼女が扉の前に手紙を置いていたので、その指示に従って食事が運ばれ、一時間後には食べ終わった食器が同じ場所に出されていた。門と扉で入り口が二重になっている特別室の構造から、彼女が外界と直接つながることはなかったことになる。

そして——そうして彼女が籠もっていたときに、それはサロンを唐突《とうとつ》に訪れたのだ。

〈落日宮〉の利用は基本的に予約制で、しかも推薦者《すいせんしゃ》がいなければ受け付けてくれない。だがその男は、なんの前置きもなしに、古城の設備をそのまま流用しているサロンの城門にふらりと現れたのだった。

頬から顎にかけて髭をたくわえ、眉も太い。だが背はそれほど高くなく、身体はむしろ痩せぎすともいえる線の細い男だった。

「ああ、君——すまないが、取り次ぎを頼めないかな」

男は城門を守っている傭兵騎士に気さくな調子で話しかけてきた。

「取り次ぎ？　なんのことだ？」

騎士は男に怪しい印象は受けなかったが、しかしだからといって警戒を解くこともない。もしも男が城門内に侵入しようとすれば即座に取り押さえる準備はある。

だが男の方は、そんな厳しい視線には気がつかないようで、さらにのどかな口調で話した。

「中にいる人に会いたいんだ。僕が来たとその人に伝えて欲しいんだよ」

力尽くで押し入る様子は、やはりまるでない。

「誰にだ？　言っておくが、こちらからは滞在客の名前は一切明かせないからそのつもりで」

「本名で言ってもいいんだけど、彼女の本名はややこしいからな……君らが知っているかな？　通称の方でいいかな」

男は髭に半分隠れているような顔で、にここと騎士たちに微笑んできた。よく見ると結構いい顔立ちをしているようだ。髭があってもいかついというより優しげな雰囲気が漂っている。

「なんだって？」

騎士たちは男の言葉に、あるひとりの人物を思い出してやや愕然《がくぜん》となっていた。その王族の名は皆、複雑でややこしいために通称で呼ばれるのが常なのだ。そして男はその通りのことを言った。

「僕の名はキリラーゼ。夜壬琥姫に、僕が来たことを伝えてくれないか。彼女は長いこと僕を待っていたと思うんだが」

彼の口調はあくまでも穏やかだった。

*

夜壬琥姫の恋人が、ほんとうにその姿を現した——。

サロン中にその知らせはあっというまに伝わり、皆は騒然となった。キリラーゼという名は、確かに夜壬琥姫がこれまでに何度も語っていた名と一致していた。

大急ぎでニトラ・リトラが夜壬琥姫の所に報告に行ったが、しかし特別室の扉は固く閉じられていて、いくらノックしても反応がない。

ニトラはドア越しに、恋人の来訪を彼女に告げると、やっと扉はその隙間を見せた。

しかし、それだけだった。彼女が向こうからノブをしっかりと掴んでいるらしく、扉はかすかに開けられているだけで、その向こう側はまるで見えない。

そして、すっ、とその隙間から一枚の手紙が出てきた。

思わずニトラがそれを受け取ると、扉はすぐに閉じられてしまった。

「…………？」

ニトラは訳がわからなかったが、とにかく手紙を開いてみた。

それには走り書きで、彼を中に入れる推薦人には自分がなる、だが今は誰とも会うことができない——と記してあった。

「しかし——」

ニトラはなおも、閉じられた扉の向こうに話しかけた。

「しかし、あの男が真実あなたの、その――待っていた相手かどうか、直《じか》に会わなくてはわからないのではありませんか？　それが確認されなければ、あなたのご推薦も有効とは言えません」

しかしいくら言ってみてもそれ以上、もう何の反応も返ってくることはなかった。

（――ええい、仕方がない）

ニトラ・リトラは苦虫を嚙み潰したような顔で特別室を頂点とする尖塔から戻ると、髭面の男に入城を許可した。

「――ただし」

迫力ある隻眼《せきがん》で、ニトラはじろりとキリラーゼを睨みつけつつ言った。

「彼女はおまえとの面会を、今は望んでいない。この〈落日宮〉の隅の部屋を提供してやるが、彼女のいる特別室に近寄ることは認められない。わかったな？」

声には明らかに威嚇《いかく》が混じっていた。いつも客には柔らかい態度を崩さない彼が、珍しくその元海賊という素性を剝《む》き出しにしていた。

「そうか――まあ、仕方がないか。わかりました。指示に従いましょう。彼女はこれまでずっと待っていたんだ。僕も少しぐらいは待たなくてはあまりに不公平というものだ」

彼は素直にうなずいた。

その従順な様子に、ニトラ・リトラは得体の知れない苛立ちを覚えた。この男には何の脅威も感じない。感じないのだが、それでもなんだか——自分が取り返しのつかないことをしてしまっているような気がしてならなかったからだ。

〈落日宮〉に来る者は多かれ少なかれ、人に知られたらまずい経歴の持ち主たちだ。だから推薦人がいるキリラーゼにも、誰一人として〝おまえは何をしている人間で、どうして恋人を何年も放っておいたのだ〟と問いつめる者はいなかった。ではあなたはこれまで何をしてきたのか、と訊き返されても答えることができないからだ。

だが——一人の男だけが、何にも物怖じすることなく、この謎めいた、人の良さそうな彼に近づいていって、話しかけた。

「よお——色男さん」

声を掛けられて、サロンの食堂で静かにお茶を飲んでいたキリラーゼが顔を上げた。

そこに立っているのは、自分の方がよっぽど色男ぶっている傲慢な雰囲気を漂わせた男——サハレーン・スキラスタスだった。

「はい？」

キリラーゼはスキラスタスの平穏そうで、その裏に激しい憎悪がある視線の意味に気がつかないようで、呑気《のんき》に訊き返した。

その無防備な様子に、スキラスタスは「ふん」と不愉快そうに鼻を鳴らした。

「自信満々、ってわけか？」

「なんのことです?」

キリラーゼはきょとんとしている。

「おまえさんは、どうやってあの女を誑《たら》し込んだんだ?」

スキラスタスの声は冷え切っていた。それは聞く者の神経を凍りつかせるような、相手に対して何の温《ぬく》もりも存在していない、そういう喋り方だった。

む、とさすがにキリラーゼもこの相手が自分に対して敵意しか持っていないことに気が付いたらしく、わずかに眉をひそめた。

「彼女が言ったことであなたが何を誤解されているか知りませんが、そんなものではありませんよ」

「そんなモノ? そんなモノってのはどういうモノだ?」

スキラスタスはキリラーゼに顔を近づけた。

「おまえさんには何か特別な、ご立派なモノでもあるってのか? そいつは一度、是非とも拝みたいものだな。ん?」

敵意が、そして嫉妬があからさまになっているその様子はひどく醜悪《しゅうあく》なものだったが、スキラスタスにはその自分を省《かえり》みる気がまるでないようだ。

「…………」

キリラーゼは黙り込んだ。何を言っても無駄だと判断したのかも知れない。

スキラスタスはかまわずに、キリラーゼの肩をぐいと摑《つか》んだ。

「……人を馬鹿にするのも、いい加減にするんだな」

押し殺した声で、相手の耳元に囁く。ぶつぶつと、さらに何かを呟いていたが、声が小さすぎて相手にさえ届いていないようだった。しかし声のトーンはまた上がり、

「……いい気になっていられるのも今の内だけだ」

と付け加えるように言った。

「なんのことですか？」

キリラーゼは肩を摑まれた手を振り払おうとした。だがそのときにはもう、スキラスタスは手を離して、身を引いていた。

「僕はな、舐《な》められて黙っていられるほど間抜けではないんだ。あの女に会ったらそう伝えることだな」

脅《おど》し文句のようなことを言い捨てると、スキラスタスは身をひるがえして、その場から立ち去った。

これを見ていた他の者たちは、てっきり喧嘩か、あるいは決闘沙汰《ざた》くらいになるのではと思っていたので少なからず拍子《ひょうし》抜けした。なにかスキラスタスが、その悪意の深さの割に、あっさりと相手を簡単に解放しすぎたように見えたのである。

しかしスキラスタスはもうキリラーゼのことにはまるで興味をなくしたといった表情で、そのまま食堂とつながっているホールを抜けて、隅の方に用意されているバーにやってきた。

「ミルヒス酒を頼む」

と陽気な調子でいつものお気に入りを注文する。

彼は酒杯を傾けながら、ホールを見回した。そして声を張り上げて人を呼ぶ。

「よう、カシアス！　こっちに来いよ。一緒に飲もうじゃないか」

──呼ばれたので、それまで少し離れたところから様子をハラハラしながら見ていたわたしは、仕方なく彼のところに足を運んだ。

「いいのか？　あんな風に脅すみたいな」

「ささやかな挨拶というやつさ」

彼はまったく悪びれることなく、くいくいと杯の中の液体を喉《のど》に流し込んで、カウンターのバーテンダーにお代わりを要求した。さらにいつも控えている楽団に向かって、

「ああ君たち〝波は月夜に揺れる〟を頼むよ」

と注文したりしている。

無理に余裕ぶっている、という感じでもない。それどころか、どこか──得意げになっているようにも見える。

周囲でも、ひそひそと彼の様子を噂している声が聞こえてくる。しかし彼にはどうでもいいようだ。

「ふふん、まったく愉快だな──この眼に浮かぶよ」

ぶつぶつ呟きながら一人でニヤニヤしている。周囲の者たちは彼の笑いが理解できないので気味悪がっている。

「――ちょっと用があるから、失礼するよ」

わたしがそう言っても、スキラスタスはこっちの方を見もしない。自分で誘っておいて、もうわたしのことを忘れているようだ。

そして――スキラスタスはこのまま、この場所に朝まで居座り続け、その様子は大勢の人間が目撃している。彼は二、三度はトイレに立ったが、すぐに戻っている。

キリラーゼはお茶を飲むとすぐに、あてがわれた部屋に退出している。この様子も大勢の人間が見ていた。

そして、それが彼が目撃された最後の姿となった。この髭面の男はそのまま、再び何処《いずこ》かへと姿を消してしまったのだ。

だがそのことが判明するのは翌朝になってからだった。そのことが起こった後で、ニトラ・リトラが彼にそれを知らせようとしたらどこにもいなくなっていたのがわかったのである。

だが〈落日宮〉の者たちはそのことにそれほど関心を寄せることはなかった――それどころではなかったのだ。

5.

「もし、夜壬琥姫——？」

一晩おいた後で、ニトラ・リトラは特別室に再びやってきた。

ノックをするが、返事は相変わらずない。

彼はさらに呼びかけようとしたが——ふと、あることに気がついた。

ドアの外に、いつもならば出ているはずの昨日の夕食の食器が出されていない。これはこれまでにないことだった。前に運んできた食事の食器は、次の分を持ってきたときには必ず外に置かれていたのだ。まだ朝食は運ばれてきていないから、食器を片づけに来た者はいないはずだった。

「…………」

彼は一枚の呪符を取り出した。それはこの特別室の防御呪文と同調していて、魔法が正常に作動しているのを確認することができるものだった。

呪符には別に、何の変化もない——もしもおかしなところや、無理矢理に呪文がねじまげられたりしている箇所があれば、対応している箇所の紋章が焦げたり形が崩れたりするのだ。昨日から、ここに夜壬琥姫以外の人間が出入りした形跡は一切ない。

「…………」

ニトラはもう一度「もし」と呼びかけた。

返事はない。

食器は単に、彼女がまだ出し忘れているだけなのかも知れない。長年待っていた恋人がやってきたのだから、その程度の変化はそれほど不自然ではないだろう。

だが――それでもニトラ・リトラは、その場の空気に深い違和感を覚えずにはいられなかった。

彼は反射的に、ドアのノブに手を掛けていた。その瞬間、彼はこの違和感の正体をすべて悟った。愕然とした。

さっき通ってきた外側の門扉は完全に閉ざされていたのに――この内側の扉には鍵が掛かっていなかった。

あきれるほどの容易な軽さで、扉は開かれていった。室内に至る短い螺旋階段を駆け登り、そして……

ニトラ・リトラは、おそらくはこれから何世紀にも亘《わた》って、美術館に飾られて何万、何億という人間が感嘆の溜息と共に見上げることになるはずの〝それ〟をこの世ではじめて目撃した人間になった。

「――――」

言葉もない、という以外にこのときの彼の感情を表す言葉はない。

部屋の中央に〝それ〟は鎮座していた。その周囲のものは皆、横転したり破けたりしていて、無事なのは〝それ〟だけだった。……いや、そうではなかった。〝それ〟はどう見ても、この部屋の中で最も深刻な破壊を受けているものだった。

そう——水晶体に閉じこめられて、完全に破壊されてしまっているのは、夜壬琥姫の肉体活動そのものなのだから。

永久に結晶の深奥《しんおう》に封印されて〝それ〟は、どう見ても死んでいるのは明らかだった。

「…………」

ニトラは、しばらく放心状態だった。目の前にあるのが何なのか、もちろん理解できるのだが、しかしまったく把握《はあく》することができなかった。

「…………」

違和感——生きているということは、常に何かを感じ続けているということでもある。その積み重ねがその人なりの感覚を作る。だが〝それ〟からはこれまでの人生で出会った何物とも違う、彼がそれまでまったく知らなかった、だがまぎれもなく彼自身の魂の底から湧きあがってくるなにかが彼に、眩暈《めまい》にも似た違和感をもたらしていた。

しばらく経って、彼はやっと——仕方なくその感覚をこう呼ぶしかなかった。

「なんと——美しい——」

これを美と呼んでしまうと、彼がこれまで美と呼んできたあらゆるものが霞《かす》み、濁った印象しか残らなくなるだろう。だがとりあえず、その言葉しか彼には思いつくことができなかった。

世にも美しい、何処にも傷がない躯に決定的なまでに生命をずたずたにされている、死体がひとつその部屋には転がっていたのだった。

部屋は完全に密閉されていて、どこにも出入口はなかった。二重扉の内側だけが開いていた。完全防御のされた密室の中で彼女は死んで――殺されていた。

＊

……そのときのサハレーン・スキラスタスの様子は第三者によって目撃されている。

夜通しずっと居座っていたバーからやっと腰を上げて外に出た彼は、夜壬琥姫が泊まっていた特別室のある尖塔の方へ歩いて行こうとして、そこで尖塔から何かが運び出されるのを見たらしい。たちまち顔色が変わり、そしてきびすを返してその場から逃げるように去った。なんだろうと尖塔の方を見た人々は、そこで彼らも水晶体が中から出てくるのを直視して肝《きも》を潰すことになる。それで我に返って気づいたときには、もうスキラスタスの姿は〈落日宮〉のどこにも見あたらなくなっていたのである。その〝被害者〟のあまりの衝撃度によって、最重要容疑者は衆人環視の中で逃げ出してしまったことになる。その後でダイキ帝国軍がこの事件の解明に乗り出したときには既に手遅れで、城門からは誰も出ていないという報告もあったが、現に城内にはいなくなっていたのだからどうしようもなかった。

「…………」

わたし、カシアス・モローも特別室から搬出されたその〝死体〟を見て、心の底から震えるような、戦慄にも似た深い印象を受けていた。だが記憶の中で、それが表しているひとつの概念が、ふっ、と頭をよぎっていた。

（なるほど……）

と思った。その水晶は形状も複雑で、様々な光の屈折を生んで幾重《いくえ》もの色合いに煌《きら》めいていたが、しかしそれでもその全体は極めて統一性が取れていて、混乱したところがなく力強いというか、それでいて決して重厚すぎることもなく、要するにそれは——

（確かに——すっきりしているな）

わたしはひとり、納得していたのだった。

第二章　包囲

the man
in pirate's
island

「島をつくる」

その新しい頭首の発言に、海賊の幹部たちは虚を突かれ茫然となった。それにかまわず、今やインガ・ムガンドゥ二世となったニーソンは、

「陸地に拠点を置くのは、その土地を領土にしている国家と対立したときに、致命的な打撃を受けかねない。しかし海上ならば、国家からの干渉も間接的なものにできる。二つ以上の国家の海域が重なって領海線が曖昧になっているところならばなおいい。これは先代がかねてより計画していたものだ」

と言った。先代、という単語が出てきたことからこの発言が完全に本気であることを知って、幹部たちの顔色が変わった。ニーソンはさらに、

「この島には賭場を開こうと思う。出入国証明なしで、あらゆる人間が入ることができるようにして、逆に特定の敵を作らないようにする——対立は、それぞれの敵同士でお互いにやってもらう」

「カ、カジノですか?」

「今までも、船上でやらせることは珍しくなかっただろう。それを大っぴらにするだけだ」

「し、しかし賭博を禁じている国家も多いことですし、いらぬ反発を買うのは――」

「賭博を禁じているのは、それが国内の騒乱の因《もと》になると考えているからだ。公営賭博の利益を侵されたくないのもあるだろう。いずれにせよ外国で賭博をしてきたからといって、その者を捕らえる国家など存在しない。むしろ大っぴらにできない裏金を、賭場を通すことで表社会でも通用する金に換えるのを、国外ですませてくれるのを黙認する者の方が多いだろうな」

ニーソンの口調は淡々としていて、反論に対してもまったく機嫌を損ねるといったところがない。それが幹部たちには逆に、恐るべき威圧としてのしかかってきていた。それでも誰かが、

「し、しかし頭首――せっかく我々の組織も大きくなり、このままうまく立ち回っていけば合法的な国際結社に成長することも不可能ではないでしょう。この時期に無理に、大掛かりなカジノなど造らなくとも――」

と弱々しい口調で反論を試みた。

これに対し、ニーソンはすぐには返答しなかった。しばらくの間、ただ幹部たちをゆっくりと見回しているだけだ。

皆がその沈黙の中で重圧に耐え難くなってきた頃になって、やっとニーソンは口を開い

た。

「我々は海賊だ。海賊というのは何をするものだ？」

と唐突に訊いた。

皆は無言のまま、返事をしなかった。待たず、ニーソンは続ける。

「海賊というのは不正規な手段で、他の者が持っているものを掠《かす》め取る者だ。この場合、我々は国土を複数の国家から略取することになる。組織を大きくしていくと、合法化するのが正しいと思うかも知れないが――その法を定めているものは何だ？　そう、国家だ。だがその国家間に於《お》いて共通する法がこの世に存在するか？」

ニーソンは決して声を張り上げない。静かな口調で語るのみだ。

「あるところでの合法は別のところでは非合法となる。我々のように海を行き来することを生業《なりわい》とする者は、常にそのことに気を留めていなくてはならないのだ。だからこそ、拠点はあらゆる陸地――既存の勢力と地続きであってはならない。どこにも所属せず、あらゆるところに関係する――ただし」

ニーソンは少し言葉を切った。そして少し上の方に視線を向けて、天に向かって呟くように言った。

「我々はあくまでも奪う側に立ち、奪われる側には決して立たない。それが海賊だ。海賊が奪われる立場になったとき――それはすべてが終わるときだ」

1.

ソキマ・ジェスタルス島——と呼ばれているが、正確にはそこは島ではない。七隻の大型船舶を横に並べて、錨《いかり》を海底に打ち込んで固定し、その上に橋を架けて連結させた人工の都である。

元になった船舶は、かつてはラ・シルドス軍が国家の威信を賭けて建造した旗艦〈シルドサザーランツ〉と、その戦列艦だったものだ。かつて軍用設備だった箇所が、賭場、劇場、男女両対応の娼館《しょうかん》、麻薬窟《くつ》など、合法非合法問わずこの世に存在するあらゆる娯楽のための施設に改装されている。同種の施設として、いや歓楽街としても世界最大の規模で、収容人員の総数は優に十万を越える。

国家間の領海線の狭間《はざま》に存在し、治外法権の特例が世界条約で認められているここには世界中から観光客が訪れる。建造されてから三十年が過ぎ、今や世界有数の名所として知れ渡っている。

基本的な構想と下地は一世が、建造を二世が、そして完成したものを三世が支配している、ムガンドゥ一族の苦闘の歴史の結晶ともいえるこの場所を、人は海賊島と呼ぶ。

夜明けと共に、水平線の向こうには続々と重装戦艦の群が見え始めた。

「——き、来たぞ！」

海賊島の見張り番は思わず声を上げていた。ダイキ帝国軍が来るのは時間の問題ではあったが、いきなり艦隊で押し寄せてくるとは予想外だった。

いくらこの場所が「あらゆる人間を受け入れる」とはいえ、帝国が威信を賭けて捜索していた殺人事件の容疑者を入れた時点で、この事態は予測が付いたことだった。

見張り番は慌《あわ》てて、島の管理責任者たちが揃って会議を開いている、かつては艦隊司令部が置かれていた巨大な会議室に報告に行った。

幹部たちは一斉に「むう」という呻《うめ》き声を上げたが、ひとりだけ冷静に、

「艦隊規模か——緩衝海域のラインは越えていないだろうな？」

と訊き返した者がいた。カジノの顧問役をしている、タラント・ゲオルソンだった。

彼は海賊になる前は軍参謀であったこともあり、軍の行動がどういう手続きを踏んで行われるかということをよく知っていた。

「は、はい——そのようです。しかし明らかに、魔導砲の照準がこっちに向いています。いつ撃たれてもおかしくありません」

報告するその声が頼りなく震えているので、ゲオルソンは苦々しい思いにとらわれた。

海賊とはいうものの、時代が変わり、もはやこの島にいる組織構成員の大半は、海賊船に乗って戦艦と戦った経験などない者ばかりなのだ。

「落ち着け！　忘れたのか？　この島の周囲には厳重な防御結界が張られているんだぞ。

呪文砲撃程度で破れるものか。結界を越えて来ない以上は、向こうはこっちに傷ひとつ付けられんのだ！」

彼は、その部下だけでなく周囲の者たちにも聞かせるつもりで、大声で怒鳴りつけてやった。

皆は、他の幹部たちも含めて、その勢いに圧倒されて、押し黙ってしまう。ふん、とゲオルソンは皆をあらためて睨みつけ、

「――問題の〝ヤツ〟はどうしている？」

と手近の者に訊いた。

「し、指示されたように最上級の個室に監視付きで閉じこめてありますが――しかし相変わらず喚《わめ》いたり、出した食事にも手を付けなかったりと精神的に不安定なようです」

「――いい気なものだな。こちらには不安になることさえ許されないというのに」

忌々《いまいま》しげに顔を歪《ゆが》めたが、すぐに引き締めて、

「自殺でもされたら面倒なことになる。厳重に見張っておけ」

と念を押した。

居並ぶ全員の顔に、言い様のない不快感が露になった。この海賊島に逃げ込んできた芸術家に同情的な者は誰もいなかった。もしも通常の対応が許されていたら、とっくの昔に外に放り出して、後は帝国軍が彼をどうしようと知ったことではない――そのはずだった。

実に三年ぶりになる、インガ・ムガンドゥ三世の直接の命令が下されなかったら、そうなっていたはずなのだ。だが彼らのボスは、どういうわけか今や世界中から嫌悪《けんお》と侮蔑《ぶべつ》の対象となってしまった男を〝保護せよ〟と命じたのである。

そのことを誰も納得していない——しかし、誰も抗議したり、反対の立場をとる者もいない。少なくとも、この海賊島の中でそれを試みる者は皆無《かいむ》だ。何故ならこの場所のすべてが——

（…………）

室内の者たちが緊張の中にいると、部屋の脇に置かれている魔導交感器が、ちりちりん、と作動音を立てた。

皆が、困惑したような顔をゲオルソンに向ける。いつのまにか、彼の指示を全員が待っている状態になっていた。ゲオルソンはうなずいて、

「回線を開けろ」

と交感器の担当者に命じた。素早い操作の後、部屋の壁に一つの幻影が現れた。向こうにも、こちらの幻影が届いているはずである。幻影は人の、高級軍服を着た男の形をしており、それが彼らにジロリと一瞥《いちべつ》をくれた。

鋭い眼の、削《そ》げた頬に対して大きく張り出した顎が印象的な男だった。少しでも軍事に興味を持つ者で、この男の顔を知らぬ者はいない。ダイキ帝国の、陸海空の全軍に指揮権を持つ統合本部の幕僚で〝不動〟と称される将軍ヒビラニ・テッチラである。

〝我々はダイキ帝国所属の第三方面軍だ。諸君らが、我が帝国の同盟国であるモニー・ムリラにおいて重大な罪を犯したサハレーン・スキラスタスの身柄を確保していることはわかっている。すみやかにその者を我等に引き渡してもらいたい〟

ヒビラニの幻影は居丈高《いたけだか》な口調で言い放った。なんの譲歩《じょうほ》も感じられぬ、一方的な宣言であった。

皆が黙っていると、ゲオルソンが静かな声で、

「なんの話か、理解に苦しむ」

と相手を睨み返しながら言った。

む、とヒビラニはゲオルソンひとりに視線を据えた。

〝これはこれは――海賊の巣窟にどういう訳かメルクノースの参謀殿がおられるな〟

嫌みったらしく言われる。しかしゲオルソンは冷静に、

「それは過去の話だ。今の私はこのソキマ・ジェスタルスの顧問役だ」

と答え、さらに問いかけた。

「先ほど我々が、何やら犯罪者をかくまっている、といったようなことを言われていたが、それは一体なんの話だ?」

〝ああ――白《しら》を切るのもいい加減にしたまえ。我々は確固たる情報に基づいている。そこに奴がいるのはわかっているんだ〟

「証拠はあるのか。その提示がされれば、我々としても貴軍の発言内容を考慮するのにや

ぶさかではないが」

ゲオルソンの落ち着き払った言葉に、ヒビラニの眉がぴくりと動いた。

〝それは要求の拒絶、と受け取っても良いのか?〟

「我々は、きちんと筋道を立てて話をしようと提案しているだけだ」

ゲオルソンは慇懃な口調で言った。

「ちなみにそちらは武装を施しておられるようだが――ご存じとは思うが、この海域はティキッス条約によってあらゆる国家軍の侵入と駐留を禁じている。軍艦が一隻でも海域を侵犯すると、いらぬ汚点を貴国に残すことになるだろう。注意された方が良いな」

〝助言は感謝するが――たかが辺境区域の些細《ささい》な国際条約が我々ダイキ帝国にとってどれほどの価値があるものか、その身を以《もっ》て確認したいかな?〟

あっさりとヒビラニは、とんでもないことを言った。明らかな恫喝《どうかつ》であった。だがゲオルソンもまったく動じる様子を見せず、

「その言葉を、他の条約加盟国にも聞かせてさしあげるとよろしい。なかなか興味深いことになると思うが?」

とやり返した。皮肉なことだが――その加盟国の中には彼を追放した祖国メルクノースも含まれているのだ。

二人の対話は平行線のまま、一時間近くに及んだが、両者一歩も譲らず、結局――

〝――三日だ〟

とヒビラニは明確な期限を遂に提示した。

〝三日以内にスキラスタスを引き渡さない場合、我が艦隊は武力を以て貴殿等の施設を制圧する〟

これはもう、譲歩というものではない。その三日以内に帝国は、問題の条約加盟国すべてに、自分たちの軍事行動を容認させる手続きを済ませる自信があるのだ。裏取引が飛び交い、高度な外交的判断とやらが横行し、他の国は眼を瞑《つむ》ることになるのだろう。

「我々には交渉の余地はない、というのか？」

〝猶予《ゆうよ》は与えた。後はそちらで自由に判断するがいい〟

この通告に、一同は息を呑んだ。事実上の宣戦布告だった。海賊島にある戦力をどう使おうが、それに反論しない——代わりに叩き潰すと言っているのだ。

だが——ここでゲオルソンは最後の抵抗を試みた。後になってから思い返したとき、どうして自分がそんなことを言い出したのか、自分でもわからなかったが——しかし彼はそこにしか、この事態を突破する道はないと閃《ひらめ》いたのだ。

「では——この問題に関して、我々が第三者に仲介と調停を要請してもかまわない、と言うんだな？」

〝……なんのことだ？〟

「だから、条約に加盟していない無関係の者に、そちらとこちらの橋渡し役を依頼したい、と言っている。その選択をこちらでしても良いんだな？」

〝…………〟

ヒビラニは相手がなにを言い出したのか理解に苦しむ、というような顔をした。

〝帝国と対立する危険を冒《おか》してまで、海賊に肩入れする者がいると本気で思うなら、好きにするがいい〟

言い捨てて、ヒビラニの幻影は消え失せた。

後には石のような沈黙が落ちた。

「…………」

全員が、ゲオルソンの方をぼんやりとした眼で見ている。

そのときだった。

彼らをこの事態に突き落とした〝天の声〟が再び、室内のどこからともなく響いてきた。

〝――よくやった、タラント・ゲオルソン〟

その声を聴いて、全員の背筋が一瞬でぴいん、と直立した。それは彼らが絶対服従を誓う声だった。

〝さすがは軍人としても一時、頂点を極めた男だけのことはある。君を相手にしては、あのヒビラニさえも馬鹿に見えたな〟

声は穏やかで、優しげな響きがあった。だがその場にいる者は全員、知っていた――この声の届かぬところは海賊島のどこにもなく、声の主がちょっと気まぐれを起こすだけで、海賊島にいる者は誰であろうと一瞬で生命を奪われるのだということを。

「出過ぎた真似をしました」

ゲオルソンは静かに言った。

〝いや、あれでいいだろう――この件は正式に君に任せることにしよう、タラント〟

「わかりました」

〝それについて、少し君と話がしたい――他の者はすぐに、この場から出るように〟

声がそう告げると同時に、その場に控えていた者たちはあっというまに会議室から飛び出すように退出してしまった。

重い扉が閉じられる鈍い音が部屋に響き、ゲオルソンは、ぽつん、と一人取り残された。

（………………）

ゲオルソンは緊張の中〝声〟が上から聞こえてくるのを待っていた。

だが、ここで信じられないことが起きた。

――ぽん、

と、彼の肩の上に何かが載った。びくっ、と思わず身がすくんでしまう。

それはまぎれもない、手のひらの感触だったのだ。

そして、耳のすぐ側で囁かれる、声は——

「タラント、私はこれまでの人生で〝敗北〟というものをしたことがない」

——その声は〝声〟として聞こえてくるよりも若々しく、生気に満ちていた。吐息が耳《じ》朵《だ》に直接感じられそうなぐらいに、近い。

だが確かに、他の者が皆出ていってしまって、部屋には彼以外に誰もいなかったはずなのだ。それなのにいつのまにか、そこに立っていたのである。

そして、見えた——つい反射的に目をやってしまったその、肩の上に置かれた手の甲には、複雑な魔法紋章が確かに刻まれているのを。

それは防御呪文に掛けては世界一と謳われた魔導師ニーガスアンガーが〝我が生涯で唯一無二の最高傑作〟とまで言ったとてつもなく強力な護身呪文刺青なのだ。あらゆる暗殺から〝彼〟を守るために、その父がニーガスアンガーに命じてまだ幼かった我が子の全身に刻み込ませたそれこそが〝支配者〟の証である。

「…………！」

ゲオルソンが絶句し、硬直していると、彼のすぐ後ろに立っている者は、

「なぜだかわかるか？　タラント」

と静かに訊いてきた。

ごくり——と唾を飲み込みながら、ゲオルソンは必死で倒れそうになる自分を支えていた。倒れるわけにはいかない。もしも倒れるときに、この後ろの人物の顔をちらとでも見

ようものならば、自分は確実に消される。

「……はっ」

震えそうになる声を懸命に抑えながら、ゲオルソンは返事をする。

「それは、強大なお力をお持ちですから――」

「力か、なるほど――しかし、力というのなら、ダイキ帝国の方が私よりも力を持っているだろう。君がかつて身を置いていたメルクノース軍にしてもしかりだ。大きな力はより大きな力との敵対を生む。君はかつて権力を持っていた。その力は君を守ったか？」

「………」

それはゲオルソンには苦い記憶だった。権力闘争に敗れて、彼は命からがら逃げだす羽目になったのだ。参謀にまで昇りつめた彼の今のメルクノース軍における地位は〝脱走兵〟にすぎない。

「私が人生で負けたことがない、その理由がなんなのか……それは私が、自分の力を越えるような勝負を避けてきたためだ。一か八か、そういう賭けを一切してこなかったからだ」

声は動揺の極みにあるゲオルソンに対して、静水のように揺らぎがない。

「我々は、力を持っているかも知れない。だが今回の事態にあっては、その力を使うことはダイキ帝国との対立しか生まない。君はその辺のことをよくわかっているようだ。第三者にこの対立を調停させるとは、確かにいい考えだ」

「……はっ」

「しかし、重要なことがひとつ残されているな。それをどうするのか、君に案はあるか？」

言われるまでもなく、そのことはゲオルソンも理解していた。

「はっ。その〝第三者〟を誰にするのか――実のところ、ダイキ帝国軍が私の提案を重要視しなかったのは、そんな厄介事《やっかいごと》を引き受ける者がいるとは思えなかったためと思われます」

「そうだな、もっともだ――危険な賭けになるだろうからな。成功すれば、我等ソキマ・ジェスタルスにもダイキ帝国にも大きな発言力を得られるだろうが、失敗すれば出しゃばりの無能者扱いされるのは間違いないだろう。そんな相手のあてが、君にはあるのか？」

この問いに、ゲオルソンはすぐには答えなかった。息を吸って、吐いて、そして言う。

「――私は、少し前までは完全な負け犬として人生を送ってきました。海賊島に顧問として迎えられたにもかかわらず、かつての軍人だった過去を引きずって、鬱屈《うっくつ》した日々を過ごしておりました」

これはある意味で、それまで海賊であることを嫌っていたのだという深刻な告白であった。しかしこれには、

「ああ、それは知っている」

と簡単な相槌《あいづち》が返ってきただけだった。ゲオルソンは続けた。

「しかし――私はあるとき、ひとりの人物と賭事をすることになり、そしてすべてが変わったのです。私は完全な敗北を覚悟したのですが――結局、勝負には勝ちました。しかし、相手はまったく損をしなかったのです。そんなことが可能だとはとても信じられませんでした。私はそのとき〝何かを賭ける〟ということの本質を思い知らされたような気がしたのです。真の強者とは、自分の選択にためらいも後悔も持たず、何物に責任を転嫁《てんか》することもないのだ、たとえ結果がどんなものになろうとも――それを教えられたのです」

「ふむ――それで、今の自分の境遇は誰のせいでもなく、運が悪かったのでもなく、己《おのれ》の選択の結果なのだと悟って、開き直れた――そういうことか？」

「――はい」

「なるほど――君がなにを言わんとしているのか、私にも思い当たる節《ふし》があるようだ。その、君が出会ったという賭事の〝強者〟に、交渉を依頼しようと言うのだな？」

「そうです。その者は、カッタータ軍に所属する特務士官です。幸いなことに、ダイキやメルクノースから遠く離れた地にあるかの国は例の条約に加盟しておりません」

「カッタータが断る理由はないな。失敗しても、その人物一人に責任を押しつければすむことだからな――」

ここで、ゲオルソンの背後に立つ者は、その声にわずかな変化を見せた。

「とんだ貧乏くじ――だが、きっと引き受けることだろう、彼女ならば」

その声にはわずかに、しかし明らかに、愉快そうな笑いがこもっていた。

「――はい」

ゲオルソンは、すでに相手が彼の提案を予測していたことを知っても驚かなかった。そう、この海賊島にあって、彼が知らぬことなど何もなく、彼ができぬことなど存在しないのだ。

それが海賊島の頭首、イーサー・インガ・ムガンドゥ三世なのである。

「一応確認しておくが――君が考えているその人物の名前を、はっきりと言ってみてくれないかな?」

その指示に対して、ゲオルソンは静かに、だがためらいのない声で言った。

「はい。彼女の名前は――」

それはかつて彼女自身が彼に向かって名乗ったのと同じ調子であった。

「〝レーゼ・リスカッセ〟――」

2.

夜壬琥姫の遺体が発見されてからの〈落日宮〉の混乱はひどいものだった。

被害者が大物であることもあり、事件の捜査にはまともな警察機構が存在しないモニー・ムリラ警備隊に代わって、ダイキ帝国軍の治安維持部隊がやってきたが、彼らはたちまち〈落日宮〉を中にいた人間もろともに封鎖してしまった。いかつい鎧《よろい》を着た騎兵たちが施設の至る所に立ち、憲兵が滞在客たちに遠慮のない尋問を加えたが、それで何かがわかるというものでもなく、二日後にはもう、事態は行き詰まってしまっていた。

わたし、カシアス・モローも滞在の目的や被害者との関係を問いただされたが、しかし彼らはわたしの話から何か実のあることを引き出すことはできないようだった。特にスキラスタスの行方についてはさんざん訊かれたが、わたしとしては答えようがない。

のんびりと優雅だったそれまでの生活は、急に殺気だったぴりぴりとした緊張に包まれたものに変わっていた。

そんなときに、わたしはその男と出会ったのだった。

わたしは夜壬琥姫がしていたように、夜明け直後の庭園に、早朝の散歩に出ていた。もちろんあちこちに装甲騎兵たちが立っている中なので全然、風情はない。

彼女が何を考えていたのか、行動をなぞってみることで知りたかったのだが、そうそううまく行くわけもなく、ただ見張りの者たちの鋭い視線が刺さってくる感触が痛いだけだった。彼らはわたしが、少しでも不審な行動をとったらたちまち飛びかかってくるだろう。治安維持部隊は、我々全員を危険分子予備軍としか見ていないだろう。

(…………)

思えばわたしが、夜壬琥姫と初めて会ったのもこの庭園だった。あのときは、まさかこんな事態になってしまうとは予想もしなかった。

わたしはポケットから小さな物を一つ取り出した。

それは一角獣の形をした水晶体だった。そう、スキラスタスがわたしに、夜壬琥姫を口説きおとす協力者になってくれと頼んできた時にくれたものだ。

（…………）

複雑な気持ちになり、わたしはその小さな彫刻品を再びしまい込んで、歩き出した。

すると庭園の一角から、なにやらガヤガヤと騒いでいる音が聞こえてきた。

向かってみると、花壇を管理している庭師たちと憲兵が揉《も》めていた。

「花の手入れを欠かすことはできないんだ。一日でも手を抜くと、たちまち枯れてしまう品種がいくつもあるんだぞ！」

「余計な行動は禁止したはずだ。勝手な真似は許さん」

憲兵たちは突き放した調子で威圧したが、庭師たちはひるまず、

「何が勝手な真似だ！　それはおまえたちの方じゃないか！　何の役にも立たない癖に大きな面《つら》しやがって！」

と怒鳴り返した。

「なんだと――？」

「おまえらが来ても、事件は全然解決しないじゃないか！」

「き、貴様ら……！」

痛いところを突かれて、憲兵たちが顔色を変えた。険悪な空気が漂っていた。わたしは

配なのだ。
腐った酸味を感じた。それは人が緊張に耐えきれなくなって、感情を激発させるときの気

（まずいな）

わたしは焦った。下手《へた》をしたら暴動になりかねない。帝国軍はモニー・ムリラを同盟国とは名ばかりの属領だと見ているが、実際は、その国民たちは歴史に誇りを持ち、れっきとした独立国家であるという自負心がとても強いのだ。この対立は根が深い。一度火がつくと尾を引くことになるだろう。どうにかしなくては。だが、どうすべきか——とわたしが逡巡《しゅんじゅん》していた、そのときであった。

「花——花ですか」

と、唐突に妙に呑気な声が響いた。

「花はいいですね。うん——実にいい」

む、と皆がその声の方を向いた。そこにはいつのまに来ていたのか、変わった男が一人立っていた。

男は皆に、かるく会釈《えしゃく》して、そして滔々《とうとう》と語りだした。

「花というのは、それが咲く土地の人々の美意識を決定してしまうようなところがあります。様々な花が咲き乱れる南国では人も己を極彩色に飾り立てるのを好むし、凍てついた雪国では、ぽつんとささやかに花開く雪割草の健気《けなげ》さに美しさを感じる。緑は豊かだが、花というと地味なものばかりの国では、春のみ唯一、鮮やかに、満開に咲き誇る淡い色合

いの樹木の妖《あや》しさを称《たた》える、といった具合です。そういう意味では花こそが、その土地の人々の心に他ならないとも言えます」

男は、皆が聞いているかどうか、まったく頓着《とんちゃく》なしに一方的に演説している。彼は、実に変わっていた。年寄りや中年には見えないから、年齢は若いのだろう。だが何歳なのかちょっと見当が付かない。服装は別に、それほど奇矯《ききょう》という訳でもないのだが、なんというか、その――

他の者たちも、男の風変わりさに状況を思わず忘れて「………」と茫然としている。

「その花を、その土地の人々の前で土足で踏みにじるのなら、それは彼らの心を侮辱することに他ならない。帝国軍の方々はそういうことの重要性をお考えになったことはありますか？」

男は言いながら、こつこつと人差し指でそれを叩いていた。

「そして、庭師の方々――あなた方は花のことはよく御存じですよね。花というのは季節で変わるもの、気候を反映し、自然の流れに乗ったものだと。そして必ず枯れてしまうものである。だからこそ美しい。今の状況はあなた方にとっては正に災害以外の何物でもありませんが、常に花というのはそういう、嵐とか雹《ひょう》といった予測不能の災難に遭い続ける宿命にあるものです。だが、それでも花はまた咲く。どんなに踏みにじられても種が残り芽吹いて蕾《つぼみ》をつける。その姿に人は生命を感じるのです。枯れてしまうが故に、花というのは美しさの象徴としての力を持つのです。ここで花が枯れていってしまったとしても、それはあなた方の世界から美が失われることにはなりません。美はその枯れたものに再び花を咲かせるあなた方の腕に、その修練を積んだ技術の中にこそ、あるのですから」

男のそれに、皆としてはどういう反応をしていいのかわからずに戸惑っていた。

「——なんだ、おまえは？」

さんざん喋られた後で、やっと憲兵の一人が男に訊ねかけた。

「なんだ、とは？」

男はおどけたような、しかし大真面目《おおまじめ》な口調で訊き返してきた。

「それはこの僕が、あなた方にとってどのような意味を、関係を持つ存在なのか、というご質問ですか？　それなら答えは極めて簡単ですが」

べらべらと、実によく口が回るものである。

「あ？　だ……だから、なんなんだ？」

憲兵は男の顔を見ながら、実に居心地の悪そうな表情をしていた。そうなのだ。彼の顔を見るということは、その指先が常にこつこつと叩き続けている、顔面の半分を覆うそれを見ることに他ならないからだ。

「いや、意味はありません」

男は確かに、極めて簡単にそう言った。

「全然無関係です。僕はあなたたちにとってはまったく意味のない、ただの通行人です」

「…………」

あまりの断言ぶりに、皆は言葉を失った。じゃあ何でそんなに喋ることがあるんだよ、と誰もが言いたくて、しかし誰もが言うタイミングを逸《いっ》していた。

「無関係ですから、別にあなた方がどうしようが僕は気にしません。どうぞ、やっていたことをお続けになって下さい」

男はまた、皆に会釈した。

「…………」

そう言われても、皆の気勢は完全に削げてしまっていた。殺気だった空気はいつのまにか、男の道化じみた行動の前に、すっかり白けきっていた。

庭師たちは、男に言われた技術云々、という言葉を確認するように自分たちの手を見つめていた。

やがてその内の一人が、

「……魔導器具や薬品は使わないから、せめて虫が付いていないかどうかを確認させてもらえないか」

と憲兵におずおずとした口調で提案した。茫然としていた憲兵たちも、その言葉に、

「……う、うむ。まあ、よかろう」

と弱々しい声で肯定した。

この成り行きに、あの男はどうするかというと、確かに言ったとおりにまったく興味がないようで、その横をなんでもないといった調子で通り過ぎてしまっただけだった。そし

て――

「やあ、どうもモローさん」

――そのまま、わたしの方にやって来たではないか。

わたしは少なからず驚いていたので、すぐには返事ができなかった。

だが男はかまわず、

「カシアス・モローさんですよね。いやお待たせして申し訳ありませんでした」

丁寧《ていねい》な口調で詫びてきた。その言葉の意味をわたしが把握《はあく》するのに数秒を要した。わたしがこの落日宮に来た目的、その待ち人以外にこんなことを言う者はいないということを。

「――すると、七海連合の……？」

彼が、組織へのわたしの加入を審査する、面接官なのだろうか？

「はい」

男はうなずいた。そして懐《ふところ》から特別な紋章の入った呪符を出して見せた。それは紛れもなく、七海連合でも特別な役職に就いている者にしか支給されないという身分証だ。

「僕の名前はエドワース・シーズワークス・マークウィッスルといいます。ED《エド》と呼んでください」

と、一息で一気に自己紹介した。

「は、はあ……わたしは」

と挨拶しようとすると、いきなり、

「いや無駄は止《よ》しましょうモローさん。こっちはあなたのことは一通り調べてありますから自分でおっしゃる必要はない」

EDと名乗った男は、わたしの社交辞令をあっさりと無視した。

「……どうも。あの——ひとつ伺《うかが》っても？」

しかしわたしはどうしても、そのことだけは訊かずにはいられなかった。気になって仕方がないのだ。

「なんでしょうか」

「あなたは、その——それをいつも着けてらっしゃるんですか？」

わたしは彼の顔面を——その半分を覆っているそれを指差した。その、見慣れぬ風変わりな彫刻が施されている仮面を。

お祭りとか舞踏会でも開かれていなければ、普通の人間が日常生活で着けていることなどあり得ないのだが、しかしこの男に仮面は異様に似合っており、普段から年中着けているような雰囲気しか感じられなかったのだ。

「そうですが。それがなにか？」

仮面の男は何を訊かれているのかわからない、といった風な感じに肩をすくめた。

わたしが次の言葉に迷っていると、落日宮の建物の方で慌ただしく帝国軍の者たちが動いているのが遠目から見えた。やたらと隊長らしき連中が出入りし、寄って来ようとする下士官や一般兵に「持ち場に戻れ」などと怒鳴ったりしている声も聞こえてきたりと、大騒ぎになるのを必死で抑えている感じだった。

「なんだ……？」

わたしが呟くと、仮面の男EDは「ああ」とかるくうなずいて、

「サハレーン・スキラスタスの居場所がここにも伝わってきたんでしょう」

とさらりとした口調で言った。わたしの顔は驚きの表情にひきつった。

「……なんですって？」

そんなわたしをよそに、彼はやや皮肉めいた笑みを唇に浮かべて、だがその表情の半分は仮面に隠しつつ、さらに補足した。

「帝国軍の司令部では、もう少し早く情報を掴んでいたはずですがね。今頃は艦隊で問題の場所、海賊島を包囲している頃だと思いますよ」

彼は仮面を指先でこつこつ、と叩きながら静かな口調で言った。

……後から思うと、わたしはこのときに、これからの展開を半ば予感していたように思う。

この仮面の男がこの〝殺人事件の現場〟にやってきた真の目的がなんであれ、彼が訪れた先ではもはや事件は謎めいた美を持つ、幻想的なものであり続けることは許されず、単純で明瞭な整理された〝真実〟に変えられてしまうであろうことを——直感的に悟《さと》ってい

たのである。

3.

「カッタータの特務大尉だと？」

ダイキ帝国軍のヒビラニ・テッチラ将軍は報告を受けて眉をひそめた。

「そんな奴が何しに来たというのだ？」

「その女のことはよくわかりませんが――そいつの護衛と称して共に来た者が問題です」

副官が資料をヒビラニの前に出した。

それを見て〝不動〟と呼ばれるほどの将軍の眼に驚きが浮かんだ。

「――これはあの、噂のあいつなのか？　ザイドス紛争で、炎の機甲兵団を単独で全滅させたという――」

「そうです。例の〝風の騎士〟です」

副官はうなずいた。

「むう――」

ヒビラニの顔が険しくなる。

「彼奴《きゃつ》が出向している七海連合が送り込んできたと見て間違いないな。奴等め、何を企んでいるんだ？」

「海賊島の連中相手に、スキラスタスの引き渡しを認めさせるための交渉をする、と言っていますが――」

「仲介役というわけか？　どうにも解《げ》せない話だな……」

ヒビラニは、カッタータと七海連合の間になにか取り引きがあったとして、それがどんなものなのか考えてみようとした。だがまったく思いつかなかった。カッタータの方は女士官を派遣するなど、本気で事態にあたるつもりがないとしか思えないし、世界最強と噂される風の騎士は、戦士としては超一流かも知れないが交渉役として適任とは言えない。相手に余計な警戒をさせるだけだ。

（失敗しに来ているとしか考えられんが……）

「どうしますか？　連中の海賊島への渡航を許可しますか？」

副官の質問に、ヒビラニはこの部下を真剣な眼で睨みつけるようにして、見つめた。

「……………」

「――な、なんでしょうか？」

「大佐、君に話しておくことがある。これは今まで、ごく一部の人間しか知らされていないことだ。本来は国家機密事項なのだが……七海連合が何を策しているのか推測できない以上、私だけでは事態に対応しきれないかも知れない。万が一の時に、君でも即応できるように隠された情報を教えておこう」

「……どういうことでありましょうか？」

「君はこの事件をどのようなものだと捉《とら》えている？」

「──聖ハローラン公国の王族が、芸術家と痴情のもつれの果てに殺された……と理解していましたが」

「そうかも知れない。だが、そうでないかも知れんのだ。我々にはそれを疑うだけの〝理由〟がある。だからこそ、我が軍はいかなる武力を行使しても、この事件を速《すみ》やかに、スキラスタスの犯行として処理せねばならないのだ」

「……そ、それは一体、どのような理由ですか？」

副官は声を震わせて訊ねた。

「…………」

ヒビラニはしばし黙考した。改めて、事実を告げるかどうか秤《はかり》に掛けたのだ。だがやはり最初に思った通り、教えることにした。

「問題なのはスキラスタスでも、殺人事件でもないのだ。被害者の夜壬琥姫さえも、我々にとっては二の次であり、最も重要な存在は──姫の恋人と称していた男なのだ」

「──それは確か、殺人事件の寸前に落日宮を訪ねていたという、キリラーゼと名乗った者のことですか？」

「そうだ。幸いにも我々の情報操作が功を奏し、皆はスキラスタスのことばかり気にして、その男のことを忘れているが──実はキリラーゼが姿を消してしまったことこそが問題の核心なのだ。奴は──」

ここでヒビラニは一瞬、言葉を切った。だがすぐに続ける。

「我が帝国軍と聖ハローラン公国軍の間で活動させていた間諜《スパイ》なのだ」

「……！」

副官の顔に驚きが走った。ヒビラニはかるくうなずいてみせて、

「だが奴は、三年前に、我が国の第一級機密と共に姿をくらました。我々は必死で奴を捜索したが、行方は杳《よう》として知れなかった……三日前まではな」

と重々しい表情で告げた。

「……で、では──夜壬琥姫は？」

副官がかすれた声を上げると、ヒビラニは首肯《しゅこう》した。

「そうだ。色に溺《おぼ》れて、帝国に公国の情報を売っていた内通者で、だからこそ彼女は公国から追放されたのだ──売国奴《ばいこくど》として。だが王族の醜聞を恐れた公国がその辺の事情を一切公表しなかったために、夜壬琥姫は謎めいた女ということになっていたのだろう」

「………」

「わかるな、大佐──事態の複雑さが」

副官はやっと、どうして帝国軍がこんなにも早く艦隊を動かして海賊島を包囲したのか、その理由を知った。夜壬琥姫の所にキリラーゼが姿を見せたという情報が入った時点で、既に帝国は軍を動かす準備を始めていたのだろう。

「で、ではスキラスタスは姫の正体を知っていて、それでなお彼女を殺したのでしょうか

「……？」

「それがわからないから、奴を確保しなければならないのだ。無論、極秘にキリラーゼの行方は捜索中だが……奴は夜壬琥姫に会いに落日宮に現れるまで、我々の前からも完全に姿を隠していたほどの者だ。そう簡単に見つけられるとは思えない」

「スキラスタスが唯一の手掛かりというわけですか……」

「我々は、一歩たりとも退くことはできん」

ヒビラニは断定した。

「たとえ海賊島の奴等が何を言い出そうと、七海連合がどんな介入をしてこようと……最終的にスキラスタスを手中にするのは我々だ——その、カッタータの特務大尉とやらを通してやれ」

「よろしいのですか？」

「もしも、奴等が秘密を嗅《か》ぎつけていて、その先回りをする気だというなら、それはそれでもかまわん——七海連合の動きを監視していれば、キリラーゼに辿《たど》り着けるだろう。後はそれをすべて、我々が確保してしまえばいい」

ヒビラニ・テッチラはうなずいた。その眼は蛇《へび》のように冷たい光を放っていた。それは事態の処理にあたって何人——いや何百何千と人が死ぬことになっても、目的のためならまったく頓着しない戦略家の眼だった。

……というわけで、私レーゼ・リスカッセはこの海賊島事件に関与することになってしまったのだった。

私は若い女であり、基本的に軍隊関係者には軽《かろ》んじて見られることが多い。それは今回も例外ではなく、

＊

「カッタータの特務大尉？　おまえがか？」

と、怪訝《けげん》そうな眼で見られた。

私と、もう一人の連れは小型艇で問題の海賊島に向かっている最中であり、その途上では当然のことながらダイキ帝国が敷いている包囲網のラインを横切ることになる。

しかし、別に私たちは戦いに行くわけではないので、強行突破などはしないで、素直に私たちを制止してきた戦艦に通行許可を求めた。

「カッタータ軍が、こんなところで何をしているんだ？」

私たちの小型艇に砲を向けている戦艦の甲板から、甲板長らしき男が棘のある口調で訊いてきた。

「我々は正式な要請で、帝国軍とソキマ・ジェスタルスの仲介にやってきました。既に今頃は、そちらの司令部に書類が届いているはずです」

私は淡々と、事務的に言った。後ろの連れは無言で、

「…………」

と、ただ立っている。

「それと、私は国軍に属している軍人ではありますが、この任務上では軍事行動の従事者という立場では来ておりませんので、そのつもりで」

「なんだと？　仲介？」

向こうは啞然とした表情になっている。どうもよく理解できていないようだ。

「海賊どもに、降伏勧告でもしに行くのか？」

彼らは私たちと言うより、私だけに向かって訊いてきた。

「そうなるかも知れませんし、向こうからの提案をそちらに告げることになるかも知れません」

「なんでおまえのような若い小娘に、そんな重要な任務が命じられるんだ？」

あきらかに、馬鹿にしきったような声で言われた。

しかし私は別に腹を立てたりはせず、

「おかしいですか？」

と静かに訊き返した。

実際は、確かにおかしいのだ。無関係のはずのカッタータのところに海賊の方から要請が来るというのもおかしいし、しかも私を名指しでというのもまったく理由が摑めない。

確かに私はかつて、特殊な任務の途中で海賊島に寄ったことがあったが、それも一日足らずのごくわずかな時間だけのことだ。

（海賊たちの真の狙いがなんなのか、常に警戒していなければならないでしょうね）

そう思っている。だがそんなことはもちろん表には出さず、この任務が自分に与えられないでどうするのだという顔をしてみせる。

帝国軍の甲板長は侮蔑の表情で、私を睨むように見おろしてきた。

「決まってるだろうが。それとも踊り子みたいな色気で海賊どもを誘惑しろ、とでも言われているのか？　なんなら今、ここでやって見せてくれてもいいぞ」

甲板長の言葉に、周りにいる海兵たちがげらげらと下卑た笑い声をあげた。

「…………」

私は無表情だ。

「とにかく、艇《てい》をこっちに寄せてこい。話はおまえらの武装解除が済んでからだ」

「武装はしていません。戦争に行くわけではないのですから」

「しかし、何を隠し持っているか、知れたものじゃないからな。おまえの身体検査の必要もあるかな？　裸になって危険人物でないことを証明してくれよ」

また笑い声が降ってきた。彼らに、私の話を真面目に聞く気がないことは明らかだった。

「――ふう」

私は怒るでもなく、ため息をひとつついた。そして後ろに立っている連れに向かって、ぽつりと、

「もういいですよ少佐。消していた気配を戻してください」

と言った。

その途端、周囲の空気が一変した。

彼は、ただ私の横に一歩、足を進めただけだ。伏せていた顔を上げて、誰にも向けていなかった視線を、連中に突き刺してやっただけだ。

だが、それまで私ばかり見ていて誰一人として注目していなかった彼と視線が合うと同時に、誰もが息を呑んだ。

「…………!?」

私はその海兵たちの豹変ぶりに、ついニヤニヤしてしまう。

彼の親友は〝彼には王になる資質がある〟と言う。正にその通りで、彼の姿を皆が認めた瞬間、周辺は彼の圧倒的な存在感にひれ伏すことになるのだ。

ヒースロゥ・クリストフ。

それが彼の名前である。

「あ、あいつは――まさか……」

その顔は世界中の戦士が知っている。およそ戦闘に関する職業に就いているもので、彼のことを知らぬ者はいないのだ。その武勇と、単独の剣技のみで機甲兵団を壊滅させたこ

ともある恐るべき力を。

「か、風の騎士……？」

誰かがその名を呟いた。そしてそれっきり、水を打ったような静寂が辺りに落ちて、誰も何も言わなくなってしまった。その中に、

「通るぞ――いいな？」


という言葉が響いた。

ヒースロゥは重い、むしろ小さな声でぼそりと言っただけだったが、その言葉は甲板にいる海兵たち全員にしっかりと伝わったらしい。

「は、はいっ！　どうぞ！」

という合唱が返ってきた。私はすっかりおかしくなってしまい、

「武装解除のために、寄らなくてはならないんじゃなかったっけ？」

と言ってみた。

ぶるるん、と甲板長が大きく首を左右に振った。

「そ、その必要はありません！」

するとヒースロゥが彼をじろりと睨みつけ、

「騎士は武器に入るのか？　なんなら――俺がその戦艦に乗り込んでやってもいいんだ

ぞ」

と言うと、甲板長は顔色を変えた。

「と、とんでもない！」

「では、通らせてもらうわよ」

私はすました顔で、小型艇を再び発進させた。


「…………」

遠ざかっていく小型艇を、甲板長たちは呆然として見送っている。

（し、しかし——上の許可もなく通してしまって良かったんだろうか）

甲板長は自分が過失を犯してしまったのではないかという不安に襲われていた。だが、それでも彼は命令違反で減俸になろうが、経歴に傷が付こうがなお、どこかで安堵《あんど》している自分に気づいていた。そう、これでどんなことになろうと、

（……風の騎士と敵対する羽目《はめ》にならなくて、本当に良かった）

と、実感していたのだ。

やがて、すぐに艦長から〝作戦本部からカッタータの仲介役を通せという指令が下ってきた〟と言われたが、それでも彼は、そのことにはもう、さほど感じるところはなかった。

「──あははは っ！　おかしかったですねぇ！」

小型艇がある程度帝国軍の戦艦から離れたところで、私はとうとう笑い出してしまった。

「あいつらときたら、私の横にいたのが少佐だと知った瞬間に態度をころっと変えて」

笑いがとまらない。彼らの間抜け顔を思い出しただけで、腹の皮がよじれそうになる。

しかしヒースロゥは、まだ憮然《ぶぜん》とした顔つきのままで、

「まったく──あなたは心が広すぎる」

と苦い口調で言った。

「は？」

私がきょとんとすると、彼は、

「あんなひどい侮辱を受けたのに、笑って許してやるなんて、どうかしていますよ。あんなことを言われるくらいなら、最初から許可など求めに行かず、強行突破してしまえばよかったんです」

と、実に不機嫌そうだ。

「言われたのは私だけで、少佐には何も文句を言えなかったじゃないですか」

私がそう言うと、彼はますます顔をしかめた。

「あなたが言われたのが問題なんじゃないですか。俺にだったら何を言ってもかまわんが、あなたにあんなことを言う奴は許せない。まったく──くそっ」

彼は怒っているのだが、それは子供じみた腹立ちといった感じで迫力はなく、とても世界中の戦士から鬼神のように恐れられている男のものとは思えなかった。

「…………」

私は少し黙っていたが、しかししばらくすると、またニヤニヤ笑いが顔に浮かんできてどうしようもなくなってきた。

そう、彼が今言ったように、私たちは別に帝国軍の戦艦に通行許可をわざわざ求めに行くことはなかったのだ。強行突破というのは無謀だが（まあ、風の騎士なら無茶ではないんだろうが）そもそも上の艦隊司令部あたりとは既に話が付いている。現場の対応など無視してもよかったのだ。

でも、それでも私はどうにも、私と彼が一緒のところを他の人間に見せつけてやりたかったのだ。

確かに彼は世界的に有名な人物であり、軍隊が束になってもかなわないほどの強さを持っているかも知れない、でも——

（でも、今の彼は、私の騎士だわ）

そう、彼がどんな運命の星の下に生まれ、どのような大きな仕事をこれからの世界に展開することになろうとも、今の彼の使命は私を、私一人だけを守ることなのだ。

これは気持ちがいい——。

つい自慢したくなるのも無理はない。

別に私が一人で勝手に思いこんでいるわけではない。このことは、私がここに来るに当たってまず最初に確認したことなのだ。そう、私とヒースロゥと、そしてEDの三人で——

4.

「今回の事件にはいくつかややこしいことがありそうだ」

EDは私とヒースロゥを前にして言った。

かつての殺竜事件のときのように、私たち三人は急遽《きゅうきょ》集まって事態に協力して当たることになったのだ。私がカッタータ本国から交渉役に命じられるのとほとんど同時に、二人の方から私のところに飛んできてくれたのである。どうやら二人は前もって、殺人事件の容疑者スキラスタスが海賊島にかくまわれていることを知っていたようだ。

「まず、帝国軍がかくもムキになってあの事件を解決というか、力でねじ伏せようとするその理由がわからなくてはならない。もちろん殺人事件の真相もです。ですが——そっちの方は今や二の次になっていることも否定できない」

EDはいつものように、顔に着けている仮面をこつこつと叩きながら言った。

「とにかく、今の最大優先事項はなんといっても、帝国にも海賊にも、どちらにも一発の砲撃さえ始めさせてはならないということです。あの海域はただでさえキナ臭《くさ》い——あそこで武力衝突が始まってしまったら、その後の利権を少しでも得ようとして、少なくとも三つの軍が介入してくるのは間違いないでしょう。表向きは帝国軍への協力だとか、条約違反に対する抗議行動とか色々な理屈を付けてね」

　ＥＤは苛ついたように何度か首を左右に振った。

「タチの悪いことに、交渉とか言っているが……実際には今回の件、それぞれに交渉する余地がまったくない。互いに一歩も退く気がない。こういうときはあらゆる調停も籠絡《ろうらく》も無意味です。どっちも望んでいることは白黒をつけることだけなので、第三者の介入など単なる時間稼ぎに過ぎないんですよ。つまり——」

　ＥＤは「ふう」とため息をついてから、ぽつりと言った。

「僕は今回、この事態に対して何もできない。戦地調停士としての僕の仕事は基本的に、対立は無意味だということを争っている連中に教えてやることですが、帝国軍の狙いはおそらく、事件そのものとはあんまり関係のないところにあり、海賊の方は面子《メンツ》のためには滅亡も辞さないはずです。嚙《か》み合っていないんですよ。対立は始めから無意味で、両方ともそのことを、わざわざ僕に教えてもらわなくとも知っているんです。だから僕は、直接この海賊と帝国軍との対立には関わりません。それは——」

　ＥＤは仮面の奥の瞳を、まっすぐに私に向けてきた。

「あなたにやっていただきたい、レーゼさん」

　見つめられて、私は少し落ち着かない気持ちになった。

「……しかし、私は絶対中立の交渉役として命じられていますから、それに反することはできませんよ。その範囲内で何か協力できることがあれば、まあ――」

「ああ、いやいや、そうじゃありません」

私の言葉の途中で、EDは頭を振った。

「我々が、あなたの指示に従うということですよ。今回はあなたが主役です」

きっぱりと言った。

「……は？」

私はEDの横にいるヒースロゥの方を見た。彼もうなずいた。

「どうやら、あなたが今回の件では最適任者ということらしい。俺やマークウィッスルではなくて、ね」

「……そう、なんですか？」

私はきょとんとしてしまった。以前の事件で私はこのコンビがどんなに優秀であるか、不可能とも思えることを実行してしまうか、色々と目《ま》の当たりにしてきた。それが――〝私の方がいい〟と言われても正直、困惑するしかない。

「そうです」

EDは力強くうなずいた。

「海賊島の連中が何を考えてあなたを指名してきたのか、おおよその見当はついています。あそこでは僕やヒースよりも、あなたの方が遥《はる》かに信用されている。それは勝負師としての実力です。一か八かの博打《ばくち》を打つ——おそらく、今回の件ではそれ以外に事態を打開できない。僕は気が弱いので賭事には向いていないし、ヒースの奴はすぐに熱くなってしまいますからね。あなたにしかできないんですよ」

「…………」

私はちょっと黙ってしまう。EDはかつて片腕を切り落とされるほどの苦痛の中で、平然と交渉を続けたこともある。彼のどこが気が弱いのか、とか思うが、それ以前に今のは誉《ほ》められたのか貶《けな》されたのかよくわからない。博打の達人、というのは一般的に言って穀《ごく》潰《つぶ》しの代表みたいなものではないか。ギャンブルなど、私は日常的にはまったくやらないのだ。

「そうです、言うなれば今回のあなたは、海賊の〝代打ち〟として呼ばれたんですよ」

EDは自信たっぷりに言う。私はさすがに文句を言う気になった。

「あのですね——私は確かに、特務士官としてある程度のギャンブル関係の訓練も受けましたが、それはあくまでも狡《こす》っからいイカサマのやり方とか、胴元連中が裏で使っている符丁《ふちょう》の見破り方とかいったものですよ。別に賭事そのものに秀《ひい》でているわけではありません」

前に一度、この二人の前でその実技をやってみせたのがまずかったらしい。望みの賽《さい》の目を出せるとか、素人目にはまるで運さえも自在に制御できるように見えたかも知れないが、あれはその筋の者たちの間では大したことのない技術に過ぎないのだ。

ところがこの私の抗議を聞いて、EDはニヤニヤしだしたのだ。そしてヒースロゥの方を向いて、

「——な？　だから言っただろう？」

と得体の知れない同意を求めた。これにヒースロゥも、

「——ああ、そうだな」

と納得したみたいな顔をしている。

「な、なんですか？」

男二人で目配せしあったりして、なんか気持ちが悪い。

「いやいや——だからいいんですよ。あなたが賭事なんか全然好きじゃないというところが」

EDは私の額の辺りを、ぴっ、と指差してみせた。

「どういう意味ですか？」

私はその指を払いのけながら訊いた。EDは決して悪気はないのだろうが、どうにも人を苛立たせるような態度を取ることがある。

「決断に於いて、もっとも障害になる要素はなんだと思いますか？」

彼は逆に訊いてきた。

「そんなもの、状況次第でしょう」

私は投げやりに言った。適当に言ったつもりだったのだが、これにEDは深くうなずい

た。

「そうです——正にその通り。しかし人はその状況をしばしば見失うんですよ。どんな事態にも流れというものがある。その流れを見えなくさせているのは人間の欲です。だがあなたには賭事で自分を満足させようという感覚がない——勝ってもどうでもいいし、負けたら次の手を考えればいいと思っている。その冷静さ——そう、真剣勝負では時に、勝とうと思うことさえ命取りになる。あなたならその心配がないんです」

もっともらしいような、しかし何を言っているのか相変わらずよくわからないことをべらべらと喋る。

「…………」

私はどうも、EDと話していると時々、自分がとんでもない馬鹿なんじゃないかと思ってしまうことがある。彼が何を言っているのかわからないのに、その意味はもう知っているみたいな感じがして、落ち着かなくなるのだ。

黙っている私に、ヒースロゥが、

「俺からもお願いします、レーゼさん」

と言って頭を下げてきた。私は慌てた。

「ち、ちょっとやめてくださいよ」

「たとえ海賊だろうと帝国軍だろうと、あなたには指一本触れさせません」

風の騎士はきっぱりと断言した。

「この身を賭しても、あなたを守ることを誓います」

彼の、その透《と》き通っていてまっすぐな瞳に見つめられて、私は……

「――は、はいっ」

と、これまたきっぱりと返事してしまっていた。

するとEDのくすくす笑いが聞こえてきた。

「まあ、そういうことですよ。この件ではヒースは使えないのがよくわかったでしょう」

「……は？」

「あなたを守ることばかりを優先されては、冷静な判断を下すのは難しい」

意地悪な口調で言われて、ヒースロゥはちょっと嫌な顔をした。

「しかし、当然のことだろう」

「よ、よろしくお願いします」

私も彼に頭を下げた。どうにも――もう引き返せない立場に自分が来てしまったのは理解できた。

「で――ヒースはあなたの警護役だとして、僕の方ですが」

EDがお互いに頭を下げあっている私とヒースロゥに口を挟んできた。

「は？」

「僕は何をしましょうかね？」

「……何をしたいんですか？」

「いや、あなたが判断を下すのに協力するだけですが」

ＥＤはしれっとした口調で言った。

「――まだ判断なんか、全然できませんよ。それこそ状況がわかりません。私はその、スキラスタスという男が真犯人かどうかもわからないんですから」

一応、最重要容疑者ということにはなっているらしいが、国際的な謀略が渦巻く落日宮では、どんな策略が巡らされていたのか知れたものではない。

「ああ、なるほど」

ＥＤはうなずいた。

「では、そっちは僕の方で解決しておきますよ」

すごく簡単に言うので、私は一瞬意味が摑めなかった。

「――なんですって？」

「だから、夜壬琥姫が殺された事件の、謎の真相は僕が解いておきますから、そっちの方のご心配はなさらずに」

ＥＤはかるく両手を広げてみせた。

（…………）

帝国軍が懸命に調べているはずなのに、まったく不明の密室殺人の謎を、この男はまるで〝料理はあなたが、後かたづけは僕が〟みたいな気軽な口調で解決すると言ったのだ。

（でも――）

でも、彼が言うと、それが妙に説得力を持って私の耳に届く。なにしろ普段から説得力がないようなことばかり言っているので、いざというときには逆に、とんでもないことも、彼にとってはなんということのないことに感じられるのだ。

「海賊島の方はヒースと二人で行ってください。風の騎士がいれば、なにかと役に立ちますよ」

「二人で……ですか」

私はちらっ、とヒースロゥの顔色をうかがう。

「ああ、任せてください」

ヒースロゥはEDの言葉を受けて、力強い表情でうなずいた。これにEDが釘《くぎ》を刺すように、

「でもねヒース、あくまでも主役はレーゼさんだ。君は彼女の命令には絶対服従だからね」

と言われて、ヒースロゥでなく私の方が目を丸くした。

「そ、そうなんですか？」

思わず甲高《かんだか》い声で訊いてしまう。これにEDは、

「当然でしょう？　ねえヒース」

と、さらに意地の悪い口調で相棒に絡んだ。

「……まあ、そうだな」

ヒースロゥは顔をしかめつつも、うなずいた。

「俺はあなたの下僕《しもべ》です」

大真面目な顔で言う。私が絶句してしまうと、EDが大笑いした。

「誤解されるような言い方だな！　それとも彼女に誤解してほしいのかな？」

「…………」

私は頬の火照《ほて》りを自覚していた。

「あ？　なんのことだ？」

ヒースロゥは本当にわからないらしく、EDと私に怪訝そうな視線を向けてきた。

5.

……そして私とヒースロゥを乗せた小型艇は、問題の海賊島に近づいていく。

「…………」

私がここに来るのは二度目だが、前の時は他に極めて切迫した事件があったために、この大型戦艦を七隻並べて造られたという建造物の偉容をじっくりと観察する余裕はなかった。

だが今は、まさにこの船と呼ぶには大きすぎる〝島〟こそが目的地であり、事態の中心なのだ。

遠目からでもはっきりとわかる、その印象を一言で言うと——

（なんつーか……ケバいわねぇ——）

華美ではあるのだろう。しかし全体としては装飾が多すぎて決定的に過剰だ。原形になったラ・シルドス軍戦艦というのがまた、軍事関係者の間では国が滅びて半世紀を経た今になっても〝呪符装甲の代わりに金箔《きんぱく》を貼れば勝てると思っていたんじゃないか〟などとからかわれているほど様式美にこだわりすぎであった。

ゴテゴテとしたその外見は本来の軍事目的よりも今の、観光地としてのハッタリの方にこそふさわしいような気がした。至る所に裸の女の彫刻が施されていたりする。

（悪趣味な——）

と私が少し顔をしかめたそこに、一筋の光がいきなりきらりと来た。きらびやかな装飾から反射してきたらしい光が眼にまともに入った。

「——っっ」

私は思わず、すこし呻《うめ》いていた。

＊

はじめてその〝島〟を見たときに、アイリラ・ムガンドゥが感じたものは違和感だった。

（なんなの、これは……？）

思わず、横に座っている夫のニーソンの方を見る。

彼女たちは、組織頭首の専用艇に乗って、今まさにその、出来立てほやほやの新しい本拠地に到着しようというところだった。

「――」

ニーソンはいつものように、物静かな表情のままで、その横顔と目の前に近づいてきた〝島〟の賑々《にぎにぎ》しいだけの、超巨大砂糖菓子のような押しつけがましさとまるで印象が重なるところがない。

彼はまったく無表情で、その自分が創り上げた巨大な建造物に、とりたてて視線を向けることもせずに空を見ている。

（この人――なんでこんなものをわざわざ造ったのかしら？）

組織の幹部たちにはそれらしい説明をしたらしいが、彼女にはそんなものは全部言い訳にしか聞こえない。この男には、このような馬鹿げた巨大さを造り上げて喜ぶ一面などない。そういうものに自己を投影させてうっとりするような可愛げなど欠片《かけら》もないのだ。こういうのはむしろ――

（……私の父、初代ムガンドゥの趣味だわ）

彼ならば、いかにもこういうけばけばしいいものいで己の権勢を誇りたがっただろう。いくら、ニーソンがムガンドゥ二世を名乗り、その遺志を継ぐと宣言しているからといって、これはいくらなんでもやりすぎのような気がした。しかも――

（この人――跡を継いでも全然、調子に乗ったり好き勝手しようって様子がないわ）

それが彼女にはいつも気になっている。

父が死んでも組織はほとんど変わることがなく、なんだか二世はずっとナンバー2のままで、ただボスはちょっと留守にしているだけ――そんな雰囲気が未《いま》だに残っているのだ。

「………………」

彼女の隣、夫とは反対側の席にはまだ三歳になったばかりの一人息子、イーサー・インガ・ムガンドゥ三世がちょこんと座っている。あどけない顔で、彼は窓の外を見ている。

その視線の先には、いずれは彼の所有物となる〝島〟がある。

そのとき、その巨大建造物の方から一筋の光がきらりと反射してきて、三世の幼い眼にまともに入った。

彼はまぶしさに、思わず眼を細めた。それが海賊島が彼に与えた最初の印象だった。後でわかったのだが、七隻の船のうちのひとつ、その船首の金属彫刻がその方角に向けて光を収束する箇所にたまたま重なっていたのだ。

＊

（そう——それが今、君が見ている光だよ。レーゼ・リスカッセ）

海賊島の片隅の船窓から、ひとつの人影が接近してくる小型艇を観察している。小型艇は海賊島からの反射を受けてきらりと不自然に光を放っていたが、すぐに影の部分に入って消えた。

（私がはじめてこの場所にやってきたときと同じコース、そして同じ時間だ——出だしとしてはなかなか悪くないぞ）

人影は、口元にかすかな笑みを浮かべて小型艇の上の女性と、その横に立っている騎士を眺めている。

（しかし、三重奏《トリオ》の席がひとつ空いているようだな。陸地《おか》でも何かするつもりか。さて、何を企《たくら》んでいることやら——）

彼の笑みはごく自然なもので、ほんとうに面白いと思っている人間だけが浮かべることのできる、どこか悪戯っぽい笑みであった。

＊

海賊島から突き出すように設置されている艀《はしけ》用の桟橋《さんばし》に到着した私とヒースロゥを、ブラクルドと名乗る男が出迎えた。

「ようこそ〈ソキマ・ジェスタルス〉へ」

慇懃な調子でそう言ってきたが、この男は一目でそういうことを言うためにいる人間でなく、その逆に〝ここにはもう貴様らの居場所はない〟と賭け金を失ってしまった者たちを放り出すのを仕事にしている人間だと知れた。警備関係の責任者だというが、ここでの〝警備〟というのは基本的に〝邪魔者を排除する〟という意味だ。

身体付きは素晴らしい。すらりと伸びた高い身長に均整の取れた筋肉、物腰もきびきびしている。だが私の第一印象はなんと言っても、

（――自分に、ずいぶんと金を掛けている男だな）

ということに尽きた。拳闘士が勝利のために己をいじめ抜くとか、家族を養うための過酷な肉体作業で身に染みついた力強さとか、そういうものはまったく感じられない。ただ自身の満足のためだけに磨き上げられた身体である。

しかし既に若くもなく、歳は中年に差し掛かっているといったところだ。だんだん衰《おとろ》え始めている自分に対して焦りを抱いているのではなかろうか。いかつい外見の中に、わずかに神経質そうな表情が見え隠れしている。

「私は、お二方をもてなすように命じられております。どうかお楽に」

口ではそう言っているが、実のところこのブラクルドはさっきから、私などまったく眼中にないようだ。ヒースロゥの方ばかりに注意を向けている。

（風の騎士と張り合う気でもあるのかしら、この伊達《だて》男《おとこ》さんは？）

しかし、ヒースロゥの方はというと、私から何か指示をされない限り、まったく動く気

がないようで、ただ突っ立っていてブラクルドになど目もくれない。

格の違い、みたいなものを思わせて、私はまたちょっとおかしくなってきた。

「──ふふっ」

と声に出してしまったら、ブラクルドを始めとした出迎え役の者たちが一斉に私の方を向いた。

なんだこの女、みたいな顔をしている。私はそんな連中にまったくかまわずに、

「楽にする、というのは難しいでしょうね」

と口を開いた。

「あ？」

ブラクルドは虚を突かれて、口をぽかんと開けている。私はすぐ言葉を続ける。

「そう、この海賊島が置かれている立場を考えたら、今ここにいる全員が生きるか死ぬかの瀬戸際にいると言ってもいいのですから。もちろん──」

私はちら、とヒースロゥの方を見て、また全員に視線を走らせる。

「──それは我々も例外ではありません。だからもてなしなど不要です。そんな暇《ひま》があるなら、あなたがたも、ご自分らがどうすれば生き延びられるのかを考慮していただきたい」

かるく力を抜いて、押しつけがましくない調子で私はむしろ、のんびりとした声で言った。

「我々はいわば、裸足《はだし》で剣の刃の上に立っているも同然であり、少しでも身体が揺れたら――真っ二つになる」

「…………」

それまで半ば無視していた、お飾りのはずの女に、いきなりシビアなことを言われて海賊たちの顔が一様に強張《こわば》った。

その、私の背後の水平線上にはダイキ帝国軍の艦隊が戦闘陣形で待機している。

「一瞬の油断も許されない――違いますか？」

そして私の視線の先、桟橋に立つ海賊たちの背後にもやはり、砲口をこちらに向けっぱなしの重装戦艦が群を成している。

完全な布陣を敷かれて、包囲されている。

そう、この海賊島にはもはや、どこにも逃げ道は残されていないのだった。

第三章　砲撃

the man
in pirate's
island

少年は船で造られた偽物の島の中で育った。

ただし、彼の親には敵がとても多かったので、彼が〝その息子〟であることは秘密にされていた。常に誘拐される危険があったし、もっと直接的に暗殺の標的とされる可能性も高かった。敵にとっては海賊島の権勢に少しでも傷がつけばそれで良かったのだから。

母親は当初こそ、そんな育て方に反対していたが、他にいい方法を見出すこともできず、やがて自分自身が遊び回る時間で忙しくなってきて、文句を言う機会は減っていった。彼は海賊島の最も厳重に封じられた〝子供部屋〟と呼ばれる深奥にいることにされていたが、そこにいたのは他の人間だった。

そして彼は、密かに身分を隠して、しかし公然と、海賊島の中で下っ端の小僧として働かされていた。いくつかの特殊な処置を除けば、彼の置かれている境遇は貧民出身の就労孤児たちとほとんど変わらないものだった。

そんな中でも時折、父がこっそりと彼の許《もと》を訪ねてきた。

「辛《つら》いか？」

父はいつも、そう訊いてきた。その質問は少年のことが心配なのではなく、その少年がボロを出す危険性を見極めようと、その反応を探っているようにしか彼には感じられなかった。

「いいえ」

それでも彼は、いつも平然とした態度でそう答える。父はそんな彼をじっと観察していた。なにか表情の中に揺らぎを見つけようというのだろう。やがて得心したのか、別のことを訊いてくる。

「おまえは他の人間とは違うところがある。それはどこかわかるか？」

「身分を隠していることですか」

父は頭を横に振る。

「そんなことは誰にでも、多かれ少なかれあることだ。秘密のない人間などいない。おまえには他の子供にはあって当然のものがないのだ」

「――――」

「それは〝夢〟だ。おまえには夢がない。ここに働きに来るような子供は色々な事情で故郷を捨ててきたわけだが、それでも彼らには〝いずれは成り上がってやる〟という野心がある。それのない人間は最初からここにはいない。だが――おまえは違う」

「――――」

「おまえは生まれ落ちたその時点で既に、世界でも有数の地位にいる。インガ・ムガンドゥ三世であるというのはそういうことだ。おまえの人生にはある意味で未来《さき》がない。わかるか？」

この質問に、彼は質問で返した。

「――父上は？　あなたの子供の頃には、それがあったのでしょうか」

半ば怒られることを覚悟しての言葉だった。そう、父が彼の反応を探っているように、彼もまた父のことを観察していたのだ。

「――」

しかし父の表情にはなんの変化も表れない。

（……だけど）

返事がほんの少しだけ遅れたのを少年は見逃さなかった。

「――以前に、おまえに敗北と裏切りについて教えたことがあったな」

「はい。肝心なのはそれを前にしたときの自分自身だと」

「そうだ。しかしそれも自分の心の中に基準を持っていれば、の話だ」

「基準、ですか？」

「私もおまえと同じ――おまえの身分のように、私には生まれ持った才能があった。その才能が私の人生を既に決定していた。私にも未来《さき》がなかった」

「どんな才能ですか。人の上に立つ支配者の？」

彼の問いに、父はここでやっと感情らしきものを見せた――唇の端に、ひきつったよう

なかすかな笑みが浮いたのだ。そして父は静かな声で、

「いいや、人殺しの才能だ」

と言った。

「………」

返答に困っていると、父はそのまま続けた。

「誰かを見ると、そいつのどんなところが弱くて、どうすれば殺せるのか、私は幼いときからすぐに直感できた。だからどんな奴にだって勝てたし、殺人になんのためらいもなかった。最初に殺したのは施設にいた孤児たちをまとめて雇っていた親方の弟で、次が親方本人だった。金を奪って逃げて、それから私は金に苦労することがなくなった。必要になったら、殺して奪ったり、殺すことで報酬を得たりしていた。そんなときだ。私がムガンドゥ一世と出会ったのは」

「………」

「彼もまた私と同じような才能を持っていた。人の弱みを知り、そこにつけ込むのにためらいがなかった。だが彼は、その才能に負けることのない目的を持っていた。ムガンドゥという名前を、他のあらゆる名前と比べてもまったく劣らないものにするという〝夢〟を持っていたのだ。私は、私と同じなのに夢を持っている彼のことが理解できなかった」

「――」

「私には未来がなく、彼にはそれがあった。そう――それを認識したときから、一世は私

にとって人生の基準となったのだ。私はあらゆるものを殺すことにためらいがない――しかし、ムガンドゥという存在を殺すことだけは決してしない、と私は誓ったのだ」

父の顔には揺るぎなく硬質なものがあった。

「…………」

少年にはその意志こそが理解できないものであったが、彼はこのとき、ぼんやりとであるが初めて父のことを少し理解できたように思った。

――犬のようだな、と。

1.

仮面の男EDは、実に変わった男だった。

「ねえモローさん。あなたのその〝人の印象を味覚になぞらえる〟っていうのは、どのくらいの分類が可能なんですか？」

彼はだしぬけに訊いてきた。

「は？」

わたしは戸惑った。

「味というのは、そんなに種類があるものなんですかね？ 甘いとかしょっぱいとか、そういうものでしょう？ それにたとえるというのは、分類法としては大雑把《おおざっぱ》なものになるんじゃないですか」

仮面をこつこつと指先で叩きながら言われるが、しかし何を問われているのか今一つよくわからない。

「えーと、単純に種類の数、ということなら、これはキリがありませんよ。非常に膨大な数です」

「ほほう？」

仮面の奥の眼が、なんだかきらりと光ってみえた。

「味というのはそんなに種類があるものなんですか？」

「ええ。確かに味覚には、甘味、塩味、酸味、苦味、渋味、そして辛さ――この六種類しかありませんが、その組み合わせ、さらに熱さ冷たさといった温度も加わりますから――」

「ああ、七の七乗になるわけですか。八十二万三千五百四十三ですね。それに他の要因も加わるわけか。単純に倍、倍、さらに倍と考えていったとして」

EDはわたしが話している途中で口を挟んできた。数えたこともない具体的な数字を言われて面食らう。

「いや確かに、これはとても膨大なものですね。すると事実上、ほとんどの人間ひとりひとりに個別の〝味〟があると考えてもいいんじゃありませんか」

「はあ――まあ、そうですね」

「あなたはその印象を区別できるわけですか」

「ええ」

「それは大したものだ」

ＥＤは大袈裟な動作でうなずく。

「そもそも、そんなに味に種類があるということを知っているだけで偉大です。僕なんかはうまい、まずいぐらいしかわかりませんよ」

誉められているのだろうが、どうにも誠実さとか真剣さの感じられない雰囲気なのである。

「はあ――」

「その分類は外見に由来するものですか。たとえばあなたのように肉付きのいい方であれば、甘みが強いとか」

「いえ。そういう感じでもないのですよ。内面的というか、あくまでもその人の雰囲気と言いますか、気配というか――」

わたしは言いながら、どうにもうまく説明できなくて困った。しかしＥＤは納得したように、

「ははあ、では優しい人とか冷たい人とか、そういうような要素の方が大きいわけですね。いやそれは重要だ、うんうん」

と、うなずいている。

「人間観察に優れた才能がある、というのは七海連合の、その種の職業では大きな意味を持ちますからね。ちなみに、この僕はどんな味になるんでしょうか？」

「——言っても、おそらくおわかりになりますまい。ひどく複雑なものですよ」

わたしは肩をすくめた。これにＥＤは笑い声を上げた。

「まあそうでしょうね！　僕も自分のことが時々わからなくなるくらいですから」

本気なのか冗談なのか、今一つはっきりしない口調である。わたしが返事に困っていると、ＥＤはがらりと態度を真剣なものに変えた。

「ところでモローさん——あなたには申し訳ないんですが」

急な言葉だったので、わたしはどきりとした。

「……入門試験には不合格ですか？」

「ああ、いやいや——そうじゃなくてですね。僕はここに、あなたの審査をするために来たんじゃないんですよ、実は」

「……は？」

「まあ、人手もないんで、その役目も一応仰《おお》せつかってはいますが、実際には例の夜壬琥姫殺害事件の、その真犯人を捜しに来たんです。上の方から〝真相を解明しないと困る〟ってせっつかれてましてね」

「……はあ」

わたしとしてはどう反応していいかわからない。

「それでですね――せっかくなので、僕が調べるにあたって、あなたもその側にいてもらいたいんですよ」

「助手をしろ、ということですか？」

「そうです。まあ、正確には助手というよりも助言者としての役割をお願いしたいんですよ。あなたの人間観察力で、誰が嘘をついているのか、どいつが怪しいのか、色々と判断してもらいたいんですよ」

EDは仮面をこつこつと叩きながら言った。

「――――」

わたしは一瞬、考える――この男はわたしの加入審査をいい加減に扱っているようで、実はこの〝捜査〟というもの自体が同時に試験になっているのではないだろうか。ここでいい加減な対応を見せれば、それがそのまま失点になるのではあるまいか――。

「ええ。承知しました。わたしでよろしければ、いくらでもお手伝いいたします」

白々しくならないように、注意して返事をした。

「ありがとうございます。では、さっそく始めるとしますか」

EDはそう言うと、さっさと歩き出した。わたしは慌てて追いかける。

「始めるって――どこから調べるんですか？」

この問いにEDは軽い口調で、

「そうですね――こういうときはとにかく、第一発見者から話を聞くのが筋ってものでしょう」

と言った。

「し、しかし――」

わたしは困惑を隠せない。

「その発見者の、ここの支配人ニトラ・リトラは現在、ダイキ帝国軍に拘束されているんですよ？」

「ああ――」

面倒くさそうに、ＥＤは頭を振った。

「じゃあついでに、帝国軍にも話を聞くとしましょうかね」

「あまり強引なことをしたら、七海連合の立場が悪くなるんじゃありませんか？」

わたしは心配になって、つい口を挟んでしまった。するとＥＤの口元に不思議な笑みが浮かんだ。

そして、とんでもないことを言い出す。

「その心配は無用ですよ。七海連合の名前は出しませんから」

へらへらと、極めて軽い口調である。

「……は？」

わたしは彼が何を言っているのか、一瞬理解できなかった。

「どういう――ことですか？」

「だから、殺人事件の調査に当たっては、僕個人が行うということです。七海連合の名前をここで出すと、あなたが心配されているように色々とまずいのでね。身分証を振りかざしたりする真似はできませんよ」

けろりとして言い放ち、そして、

「だから、僕の正体は他の人には内緒ですよ」

と悪戯っぽく付け足してきた。

2.

(——あのときから)

ニトラ・リトラは暗闇の中にいた。

ダイキ帝国軍に拘束されている彼は、自分の執務室に閉じこめられていたが、その窓のカーテンをすべて締め切っているのは彼自身の意志だった。

(思えばあのときから、私はこうなる運命にあったのかも知れぬな——)

そう——ニトラは今でもそのときのことをまざまざと思い出せる。それはもう十数年も昔のことだったが、その印象は薄れるどころか、年月を重ねるほどに重くなっていくかのようだった。

(私は、所詮は操られる側の人間にしかなれないということか——)

それは彼ニトラ・リトラがまだ海賊の一員としてソキマ・ジェスタルス島の施設管理を任されていた頃に、幼いインガ・ムガンドゥ三世と初めて対面したときのことだった——。

＊

海賊島におけるニトラは上級管理職にありながら、現場を歩き回るのが好きだった。隻眼のいかにも海賊という外見の彼は、来訪した客にはアトラクションの一環だと勘違いされ、道案内してくれと言われることもあったが、そんなときも彼は嫌な顔ひとつせずに丁寧《ていねい》に教えてやった。

船体下層の、作業員たちが隠語で〝ネズミの穴〟と呼んでいる区画にも、彼はしばしば足を向けた。

そこでネズミと呼ばれ、劣悪な環境で働かされているのは、各地から集められた年端《としは》も行かない子供たちだった。借金の代わりにと親に売られた者や、海賊に憧れてきた身寄りのない孤児などだ。

ここは制服の洗濯とか皿洗いとかカジノのチップの洗浄などで、いつもじめじめとしていて、こもった悪臭が充満している。そのなかで子供たちはせかせかと動き回り、ひっきりなしに働いている。報酬らしいものは一切支給されない。食事が保証され、眼を見張るような手柄を立てた者に、ごくまれに特別手当が支給されるぐらいだ。

しかし、彼らの眼には悲愴感とか暗い雰囲気はあまりない。むしろ奇妙な活気がみなぎっているといってもいい。

（そうだろうな——こいつらにとって、外の世界にはなんの目的もないのだからな）

しかし、ここでは働き次第では組織の中で重要な地位に取り立てられる可能性もあるのだ。

別にニトラは彼らに同情はしていない。それどころか彼がこうして見回るのははっきりと、連中が手抜き仕事をしないように見張っているのだ。もしもそんな形跡を見つけようものなら鞭《むち》でこっぴどくひっぱたく。

しかしその日はそんな必要はなかった。仕事はてきぱきと能率が良く、どうやら予定されていた仕事ははやくに片づいてしまったらしい。

「よォし！　では仕事を追加してやる！」

向こうの方で、現場監督をしている男が怒鳴っていた。ネズミたちの間に一瞬、明らかに不満げな雰囲気が漂ったが、近くにニトラがいるのを誰もが知っていたので、表だって文句を言う者は一人もいなかった。

皆が仕事に掛かるのを確認すると、監督の男はニトラの方に寄ってきた。

「へっへっ、こりゃどうもリトラの兄貴。どうです俺の仕事っぷりは」

「大したものだな。いつもこうなのか？」

「まあ俺が怒鳴ってやればガキどもはいくらでも言うことを聞きますよ。へっへっへっ」

自慢たらしく言っているが、しかしこれがこいつの手柄でないことはわかっていた。監督として具体的な指示は何一つ出さず、ただ尻をひっぱたくしか能がない奴であることは前から知っている。

「新しいのが入ったのか？」

ニトラは子供たちを見回しながら訊いた。

「へっ？　――ああ、そうです。それまでは桟橋の方で働いていたっていう奴が昨日から回されてきました。なんだかちっこい奴ですよ。――ああほら、あいつです」

男が指差した先には、確かに背のそれほど高くない少年がいた。褐色《かっしょく》の肌をしていて、他の長いこと室内にばかりいるので青白い肌の連中からは少し浮いていた。

（――なるほど）

そいつを見て、ニトラは納得した。他の者に比べて、動きがなんだかスローに見えるのだ。それは仕事が遅いのではなく、無駄なことを一切しないで必要なことだけをしているために動きが切れない――流れるように感じられ、メリハリがないという印象になっているのだ。

そして他の連中も、彼の周りにいると似たような動きに知らず知らず変化していくので、結果として全体が底上げされているのだ。

（どこから来た奴なんだ？　暇があったら確認しておいてもいいかも知れないな）

ちら、と心の隅でそんなことを考えた。大した思いつきでもなかったし、それほど気に留めたというわけでもなかったが、しかしこの考えは永久に実行されることはなかった。

その夜、ニトラが関係者用の回廊をひとり歩いていると、遠くから鈍い音が響いてきた。聞き覚えのある音だった。

(——む)

警戒しながら、ニトラはその音の方に忍び寄っていった。細い通路に分岐しているところの、さらに奥の方の踊り場の隅でそれは起こっていた。

思った通り、鈍い音は人が殴打されるときの音だった。

数人がかりで殴っている相手は一人だった。特に抵抗もせず、されるがままになっている。

暴力沙汰はここでは珍しくないので、ニトラも止めに入ったりはせず、物陰からその様子を観察するだけだ。

全員が子供で、殴られているのはあの褐色の肌の少年だったので、ニトラはやや眉をひそめた。

(——なるほど、余計な仕事を増やした落とし前をつけさせられているのか)

実際、彼ら自身には仕事が速くなっていたのがその少年のせいかどうか確信はないに違いない。ただ新入りで、格好の八つ当たりの対象にされているだけだろう。

しばらくそのリンチは続いたが、やがて殴っていた方も疲れてきたらしく、少年をほっぽりだしたまま帰っていってしまった。

（――ふむ、呻《うめ》き声ひとつあげなかったな、あいつ）

ニトラは少し感心した。骨のある奴だ、と思ったのだ。

それで物陰から出ていって「おい」と声を掛けた。

「……………」

床の上に横たわっている少年は、どこかぼんやりした眼で彼を見つめ返してきた。

「ずいぶんとやられたようだな、骨は折れてないか――」

と訊きつつ、しかし言葉の途中でニトラは（おや）と感じた。

さんざん殴られたはずなのに、少年の顔には腫《は》れとか痣《あざ》といったものがまるで見られなかったのだ。

「大丈夫ですよ、ニトラ・リトラさん」

少年は不思議に、静かで穏やかな口調で言いながら立ち上がってきた。その動作にはやはり、痛みによるぎこちなさはまったく見られない。

「ご心配をおかけしました。しかし――」

彼は唇にかすかな微笑みを浮かべた。

「鬼のニトラと呼ばれているほどの人が、ずいぶんとお優しいのですね」

それは言葉だけならば生意気とも取れるようなものの言い方だったが、ニトラは不思議とそのことに腹立ちを感じなかった。

(なんだ——?)

彼は、この少年になにか違和感を覚えていた。

「別に——心配などはしていない」

「ああ、そうでしょうね——しょせんはガキの喧嘩ですからね。では何故、わざわざ声を?」

少年はまっすぐにニトラを見つめてくる。怒鳴りつけてやるべきなのだろうが、なにかそうすることに抵抗感があった。

「それは——」

「それは、僕に見込みがありそうだと思ったからですか? 今日の作業の時に、僕を観察していましたよね」

少年は穏やかな口調で言う。だがその内容にニトラは驚愕《きょうがく》を禁じ得ない。

あんなに働かされていた状況で、それほど近くでもない場所から見ていた彼のことを、この少年は逆に観察していたというのだろうか?

そして少年は、続けて異様なことを言い始めた。

「ニトラ・リトラ——あなたには見込みがある」

まるっきり立場と逆のことを言う。ニトラが啞然としていると、彼はかまわず続けた。

「あなたには、これを教えておこう——この意味が、あなたにならわかるはずだ」

言いつつ、彼は上着をはだけさせて裸の胸を晒《さら》した。薄っぺらい少年の胸だ。どういうことのない、普通の——と思った、正にそのときに彼の指先が、すうっ、とその上を撫でた。

すると、どうだろう——その褐色の肌の下から紫色をした複雑な紋章が次々と浮かび上がってきたではないか。

「…………！」

ニトラは、今度こそ真に心の底から驚愕した。

その紋章を彼は見たことがあった。正確にはそれそのものではないが、よく似た紋章がかつて彼が忠誠を誓った老人にも刻まれていたのだ。世界からその姿を消したその老人の名は……

「む、ムガンドゥの——」

そう、それはその権力者が暗殺などから身を守るために刻み込んでいた防御用の紋章だったのだ。

「別に、これがムガンドゥの紋章というわけでもない。まだ製作途中でもあるし」

少年はにやりと笑いながら言った。

「ただ、これを製作している魔導師ニーガスアンガーによると、こんなに手間と金を掛けて彫っているのは、この世で僕ひとりだけだと言っているけどね」

「……す、するとおまえは……いや、あなた様は——」

言いかけたニトラの言葉を、少年はぴしゃりと遮断した。

「僕の名前を言うことを、今後おまえに禁じる」

それはまったく容赦のない響きだった。

「おまえの今の主人に対しても、これは同じだ。そう――おまえが僕のことを知っているということが〝彼〟の耳に入ったら〝彼〟はきっとおまえを殺してしまうだろう」

「…………」

「こいつは僕とおまえの間だけの秘密だよ、ニトラ・リトラ――この秘密がある限り、僕は決しておまえを悪いようにはしないだろう。そう……今から僕らは、この〈ソキマ・ジエスタルス〉の掟《おきて》を共に裏切っている共犯者となったんだ――」

微笑みと共に囁かれたその声は、ひどく無邪気なものとしてニトラの耳朶を打った。

「…………」

「なあ、ニトラ――どうやら僕の人生には夢がないらしい」

少年は不思議なことを言った。

「夢がない僕は、どうやって生きていけばいいのか――僕はそれが知りたいんだ」

「…………？」

「僕はどうやら、いずれ引き継ぐことになる権力をもってしても太刀打ちできぬ事態を前にしたとき、負ける必要があるらしい。どうだろう、ニトラ・リトラよ――僕の〝敗北〟を手伝ってくれないかな？」

それはニーソン・ムガンドゥ二世が敵対勢力によって暗殺される、その二年ほど前のことだった。

＊

……そして三世が組織の実権を握ってからしばらく経って、ニトラは海賊島を辞してこ〈落日宮〉の支配人となったのだった。だがあの海賊島から遠く離れた地に在《あ》る今となっても、あの日のことは決して忘れることはできない。

「…………」

彼はほとんど真っ暗な執務室の中で、ひとり息をひそめるようにして座っていた。

そんな中、閉ざされていた扉から鍵が開けられる音が響いてきた。

そして彼をここに監禁したダイキ帝国軍の士官がぬっ、と顔を出した。

「どうだ支配人、素直に本当のことを白状する気になったか？」

「……何度言われても、私は何も知らない」

「おまえがかつて〈ソキマ・ジェスタルス〉の幹部だったことはわかっている。そして今、事件の容疑者スキラスタスはその海賊島に逃げ込んでいるらしいという情報も入っているんだ。これでも無関係か？」

士官は遠慮のない口調で追及してきた。しかし何と言われてもニトラには返答のしようがない。

「………」

「あまりいい気になるなよ――いくら貴様がモニー・ムリラ政府から特権を委譲されているとは言え、最終的には連中とて我が帝国の意向を素直に受け入れるしかないのだからな」

士官は恫喝してきた。しかし――

（この程度の脅しでは、あの海賊頭首の足元にも及ばないな）

心の中で苦笑した。そのとき、扉から兵士が慌てて入ってきた。そして報告する。

「ち、中隊長殿――今、そこに変な奴が来ています。支配人に会わせろと言って聞きません。曹長が対応していますが、その――」

兵士はなんだか妙に自信なさげな感じである。

「なにい……？」

士官が眉をひそめる。

「変な奴とは何者だ？」

「いえその……と、とにかく変わった男でして」

さっぱり要領を得ない。

すると彼の背後から、その問題の者らしき声が響いてきた。

〝――ですから、問題は帝国軍の方針とかではなくて、あなた個人の進退に関することなのですよ〟

芝居役者のように、やたらとよく通る声である。それに比べ対応しているらしい曹長の声は、もごもごとこもっていて聞き取りにくい。それにその声がさらに被さる。

〝あなたはご自分の使命を果たされて、すぐ上の大尉とかにその場では「ふむ」と納得されるが、しかしこれが一週間後ぐらいに聖ハローラン公国からの正式な抗議が帝国に提出されると、その当事者は誰かという問題になって、その大尉は「私は知らなかった。あれは曹長が勝手にやったことだ」と言い出すことになるのです〟

ぺらぺらと実に口が回るものだと感心してしまう。

「な、なんだあれは？」

士官は、話に出ているのがどうやら自分のことらしいので顔色を変えた。

〝あなたは自分の上官がそういうときに自分を守ってくれるとお思いですか？　自分が同じ立場だったら部下をかばってやりますか？〟

声はせせら笑うような口調でさらに響いてくる。

士官はたまらず部屋から飛び出して行った。

「…………」

後に残されたニトラは眼を丸くしていたが、やがてその眼に厳しいものが浮かぶ。

（まさか——もう来たのか？　例の、戦地調停士とかいう奴が——）

3.

（…………）

　わたしカシアス・モローはＥＤの後ろにくっついて、彼が帝国軍の曹長相手にまくしたてているのをぼんやりと見ていた。

「わかりますか？　僕は帝国軍に提案しているんじゃない。あなた個人に言っているんですよ。あなたは大尉を信用できますか？」

「う、あー……そ、それは」

　曹長は、きっと普段は筋金入りの軍人という感じなのだろうが、すっかり狼狽《ろうばい》しきってしまっている。

（遠慮がないなあ……）

　わたしはあらためてＥＤをそう認識した。

　そして建物の中から血相を変えた男が飛び出してきた。

「いったい何をしているんだ！」

　怒鳴った彼には見覚えがあった。ここ落日宮を制圧している中隊の指揮官である大尉だ。ＥＤと曹長の話が聞こえていたらしい。

「ち、中隊長殿――こ、この男がいきなり押し掛けてきまして」

曹長の返答はしどろもどろだ。それを聞いて大尉は仮面の男ＥＤに視線を向ける。

「なんだ貴様は！」

ＥＤはとぼけた声を出した。

「はい？」

「なんだ、とはずいぶんと定義が曖昧《あいまい》で大雑把な質問ですね――ご覧の通り、人間の男ですが」

「そんなことは訊いていない！」

大尉はＥＤを睨みつけた。だがＥＤは涼しい顔で、

「職業なら、学者です。一応、世界的な権威なんですよ」

と言った。大尉は軍人ですらない相手に面食らったようで、

「学者ぁ？　……何の研究をしているんだ？」

「界面干渉学というんですが、ご存じですか？」

「そんな変な学問など聞いたこともない！」

「そうですか？　まあ、先鋭的なものは常に少数派であることを受け入れなくてはなりませんからね、あなたが知らなくとも僕は気を悪くしませんからご安心を」

「なんでおまえの機嫌なんぞ気にしなけりゃならんのだ！」

「まったくです。人の顔色ばかりうかがって生きる人生なんて窮屈《きゅうくつ》なものですからねえ」

「だ……だから、一体なんの話なんだ！」

大尉の苛立ちは極限に達していた。EDという男は、思うに人をからかう才能に恵まれすぎているようだ。

「いや、ちょっと友人に頼まれましてね——ここにいるニトラ・リトラさんに話を聞きたいというだけなんですよ」

EDは肩をすくめてみせた。

「友人だと？」

「はい、その方にはここで話を聞く権利がおありなので、僕はその代理ですよ」

「話を聞く権利だと？」

「なにしろ、被害者のご遺族ですからね」

そう言われて、大尉の顔がぎくっとひきつった。

「なんだと——そ、それはまさか」

「はい、聖ハローラン公国の月紫姫殿下であらせられます」

EDはにこにこしながら言った。

「殿下は従姉妹である夜壬琥姫の死に、大変に疑問を抱いておられます。そこで僕に、あくまで個人的な調査を依頼されたというわけで」

「——こ、公国の姫君だと？　そ、そんな話は何も聞いていないぞ」

「むろん非公式なものですよ。個人的と言ったでしょう。殿下は帝国軍の厚意に期待されているのです」

「…………」

大尉の表情が、さっきまで曹長がそうだったように極めて狼狽に満ちたものにみるみる変わっていく。

月紫姫は、世界一有名で人気のある国家権力者と言っても過言ではない。その個人的な〝お姫さまのお願い〟を無下《むげ》にはできない。だが彼らにはこの事件に於いて帝国軍の優先権を確保せよという厳命も下されている。

「…………」

下手に軍上層部に報告するだけで、高度な外交問題に発展しかねない。事件現場を押さえておくだけという、ただの後方制圧に過ぎないと思っていた任務でまさかこんな事態に陥《おちい》るとは……。

「なあに、深く考えることはないんですよ」

ＥＤは大尉に耳打ちするような小声で囁く。

「僕のことは、そうですね——現場で協力を求めた一民間人という程度の立場に置けばいいんですよ。解決した際にはその功績はあなた方のものです。月紫姫殿下はあくまでも真相の解明のみにご興味がおありなので、誰がそれを解いたかには関心がおありではありませんから」

「……そうなのか？」

「はい」

「し、しかし――おまえが本当に月紫姫の代理だという証拠があるのか？」

「ああ――」

EDはニヤニヤと微笑みだした。

「証拠が提示されないからこそ、この話はどうとでも処理できるというものですよ」

「そ、そういうものか？」

「そうですとも」

EDの力強い首肯に、大尉もつられて「な、なるほど」とうなずいてしまった。

（――しかし、なんと強引な丸め込み方だ）

わたしは半ば呆れながら、ぼんやりとこの有様を見ていた。しかし、どうやらこれでEDは、この事件の調査に介入する立場を得てしまったようだ。

「それではさっそく、ニトラ・リトラさんにお会いしたいんですがね」

「――あ、ああ。しかし奴は何一つ吐こうとしないんだが――」

「ほう、それは興味深い。ますます会いたくなってきました」

EDはわたしの方を向いて、

「それじゃあ行きましょう、モローさん」

とうなずきかけてきた。どうやら本当に事件の調査活動にわたしを連れ回すつもりらしい。

「わかりました」

仕方なく、わたしは彼の後に従った。

＊

ニトラは、帝国軍に拘束されているというのに、わたしが以前に彼と会って話したときのような慇懃な威厳をそのままに保っていた。

「——マークウィッスルさん、とおっしゃる？」

「はい。そちらの帝国軍の方に、この事件解決を依頼された者です」

EDはぬけぬけと言った。後ろでは大尉が渋い顔になっている。

「ほう——帝国軍から依頼、ですか」

「この事件を今、世界中の者たちが注視しています。その速やかなる解決は万人が望むところでしょう。是非ともニトラさん、あなたの誠意ある協力をお願いしたいのです。それで、まずは第一発見者としてあなたがご覧になった光景のことを詳しくご説明願えますか？」

ニトラの疑いの視線などおかまいなしで、前置きもそこそこにEDはさっさと本題に入ってしまった。

ニトラはちら、とわたしに視線を向けてきた。彼はわたしが七海連合と接触しようとしていたことを知っている。ということはEDの正体も薄々勘づいているだろう。しかしわたしは黙っていることにした。

「そうですね——あれのことを説明するのは難しいですね」

ニトラは遠くを見るような眼をした。

「まるで夢のような——いや、これは不謹慎というものですか」

「別に、ここはあなたの倫理観を問う場所ではありませんからね。正直な印象をおっしゃってくださってかまいませんよ」

「そうですか。では有り体《あてい》に申しますと、夜壬琥姫はまるで、死体となって初めて本当の姿を私の前に顕《あらわ》した、とさえ感じました。私もそれまで、彼女のことを綺麗な女性だとは感じていましたが、なんというか——あの水晶の中の彼女を見つけたときには、私はこれまで、美というものを根本的に勘違いしていたのではないか、と——いやいや、自分でもうまく説明できません」

ニトラはゆっくりと首を左右に振った。だがEDはそんな彼の感慨には大して興味がないようで、

「感動したというわけですか」

と簡単な口調で言った。

「そう単純に言っていいものかどうか——」

ニトラの逡巡《しゅんじゅん》にもEDはかまわず、

「それは芸術的な感動でしたか？　つまり、その美が何者かによって製作されたような印

象を持ちましたか」

と訊いた。

「――それはあのスキラスタスのことをおっしゃっているのですか？」

「まあ、彼に限らなくともいいですが、死体があのような形になっていたのは、他のなによりもそれを〝美しく〟見せるのが目的だったかどうか、ということを確認したいんですよ。他の、例えば刺殺であるとか焼殺であるとかいったような手段でなく、なぜ水晶の中に閉じこめる必要があったのか」

ＥＤはこつこつ、と仮面を叩き始めた。

「そう、ここで我々は一つの可能性を捨てきれない。どうして水晶の中に閉じこめたのか。それは、そういうことが可能な人間は落日宮にスキラスタス氏しか存在していないからだ――つまりそういう死体が発見されたら、誰だって彼のことを疑わなくてはならなくなる。それこそが目的ではないか、とね」

「冤罪《えんざい》――ですか？　スキラスタスを罪に陥《おとし》いれるのが目的だと？」

「かも知れない。少なくとも、非常にわざとらしく、作為を感じずにはいられない状況ではあります」

ＥＤは肩をすくめた。

「あるいは、スキラスタス氏が芸術家としての衝動に駆られ、美を追求するためならば彼女の殺害もやむなしと決心したからなのか。その辺はどうお考えですか」

「私にはなんとも言えませんね。夜壬琥姫の恋人が訪ねてきて、嫉妬に駆られたからだという見方もできそうですが」

「ああ、彼はそう見られてもおかしくないような、発作的な人間でしたか」

ニトラはうなずいて、

「そうです。その辺のことはそちらのモローさんにお訊きになるといいですよ」

彼はわたしの方を示した。

「え？　──ああ、まあ、そうですね。自分の意見は必ず通るはずだというか、才能ある人間に特有の、独善的で短気なところは確かにありました」

ニトラの言葉をわたしは補足した。

「わたしは彼に気に入られて、話し相手になったり一緒に酒を呑んだりしていましたから、彼の癇癪《かんしゃく》は何度も目撃しました」

「彼は傲慢な人間だったと？」

「はい」

「自分の思い通りにならないことに対して発作的に激昂《げきこう》するような傲慢な人間が、果たしてその殺す相手のことを、そこまで美しく飾り立ててあげるものですかね？」

ＥＤは顔をしかめながら言った。

「そのことは、深く考える必要があるんですか？」

わたしは訊いてみた。

「死体が美しくなったのは偶然だったかも知れませんよ」

ＥＤはわたしの問いに直接答えず、ニトラの方を向いた。

「偶然でしたか？　ニトラさん」

「え？」

「あなたはただの偶然に〝美の極致〟とでもいうべきものを発見したことになる。あなたの過去でそういう経験はおありになりますか」

「……質問の意図が、よく理解できませんが」

ニトラは片方しかない眼をぱちぱちとしばたたいている。

「ああ、まあいいです。これは証明不能の問題でした。偶然性に頼った芸術は、その偶然が素晴らしいのか、その偶然を良いものだとする芸術家の方に意味があるのか、それを問うことは不毛なだけですからね。ただし……」

ＥＤは意味ありげに、訳のわからないことを言い続ける。

「どうやら夜壬琥姫の死体は、ニトラさんだけでなく、かなり多くの人々に〝心を揺さぶられる美が存在する〟と認められているようだ——実に、世界中でこの事件のことがこんなにも話題になっているのは、そのためだけだと言ってもいい……ここには何があるのか？」

わたしとニトラは、ぶつぶつと呟いているＥＤを前にして顔を見合わせた。彼が何を問題にしているのか、我々には理解できなかったからだ。

「他に類を見ない異常な死体――そのことが明らかに、何かを隠している。それは何なのか――」

EDは指先で仮面を叩きながら自問自答していたが、やがて顔を上げて、

「スキラスタス氏は、いつごろからこの落日宮に滞在していたんですか？」

と唐突に質問してきた。

「そうですね――それなりに長かったと思いますが」

言いながら、ニトラは支配人席の横にある戸棚から来客名簿を出してきた。

「ああ、半年前ですね」

「それ以前は、彼は何をしていたんでしょう？」

「さあ――お客様の過去を詮索しない、というのがここの不文律ですから」

「なるほど――それはあの〝海賊島〟と同じですね？　いかなる客も無条件で受け入れるという」

EDが質問すると、ニトラはむっ、と押し黙った。EDはかまわず、

「あなたはかつて海賊島の幹部だった――そこから身を引いたはずのあなたが、ここでも同じようなことをしているわけですね。その理由を訊いてもよろしいですか？」

「他に、やり方を知らないものでしてね」

おそらくニトラは同じようなことをさんざん帝国軍にも訊かれたに違いない。苦虫を噛み潰したような顔になっていた。だがEDはそんな彼に、

「それはご謙遜《けんそん》ですか？」

と奇妙なことを言った。

「は？」

ニトラの顔から緊張が消える。そこにEDはすかさず、

「要するに、この手の客商売において高度なノウハウがあなたにはある、ということでしょう。違いますか？」

と言葉を被せた。口調だけならこれは完全な賞賛である。

「――まあ、そういうことも言えますが」

ニトラは曖昧に肯定した。EDはうなずいて、そして話を戻した。

「それで、半年もここに滞在する必要が、スキラスタスにはあったのですか？」

「なんとも言えませんな」

「この落日宮に、彼の芸術家の感性を刺激するものがあったのか、それともなにか、地元の方でトラブルを起こしていて、隠れている必要があったのか――彼はその辺のことは何か言っていましたか？」

EDはニトラとわたしと、同時に二人に訊いてきたが、我々は首を横に振るだけだった。

「聞いたことはありませんでしたね」

「彼は、その辺のことは何も言わなかったと思いますよ」

「なるほど」

EDはうなずいた。わたしは少し付け足す。

「まあ、かなり女性関係で華やかな方だったようですから、その辺でいくらでも騒動の種はありそうでしたがね」

「だとしたら、彼としては少しは懲りて、ここでは同種の騒動は避けようという意識が働きそうなものですね」

このEDの慎重な姿勢に、思わずわたしとニトラは同時に苦笑した。

「なんです?」

きょとんとしたEDに、ニトラが説明した。

「いや、それはあなたがスキラスタス氏と直接会ったことがないので、そういうことを考えるんですよ。彼はそんな、過去から反省したりするような人間ではありませんでした。いつでも自信満々で、優れた自分の才能と美貌を前に自由にならぬことなどない、といった調子でしたよ」

「ははあ、すると逃げてきていたとしても、それは周囲の者たちのお膳立《ぜんだ》てによるものだったかも知れませんね。本人はそんなに気にしていなかった、と」

EDはうなずいた。

「そう考えるのが自然でしょうね」

ニトラも同意した。

「なるほどなるほど——ではそんな彼が、どうして今回だけはあっという間に逃げ出すことに成功したんでしょうね？」

　ＥＤはなんだか、不機嫌そうな表情をみせた。

「どうもこの事件には、あまりにも不鮮明なことが多すぎる。そのくせ事態はそういうことを何ひとつはっきりさせないままに、どんどん動いてしまっている——これは偶然なのか？」

　またしても彼は〝偶然〟という言葉を使った。そのことをひどく気に留めているようだ。

「しかし——スキラスタス氏が仮に犯人でないとしたら、誰なら犯行が可能だったのですか？」

　ニトラは当然の疑問を口にした。

「あのような高度で独特な才能を必要とする結晶化呪文を使える者が、世界に二人もいるとは考えにくいでしょう。それだけの使い手ならば、とっくにその人間もスキラスタス並みに高名であるはずです」

「そこですね、問題は——」

　ＥＤは少し肩を落とした。

「その事実が動かせないから、人々は平気で思考停止に陥っている。しかし僕の経験から言わせてもらえば、この世に動かない事実などというものはないんですよ。どんな真実であろうと、見方を変えればいとも簡単に崩れ去るのを、僕は何度も見てきました。ましてや——」

彼の仮面の奥の眼が一瞬、ぎらりと光ったように見えた。

「——これは人が死んでいる。死人は口を利かない。だからどんな真実があっても、もう夜壬琥姫から見た事実は永久に闇の中に閉ざされている。それを前提にしているから、事件の解釈はどんな風にでもねじ曲げられる」

EDは淡々とした口調である。しかし、わたしはどういうわけか、その声を聴いていると背筋がぞくりと寒くなっていくのを感じていた。

この仮面の男は真実としか思えないことさえも簡単には信用しない——たとえ世界中の人間が当然だと言うことであっても、自分で納得できないことは一切受け入れない、妥協しないのだということがこのとき、はっきりとわかったのだ。

（これが〝戦地調停士〟か——全世界にたった二十三人しかいないという、七海連合の特殊戦略軍師——）

それはこの仮面の男のように、信じられないほどに猜疑心《さいぎしん》の塊で、他人に影響されないことに掛けては頑迷《がんめい》とすら言える意志の持ち主、ということなのだろう。

「——ねえ、ニトラさん、少し関係のないことを訊きますが」

EDはずい、と少し身を前に乗り出した。

「インガ・ムガンドゥ三世というのは、どういう男だと思いますか」

「――は？」

急に問われて、ニトラの顔に一瞬明らかな動揺が走った。

「――なんの……ことですか？」

「いや、話によればあの海賊島では、その頭首が絶対であって、彼が駄目だと言えば生きていることさえ許されないと聞いています。その彼は、どうしてスキラスタスなどをかばうんでしょうかね？」

EDは微妙に、絡むような言い方をした。

「……私には、なんとも言えません。それに、本当に海賊島にスキラスタスが逃げ込んだかどうか定かではありますまい。帝国軍がそう言っているだけかも知れませんよ」

このニトラの答えには、やや及び腰な響きが感じられた。何かを隠しているようだとも取れる態度だ。

だがこれにEDはまったく無反応で、

「そうですね。少なくとも証拠の提示はされていない」

と、あっさりと引き下がってしまったので、わたしは少し拍子抜けした。EDはそのまま話を変えてしまう。

「それで、死体が発見された個室ですが、そこは普段から密室状態だったのですか？」

「はい、特別室ですね」

ニトラは話が変わってほっとしたような表情になっていた。彼が避けたかった話題とい

うのはどう考えても、

（ムガンドゥ三世のことだな）

それしかないだろう。彼がいくら隠そうとしても、事実は動かない。これに関してはおそらく、帝国軍が疑っている通りなのだろう。すなわち、

（やはり、この落日宮はソキマ・ジェスタルスの——ムガンドゥ三世の支配下にあるもののひとつなのだ）

……と。

4.

「将軍、例のカッタータの女大尉と風の騎士の小型艇が海賊島に入った模様です」

「うむ」

ダイキ帝国軍のヒビラニ・テッチラは副官の報告にうなずいた。

そして副官は少し口ごもった後で、

「それと——風の騎士が来ているということで、我が軍の兵たちの中でやや士気の乱れが起こっています」

「ふん——さすがは伝説の勇者というわけか」

ヒビラニはやや顔をしかめたが、元々が厳《いか》つい顔立ちなので傍目からは無表情にしか見

えない。

「しかし我が栄光のダイキ帝国軍が、如何《いか》に勇名を馳《は》せる騎士が相手であろうと舐められたままにするわけにはいくまいな」

「――は？」

副官はこの言葉に不穏なものを感じた。この将軍の異名である〝不動〟というのはあくまでも動揺しないという意味であり、行動を起こすにあたってはむしろ敏《びん》であるということはよく知っている。

「あの、将軍……？」

「連中が中でどんな交渉をするにせよ、話を聞く時間は必要だな？」

ヒビラニは副官の方を見ないで訊いてきた。

「はあ、それはそうでしょう――それが何か？」

「大佐――全艦隊に通達だ」

ここでヒビラニの、ほとんど動かないはずの表情に変化がはっきりと見えた。その口元がわずかだが吊り上がって――笑った。

「現在の待機から第四戦闘陣形を経て、複合砲撃陣形へ移行せよ」

「――!?」

命令に副官の顔が一瞬で真っ青になる。

「しょ、将軍――まさか――多重怨恨砲《えんこんほう》を？」

それはこの艦隊が持つ最強の攻撃であった。あまりの威力のため、使用は厳しく制限されており、通常ならば帝国軍評議会の承認が必要なのである。

「使う。そのための軍備だ」

ヒビラニの表情はもう、〝不動〟のそれに戻っていた。

「――――」

副官が絶句していると、将軍は静かに、

「命令を復唱せよ」

と言った。副官はぴんと背筋を伸ばして応える。

「は、はっ！　――全艦隊に、第四戦闘陣形への移行を通達いたします！」

＊

海賊島が帝国軍によって封鎖されたとき、中にはまだ多数の客たちが取り残されたままであった。彼らの大半はただの観光客であり、一刻も早く解放されたいと思っていたが、中にはここで一攫千金《いっかくせんきん》を勝ち取らないと明日がないという者たちもおり、彼らにとってはこの事態は複雑なものだった。外の世界に待っているはずの借金取りたちも、帝国軍の包囲をくぐり抜けてまでは追いかけて来られないため、もしこの騒動が発展すれば、あるいは逃げ延びる道が見つかるかも知れなかったからだ。

客たちは皆、たっぷりとある船室に押し込められていた。監禁といっても良かったが、食事はきちんと運ばれてきたし、元々が歓待用の宿泊施設であるために居心地そのものは決して悪くはなかった。酒さえ配られていた。それらのすべては無料で、言ってみればタダで特別サービスを受けているようなものだった。しかしお忍びで来ている者たちがほとんどであったから、彼らにはくつろいでいる余裕などはなかった。帝国軍の側は彼らのことを果たして〝人質〟として扱うのか、それとも海賊島に対する〝協力者〟として一括《いっかつ》してしまうのか、その公式な発表はまったくなく、すべては海賊たちと帝国軍の睨み合いの中で棚上げにされていた。

「ようこそ海賊島へ。レーゼ・リスカッセ大尉殿」

かつては一国の参謀だったこともある海賊の顧問役は、そう言って私に一礼してきた。

「どうも、ゲオルソンさん」

私も礼を返した。

会うのは二度目だ。しかし以前の時は私の方が非公式の訪問だったので、向こうも知らぬ顔をしている。

彼は私の横のヒースロゥにも軽く会釈した。私に対してよりもやや、敬意の表明が薄い。私はおや、と思った。彼には風の騎士よりも、辺境国の一特務大尉に過ぎない私の方が重要なのだろうか？

「あなた方をお呼び立てしたのは他でもありません。ダイキ帝国軍には我々ソキマ・ジェスタルスとの直接交渉の意志がまるでない。そこで我々と帝国軍の間の仲立ちをしてもらいたいのです」

「最初に言っておきますが――」

私は、これははっきりさせておいた方がいいだろうと思って、やや不躾《ぶしつけ》に言った。

「私たちは別にあなた方の味方をしようというのではありません。この事変を放置しておくと、この後の世界情勢に重大な影響があると考えたから来たのです。ですからあなた方の弁護はしません」

この断定に、海賊たちは厳しい顔をした。中でも一番最初に私たちを出迎えた警備担当の幹部ブラクルドには明らかな敵意とさえ取れる表情が浮かんでいた。

しかし、それでもゲオルソンだけはただひとり、まったく顔色を変えない。

「わかっています。元よりそのつもりです」

「それならば結構。そしてこれも断っておきますが、この件に関して私やクリストフ少佐、及びその所属する国家や組織に対する謝礼は一切受け取りませんので、そのつもりで。私たちはあくまでも中立の立場に立ちますので、一方からの取り引きには応じかねます」

この私のつっけんどんなものの言い方にも、

「そうですか？　そうおっしゃるならお言葉に甘えさせていただきますが、しかし海賊島の食事と一等船室ぐらいは提供させてください。これは誰かを招いたときの、一般的な誠意の問題だと思いますよ」

ゲオルソンはまったく悪びれずに言った。やはり大したタマである。

ここで、それまで黙っていたヒースロゥがやっと口を開いた。

「ところで——確認しておきたいのだが」

「なんでしょうか？」

「この海賊島には、ほんとうにサハレーン・スキラスタスがいるのか？」

さすがは風の騎士、ずばりと直截的《ちょくせつてき》に訊いた。

「…………」

「…………」

一瞬、場の空気が完全に固まったが、これにもやはり、ゲオルソンがごく自然に、

「はい、いますよ」

と、至極あっさりとした口調で答えた。

「何故、かくまっている？」

「別に、彼を特別にかくまっているわけではありません。このソキマ・ジェスタルスは来る者を拒まず、その者が中にいる間は外のいかなる影響からも無縁でいられるということを保証しています。その基本に則《のっと》っているだけです」

ゲオルソンはあくまでも穏やかだ。私は彼が、以前の時よりも遥《はる》かに手強《てごわ》い相手になっ

ていることをあらためて確認した。

「それは建前ですね」

私は口を挟んだ。

「仮にも海賊ともあろうものが、そんな青臭い理想論に殉《じゅん》ずるとも思えませんが」

「それに関しては、私どもの口からは説明できません」

ゲオルソンはかすかな笑みを口元に浮かべた。

「我が頭首がお決めになったことですからね。本意は彼にお訊きになって下さい——もっとも、彼にその気があれば、の話ですが」

「——なるほど」

私も苦笑を浮かべた。

「では、スキラスタスに面会はできますか」

「そうですね——我々としては止める理由はありませんが、本人は嫌がっているようですよ」

「?　——誰にも会いたくない、と?」

「暗殺を恐れているのか、それとも罪の意識によるものか、そこまでは我々にもわかりませんがね。特別室に籠もって顔をまったく見せない」

ゲオルソンはやれやれ、といった調子で頭を振った。

(…………)

この言葉から、別に海賊島の人間たちにとってはスキラスタスが実際に殺人者なのか冤罪なのかという問題はどうでもいいのだということがわかる。それはそうだろう——ここにいる人間で、人を殺したことのない者は誰もいないのだ。彼らにとっては、どんな罪を犯そうが、バレなければやっていないのと同じであり、身に覚えがなくとも、周りからそうだと決めつけられたらおしまい——そういう組織であり、環境なのだ。要するにスキラスタスは彼らからしたら、

(——ただの間抜け、というところなんでしょうね)

その間抜けに今、世界中が振り回されているわけだ。みんなが操り人形のように踊らされている。

(その間抜けは今、何を考えているのかしら——?)

会いたくないと言っていようがなんだろうが、無理矢理にでも引きずり出してやる必要があるな、と私は心に決めた。

——そのときである。

ばたばたばた、と激しい足音が近づいてきたと思うと、会議室の扉が勢いよく、乱暴に開けられた。

そして飛び込んできた者が、大声で叫んだ。

「た、大変です！——て、帝国軍の艦隊が、艦隊が……！」

どうやら監視を担当していたらしいその男の顔が、息せき切って走ってきたというのに

完全に蒼白になっている。

「どうした？　なにか動きがあったのか？」

ゲオルソンが鋭い声で問うと、男は、

「じ、陣形を変えています――戦艦で、ま、魔法陣を――！」

と震える声で言った。

（――なんですって!?）

私は仰天《ぎょうてん》した。戦艦を魔法陣の形として配置し直す必要は、ただ一つの場合しかあり得ない。

「そ、それは、まさか！」

海賊幹部の一人が悲鳴のような声を上げる。

「え、怨恨砲か!?」

「複合砲撃を掛けてくるというのか!?」

「この海賊島ごと吹き飛ばされるぞ！」

たちまちパニックが広がっていく。

（――まずい！）

私は本能的な危険を感じて、やや乱暴に椅子を蹴って立ち上がっていた。

そして怒鳴った。

「――落ち着きなさい！」

いきなり若い女の甲高いトーンの声が響いたので、全員が虚を突かれて一瞬、呆然となる。私はそのまま言葉を続けた。

「この海賊島に張られている結界なら、最大出力でもない限り多重怨恨砲撃を受けても破られません！　攻撃してきたとしても、威嚇です！」

そして、きっ、とゲオルソンの方を睨み、

「そうですよね、顧問役！」

と無理矢理に同意を強制する。彼もパニックにはなっていなかったと見え、渋い顔をしていた。うなずく。

「そうだ、大尉のおっしゃる通りだ――皆、落ち着け」

ゲオルソンの言葉に、うっ、と全員が言葉に詰まる。

「外の様子を投影しろ」

ゲオルソンの指示で、会議室の中央に外界の風景が幻影として浮かび上がった。

ダイキ帝国軍の戦艦が、奇妙な軌跡を辿って移動していく。

数十隻もの戦艦で、海面上に巨大な魔法陣を描いているのだ。それには周辺に充満している（世界でそれが満ちていないところなどない）呪詛を収束させる作用がある。

戦艦群のその船体が、ぼうっ、と光り始める。

その光はどんどん強くなっていき、まるで船体が燃えているかのような錯覚さえ感じられ始めたとき、光だけがふわっ、と浮き上がるようにして船体から離れていく。まるで船が生き物で、その魂が身体から抜けていくが如《ごと》き光景である。

すべての艦から光が分裂していく様は、大きな音に驚いた鳥の群が一斉に飛び立つかのようであり、そしてその飛翔していく先は、すべてが一点――艦隊の旗艦であるナズラム級だ。

「しゅ、収束率が高すぎる……！　あれだけあれば島一つ吹っ飛んでしまうぞ！」

膨大な光を見て、誰かが悲鳴を上げた。

そしてナズラム級が船首を海賊島に向けてくる。

そこには竜を模した巨大な彫刻が設置されている。ダイキ帝国軍の戦艦は完全な実用主義で設計されており、装飾らしきものはそれ以外には船体に見当たらない。

しかし、その口をかっと開いた竜は、この艦隊を率いて行動する艦船《ふね》の構造の中で、最も機能的な箇所なのだった。竜という世界最強の存在に似せて造られたそこに今、艦隊中の戦艦から飛んできた光がどんどん集中していき、積み重なっていく。

「あ、ああ……」

誰かがうめき声を上げる。光の密度がどんどん増していく。光に付いていた色が赤から青に、そして白に変わっていく。やがてそれには色がなくなる。見つめていることが不可能になり、そして――一気に解放された。

迸《ほとばし》った閃光が、海賊島に向かって一直線に走り――激突する。

ソキマ・ジェスタルスを包み込んでいる結界のところで光は押し停められ、そこでのたうっ、た。

攻撃に反応して出現するその防御壁は、本来ならば完全に無色透明のはずなのだが、今やそれは真っ赤に灼《や》けていた。空間そのものが引き裂かれて、血を流しているかのような凄まじい光景だった。

その全体がぶるぶると振動している。

「――衝撃に備えろ！」

ゲオルソンとヒースロゥが同時に叫んでいた。そしてその直後には、防御結界そのものが押されたことによる避けようのない津波が私たちを襲った。

海賊島全体が突然、大嵐のど真ん中に投げ込まれたようだった。テーブルは床から天井まで跳ね上がり、立っていた者は残らず転倒した。陶器類が割れる音が悲鳴に混じって聞こえてきた。

結界に、びっ、びびっ――と罅《ひび》が入っていくのが見えたのが最後で、室内に映し出されていた幻影がそこでぶつっ、と切れてしまった。

だが――私にはわかっていた。

多重怨恨砲の収束が、教練で見たことのある資料のものよりもやや緩《ゆる》かった――本来なら、最後に光は闇に変わって、巨大な暗黒の塊が発射されるはずだったのだ。

(――多く見積もっても、最大出力の三割といったところだわ)

手加減された――ということだろう。

衝撃に海賊島は揺れまくっていたが、だんだんとその揺れがおさまっていく。

だが、まだ完全には静まっていない時に、それまで外の風景を映していた幻影の投影装置が、送られてきた通信を受信して動き出す。

映し出されたのは、青白い顔をした一人の男だった。もちろん知っている。

そいつはダイキ帝国軍の将軍、ヒビラニ・テッチラだった。

〝やあ——諸君。ずいぶんと散らかっているようだが、大掃除でも始めたのかね？〟

ふざけたことを吐《ぬ》かしたので、私はつい、

「——どういうつもりですか、将軍！」

と強い声を出していた。

〝おやおや、ずいぶんと威勢のいいことだな。君がカッタータから来たというお嬢さんか〟

侮蔑のこもった声で言われた。

「お嬢さんではありません！　私は特務大尉です——これは一体、何のつもりかと訊いているんです！」

私が怒鳴るように言うと、ヒビラニはニヤリとして、

〝これは失礼。——では大尉。何を不思議がることがあるのかね。貴官らは我が軍と海賊どもの仲介をしに来たのだろう。だから我が軍の意向を示してやったまでだ〟

ヒビラニはぬけぬけと言った。

「そちらが海賊に与えた期限は三日だったはずです！　まだ一日も経っていませんよ！」

〝だから、意向だと言っている——我が軍がどこまでやるつもりでいるのか、それを示したまでだ。現に——〟

嫌味たっぷりな笑みが、その酷薄そうな顔に貼りついていた。

〝我々が手を抜いてやったことは、そちらにもわかっているだろう？〟

ヒビラニは床の上に座り込んだままのゲオルソンの方を見ていた。ゲオルソンの方は、

「…………」

と無言だ。

〝もっとも、我々も急な出撃だったので、調整不足のところがある——次の発射の時は、こんなに力を抑えた攻撃ではすまないかも知れないな〟

ヒビラニはまるでゴロツキの脅し文句のようなことを言った。これが国家を代表する軍人の言う科白《せりふ》かと私はムカッ腹が立ってきた。

「あのですね——」

と文句を言いかけたところで、それまで黙っていたヒースロゥが、静かに、

「感心しないな——ヒビラニ将軍」

と言った。

「こんなのは意味のないことだ。防がれるのがわかっている上で撃つには、あまりにも規模が大きすぎる」

〝ほう？　君が勇名轟《とどろ》く風の騎士か〟

最初からわかっていただろうに、白々しい口調で言う。

〝君は今回は補佐役なのだろう？　口を挟まないでもらいたいな〟

「ああ、そうだ──仲介そのものには関与しない。しかし、ここにいるリスカッセ大尉に少しでも危険が及ぶようなことを帝国軍がするなら、私は容赦しないぞ」

ヒースロゥはきっぱりと言った。

〝ふむ？　これは異な事を言うものだ。希代《きたい》の英雄ともあろうものが、たかが女一人のために一国の軍と事をかまえるというのかね？〟

ヒビラニはねちねちとからむような言い方をした。だがこれに、

「そう言ったぞ」

風の騎士は、如何に所属が異なるとは言え軍階級的にはかなり上の人間に向かって、きっぱりと断言した。

む、とその眼光のあまりの鋭さにヒビラニも一瞬言葉を失ったようだ。

（…………）

私は、嬉しいような、これでヒースロゥが帝国軍と本格的に敵対することになったら困るので焦るような、複雑な気持ちになっていた。

「──とにかく」

やや強引に、両者の会話に割り込んだ。

「帝国軍の御意向は、こちらには痛いほど伝わりました。しかし私はまだ、海賊の方の意向を確認しきっておりません。当初の協定通り、あと二日は待っていただきたい」

できる限り事務的に言ったつもりだったが、どうしても嫌味を言い返したくなる気持ちが少し出てしまったようだ。

〝――よかろう。好きにするがいい。もっとも海賊の方に君を通して提示することが、あればの話だがね〟

ヒビラニは余裕たっぷりだ。おそらく、自分の国の軍が出撃して、意のままにならぬものなどこの世に存在しないと思っているのだろう。

またしてもムカムカしてきたが、ここで怒っても何の意味もない。私は懸命に自制した。

「結構です。そのまま待機していてくだされば助かります」

〝では、貴官の任務の成功を祈っているよ、カッタータの特務大尉〟

高圧的な言い方をして、ヒビラニは通信を切った。

後には重い静寂が残された。

海賊たちは、確かにヒビラニが言うように、帝国軍の意志とやらを充分に思い知らされたようだ。威嚇としての効果は絶大だったと言っていい。

（……でも）

私の心にはなにか引っかかるものがあった。

完全に包囲して、逃げ場を塞《ふさ》いでいる相手に対して、最強武装での攻撃をする必要が果たしてあったのだろうか？　威嚇だったら、別にここまでやらなくとも良かったのではないか。ヒビラニの態度からは帝国軍が力を誇示したがっているだけのような印象を受けるが、しかしそれにしても——これではまるで、

（帝国軍の方も、焦っているのかしら？）

サハレーン・スキラスタスを、そして彼に関わった者たちを他の場所に移させないためなら、手段を選んでいられない理由があるのだろうか？

それがなんであれ、私としてはこの事変を収めるのに、隠されていて見えない厄介なことまで考慮に入れなくてはならない、ということになる。

（——やれやれ）

まったく、気が重いことだった。

顔を少し伏せがちにして、考え込んでいるレーゼ・リスカッセを見ながら、ゲオルソンは心の中で呟いていた。

（……さすが、というべきか）

この女性は、ダイキ帝国軍の将軍を前にしても一歩も退かない強さを持っている。恐怖はあるだろうし、怒りも感じているらしいのに、それがまったくと言っていいほど決断に影響を及ぼさない。感情豊かなのに、それに振り回されない——まさしく理想的なギャン

ブラーの素質だ。感受性が鋭くないと変化する局面に気づけないし、感情的になり過ぎれば判断力を失う。そのバランスが重要なのだ。

(俺は間違ってはいなかったな——今や、すべての命運をこの〝代打ち〟にゆだねることこそが最善の道だ)

それが海賊島の終焉《しゅうえん》を意味することになってもいたしかたあるまい、とゲオルソンはあらためて覚悟を固めていた。

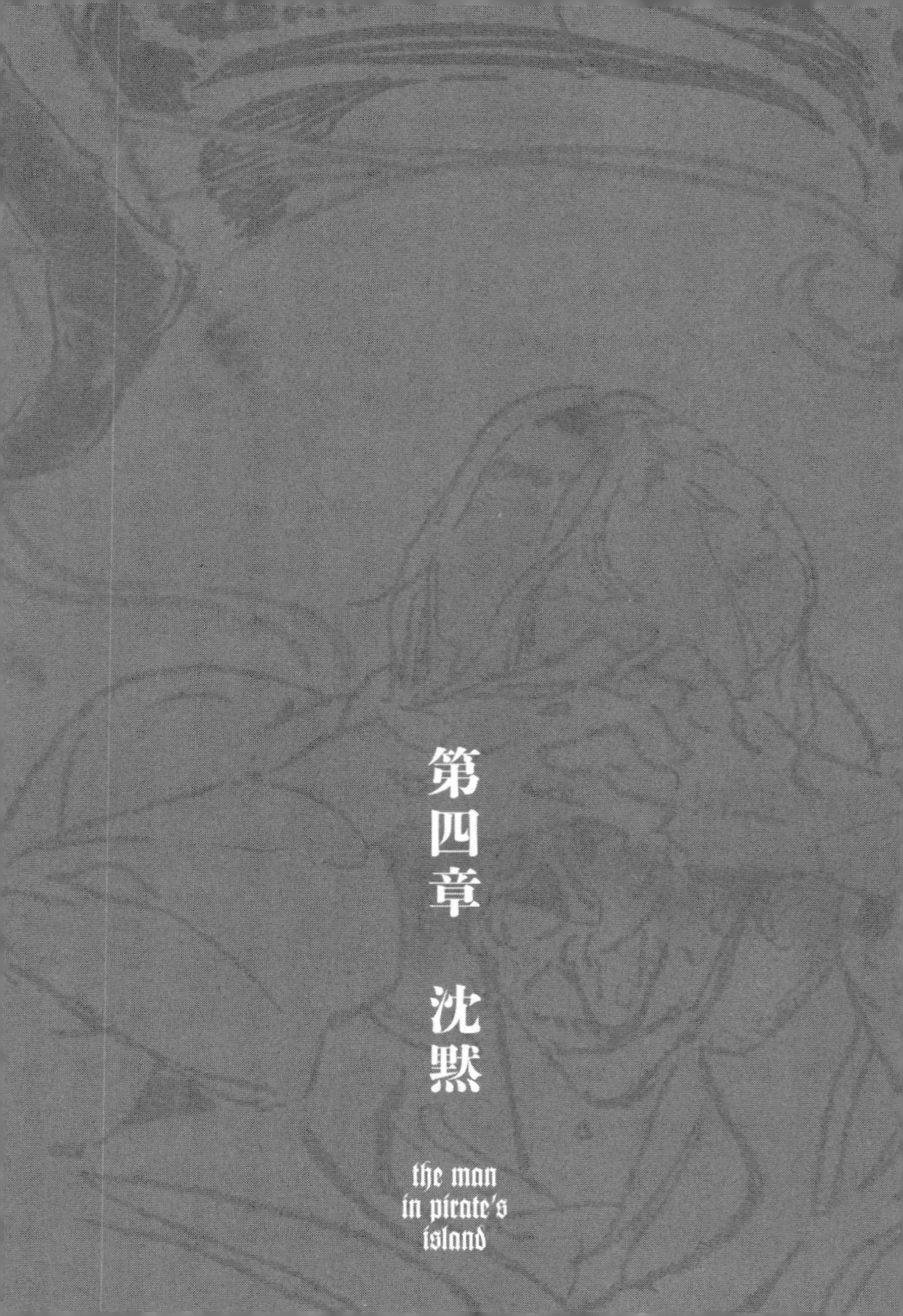

第四章　沈黙

the man
in pirate's
island

――ほうっ、と裸《はだか》になった少年の背中を見つめながら魔導師はため息をついた。美しい。褐色の肌には張りつめた緊張があり、無駄にたるんでいる箇所は皆無だ。

その肌の上には、魔導師が刻み込んでいる防御呪文の刺青がある。身体中の至る所に彫り込まれていて、それが彼の肉体の美しさに、さらに神秘的な光彩を添えているようでもあった。

「どうしました、ニーガスアンガー師？」

台の上に腹這いになって横たわっている少年は気さくな口調で声を掛けてきた。二人はもう数年に亘って邂逅《かいこう》を重ねてきたので互いの呼吸は知れたものだ。

「いや――我ながら、いい仕事をしているな、と少し自惚《うぬぼ》れてしまっていたのですよ、三世様」

魔導師はうやうやしい口調で返答した。親子ほども歳の離れた相手に対しても、彼の紳士的な態度は崩れないようだ。

「私の、生涯の仕事となりました――これまでも、そしてこれからも、私がこれ以上の紋章を彫ることは二度とありますまい」

「それは報酬面で、ですか？　海賊頭首ほど金を払ってくれる顧客は二度とないでしょうしね」

　少年はくすくす笑いながら言った。

　だがこれに魔導師は微笑みながら、しかしきっぱりとした口調で答えた。

「そうではありません——確かに準備予算に金を惜しまないでとことんやれましたが、それだけではない。紋章の善《よ》し悪《あ》しというのは、彫る内容もさりながら、彫られる者の素質にも依るところが大なのです。世界最強の防御呪文を背負うということは、大変な重圧をその身に引き受けることでもあるのです。現に——」

　彼の顔にやや翳りが生じた。

「——私も、過去に一度、重大な失敗を犯してしまいました」

「あれは、別にあなたのせいではないでしょう、ニーガスアンガー師」

　少年の声はあくまでも優しい。

「ただ、向こうに配慮が欠けていただけだ」

「向こう、ですか——そう言い切れるところはさすがですね」

　魔導師は少年の言葉に、畏怖《いふ》ともとれる感嘆の吐息を洩らした。

「あなたはまるで、生まれたときから覚悟をなさっているかのようだ。私にはとてもとても、それだけの強さはない」

「世界一の防御呪文の技術を持っているのに、ですか？」

少年のからかうような問いかけに、魔導師は苦笑しながら首を横に振った。

「私が、自分の腕を磨いてきたのは何故だと思いますか？」

「才能があったから、ではないんですか」

「その反対ですよ――私には才能もなく、生まれも魔導師の家系ではなかった。私が努力したのは、恐怖のためです。自分自身には何もないのだということを認めるのが怖かったのですよ。だから、がむしゃらに魔導の探究に打ち込んだのです」

「打ち込めるものがあるというのは素晴らしいことだ」

少年はどこか達観したようなものの言い方をした。

「そうかも知れません。しかし技術が進歩していくと、あるとき気がつくのです――その技術が自分の心を追い越してしまっていた、ということに」

「――ふむ」

「私のために技術があるのではなく、技術を成立させるために私が存在するようになっていたのですよ。もはや私の技術は私の心に安らぎを生まない――逆に技術は、その安定のために私の心をすり減らすことを要求し始めたのです。これを悟ったときは、さすがに応《こた》えましたよ――」

世界一の魔導師は、自嘲的な微笑みを浮かべていた。

「例の、失敗のときに、ですか？」

「はい」

「なるほどね——そういうものですか」

少年はうなずいた。そしてあらためて質問した。

「ニーガスアンガー師——あなたは僕の父をどう思います？」

「……は？」

唐突に言われて、魔導師は戸惑った。少年は続ける。

「どうして父は、僕にはこんな刺青《もの》を仕込んでおいて、自分の方は放ったらかしなんでしょうね？」

「……さて、そのような判断は私の分を越えますから」

魔導師は歯切れの悪い言い方をした。

「そうですね——それは僕も同じだ。僕は本来、父の受け渡すものを神妙に受け取っていればいいだけの存在だからね」

言いながら、薄い笑いを浮かべている。

「——」

魔導師は返答に困った。

「いや——気にしないでください。別に愚痴をこぼそうっていうんじゃない。ただ——父とあなたが、なんだか僕には同類のように思えたのでね。気持ちがわかるんじゃないかって思ったんですよ」

少年は淡々とした口調だ。

このときになってはじめて、魔導師は自分がとんでもない過失を犯してしまったのではないかと疑いを感じた。

「…………」

この少年に——この男に世界最強の盾である防御紋章を与えてしまって、ほんとうに良かったのだろうか？　彼はそれをどういう風に使うのだろうか？

これは世界にとって取り返しのつかないことになるのではあるまいか——その不安が胸の裡《うち》から暗雲のように湧きあがってきたのである。


……だが魔導師は、それが実際にどう使われるかを目撃することはなかった。それから十数年後に彼は限界魔導決定会が開かれていた紫骸《しがい》城《じょう》の中で横死《おうし》を遂げてしまったからである。彼の技術は、確かに彼自身を救ってはくれなかったということの、それは悲しい証明だった。

1.

「夜壬琥姫の死体はここで発見されたわけですか」

ＥＤは問題の、落日宮の特別室を見回しながら、まるで観光名所に感心しているような呑気な声を上げた。

「………」

わたし、カシアス・モローも一緒に入らせてもらったのだが、さすがに最高級というだけあって、わたしが泊まっている部屋とは広さから調度品、そして採光まで、何から何までが違っていた。

しかしEDはなんら圧倒されることもなく、ふらふらと室内を歩き回りながら、

「全面が窓なんですね」

と感心したように言った。

そう、この部屋には壁というものが基本的にない。部屋を囲む面はすべて透明素材で造られていた。

「特別製でして。少しいじれば半透明にも、不透過にもできます」

我々を案内してきたニトラが中央の柱に手を伸ばすと、壁面は様々な色合いに変化した。

「塔の天辺《てっぺん》に当たるわけですよね。下から見上げたときには中が透けて見えることはなかった」

EDは窓を開けて、下を見おろした。そよそよと気持ちのいい風が入ってくる。

「光は一方通行で、外から中の様子は一切見えないというわけですか」

「元来、暗殺の危険などがあるような人物が宿泊するための設備ですからね」

ニトラはため息混じりで言った。その自慢の設備も、今回はまったく役立たずだったことになる。

「実際のところ、スキラスタスがどうやって夜壬琥姫を殺害できたのか、まったくわからないと言ってもいい——数々の警備のための魔導設備の中で、故障したり異状がみられたものは皆無でした」

「すると、今でも機能しているのですか？」

「いや、今は切ってしまいましたが——帝国軍が調査するのに、いちいち侵入者を殺していては困りますからね」

ニトラは苦笑した。

「帝国軍はすべてを検証したというわけですか」

ＥＤは少しつまらなそうに言った。

「やれやれ、きっと連中はせっかく残っていたはずの色々な痕跡を全部消してしまったに違いない」

そして少し頭を振ったかと思うと、すぐに陽気な調子に戻って、

「まあ、ですから第一発見者のニトラさんに来ていただいたわけですがね」

と振り向いた。

「は？」

「あなたが、死体を発見したときの様子を、ここで説明していただけませんか？　僕は飲

み込みの悪い方でしてね——他のところで説明されても、今一つ理解できないんですよ」

喋りながらEDは、床の上に白い線が引かれている箇所に行く。

「ここに、問題の水晶体があったわけですよね？」

「はい——私が入り口の階段を上がってきて、すぐに目に入りました」

部屋は塔の頂点にあり、当然部屋につながる回廊もない。出入りは床に開けられた穴の下に延びている螺旋階段の昇降によって行われるのだ。その階段に付いている扉がこの特別室の扉ということになり、ノックもそこでされるものが室内にまで響くというわけで、つまり入り口から飛び込んでも、すぐには室内の人物を襲撃できないのだ。

「正面でしたか？」

EDは床の上を指先で撫でながら訊いた。

「は？」

「夜壬琥姫の顔ですよ——あなたの方を、まっすぐに向いていたんじゃありませんか」

この言葉にニトラははっ、とした顔になった。

「は、はい——そうです。確かに、私の真正面に位置していました。どうしてわかったんですか？」

「いや、そんな気がしただけです」

EDはとぼけた口調で投げやりに言うと、さらに質問する。

「室内の家具類は、そのときどんな状態でしたか。乱暴に散らかっていましたか？」

「いや、正直なところ、あまりにも衝撃を受けていたので、周りのことはほとんど目に入らなかったのですよ」

ニトラは申し訳なさそうに言った。

「特に、何も印象に残っていない、と?」

「はい。お恥ずかしい話ですが」

「いやいや——それも立派な印象ですよ。何も残っていないというのも、ね」

EDはなにやら意味ありげなことを言った。わたしは少し気になり、

「何か、手掛かりのようなものを摑めたのですか?」

と訊いてみた。しかしこれにEDはあっさりと、

「いいえ、ここでは何も」

と首を横に振る。わたしはがっくりきた。彼はおかまいなしで、

「とにかく、わかっていることはニトラさんが外側の扉を開けるまでは、この室内は完全な密室になっていたということですね。彼女自身が扉を開けて、外に出ていなかったとしたら——ですが」

この言葉に、わたしとニトラは同時にEDの顔を見た。

「——え?」

「そうでしょう? もしも本人が中から開けていたら、密室でも何でもない」

「——犯人を、自ら室内に入れた、というのですか? そんなことがあり得ますか?」

ニトラが疑わしそうに言った。わたしもうなずいて、

「そうですよ。それに、それだと彼女を殺した後で、その犯人はどうやって脱出したんですか？」

「一度扉を開けたら、開けっ放しにできないんですかね」

EDの言葉に、ニトラは首を横に振った。

「それは不可能です。一定の時間が経つと扉はひとりでに閉まってしまいますし、間に何かを挟んでおいたりしたら、それだけで結界が作動するようになっているんですよ。基本的に、部屋に登録されていた夜壬琥姫以外の人間が出入りすることはできないんです」

「ああ、なるほどね。さすがに厳重ですね」

「唯一できる人間といったら、それは私ですが」

支配人であるニトラは、マスターキーを持ち上げて見せた。

「それも、この部屋に関しては完全に開けた記録が残ってしまうやり方でしかできません。その辺は帝国軍にさんざん絞られましたよ。しかし私には、彼女を結晶化するような魔法呪文など使えません」

「ああ、そう言えばスキラスタスは魔導師ギルドでは芸術魔導師に登録されていましたよね——その条件には〝その者の術が呪符などに複製できないこと〟という項目もありましたね」

EDはうんうん、と思い出したようにうなずいた。

「しかし、その方法は今はひとまず棚上げにして、どうやってこの部屋に入ったのかを検討してみましょう。ほんとうに彼女が、自ら扉を開けてしまった可能性はないのか？」

　ＥＤは仮面をこつこつと叩き始めた。

「彼女が、その相手だったら、つい扉を開けてしまう可能性があった人間というのは誰でしょうか？」

　ニトラとわたしは顔を見合わせた。それはとりあえず、一人は完全にいる。

「……その前日に、この落日宮を訪れた男がいます。彼なら、夜壬琥姫に扉を開けさせることができたでしょう」

「その彼は今？」

「行方不明です――彼の名はキリラーゼ。夜壬琥姫がここで三年もの間、待ち続けていた相手です」

　ニトラは色ばかりが濃い、濁ったお茶のような沈んだ声で言った。

「ああ、そう言えばそんな話もありましたね。彼はいったいどうしたんでしょうね？」

「それがわからないから、皆は困惑しているんですよ。彼がこの事件に無関係とはとても思えないのに、影も形もなくなってしまったんですから」

　わたしは肩をすくめた。ＥＤは相変わらず仮面を叩きながら、

「キリラーゼ――彼はどんな感じでしたか？」

と訊いてきた。

「それは正直、我々が訊きたいぐらいだ」

ニトラが苦笑いを浮かべながら言った。

「どうも印象がはっきりしない奴だった――あの夜壬琥姫が待ち続けてきた恋人が、ほんとうにあいつだったのか、私は今でも疑わしいと思っています」

「にせものだったということですか？　モローさんはどうです？」

「わたしもニトラさんと大差ない印象でしたよ」

「にせものというよりも、そもそも私は夜壬琥姫の恋人という人物が実在していたのかさえ疑問なのです」

ニトラが声にやや力を込めて言った。

「ほう？　それはどういうことですか？」

「夜壬琥姫は――彼女は、口では誰か特定の人を待っているようなことを言っていましたが、実際には誰もいなかったのではないかと思うのです。彼女が待っていたのは、もっとこう――天啓《てんけい》のようなもので、抽象的な何かだったように思えるのです」

ニトラは遠くを見るような眼をしていた。どうやら彼も、夜壬琥姫に対して憧れを抱いていた人間の一人らしい。

「彼女の妄想ではなく、ですか？」

ＥＤがやや意地悪な口調で言った。これにニトラは少しムキになって応える。

「彼女は大変に理知的で聡明でしたよ。この落日宮で彼女と討論して、論破できる者は皆無でした。妄想うんぬんという噂は、彼女にやりこめられた者たちが嫉妬心から流したものに過ぎません」

「しかし、彼女はその待っているものについては明言を避けていた、それは確かですね？」

「まあ……そうですが。しかしそれがたとえば芸術家におけるひらめきのようなものであったなら、自分自身でも説明できないのは無理ないでしょう」

「そうとも言えますね。あるいは、最初から誰にも心を開くつもりがなかったので、わざと言わなかったとか」

EDの容赦のない言葉は、ニトラの胸を少しばかり突き刺したようだ。彼はさらに渋い顔つきになった。

「……それは、確かにあり得ますが」

彼は嘆息しつつ言った。

「彼女は地位や美貌からではなく、知性の差から他人を上から見おろすような態度をよく見せていましたからね」

「それは見おろしていたんでしょうかね——案外、皆が羨《うらや》ましかっただけかも知れない」

EDはよくわからないことを言った。

「え？」

わたしとニトラがきょとんとすると、EDは肩をすくめて、

「今は彼女のことよりも、その恋人を自称していた男のことを考察しましょう。キリラーゼという男は、どのような素性に見えましたか?」

と話を戻した。

「容貌は、とにかく髭面でした」

ニトラの言葉に、EDは突然、ぶっ、と吹き出した。

「ひ、髭ですか? よりによって?」

ひどく意外そうに言う。

「そうです——それがなにか?」

「いや——それはこう、顔の半分以上を包むような髭ですか? 口元から頬に、そして顎までつながっているような?」

「はい。よく探検家が生やしているような髭でしたよ」

「はあ——髭ねえ——」

EDは呆《あき》れたような口調であるが、何に呆れているのか傍目《はため》からは全然理解できない。

「まあ、だらしない男には見えましたが」

ニトラが言うと、EDは、

「でも、服装などは汚れたものではなかったでしょう?」

と、訊くというより念を押すような口調で言った。

「ええ。それはまあ——当然でしょう。この落日宮に来るのに、そんな格好をしていたら話になりませんよ」

ここは世界でも有数の高級宿泊地なのだぞ、という自負も込められた言葉であった。しかしEDにはそんなことはどうでもいいようで、

「ま、そうでしょうね」

と投げやりに言った。

「それよりも、彼の職業は何に見えたか、ということが重要ですがね。どうですか、その辺は」

「えーと……」

ニトラは困った顔になり、わたしに視線を向けてきた。わたしはうなずいて、

「正直なところ、非常にとらえどころのない人間だと思えましたよ」

とニトラの気持ちを代弁した。

「ははあ——強《し》いて言うなら、どんな感じでしたか」

「そうですね——」

わたしが言い淀んでいると、ニトラが悪戯っぽい顔になり、

「いや、強いて言うならば、あなたに似ていましたよ、界面干渉学の先生」

と言った。EDは仮面の下の眼を丸くした。

「そうですか？　僕は極めてありきたりな男のつもりですが」

心外そうに言う。人は自分のことはなかなかわからないようだ。

「なんというか、物腰は柔らかいのですが、尻尾《しっぽ》を摑ませないような印象がありましたよ」

ニトラは説明を補足した。

「ははあ——背は高くなかったんじゃないですか」

「はい。普通——いや、むしろ低かったですね。決して男ぶりが良い、という感じではありませんでした」

「夜壬琥姫とは釣り合いがとれない、そういうことですか?」

「有り体に言えば、そうでした」

ニトラは肯定した。

「スキラスタスと比べたら、どうです?」

「それはもう——」

話にならん、という感じでニトラは首を振った。

「あの芸術家殿は、色事に掛けては名うての凄腕でしたしね」

「しかし、その魅力も夜壬琥姫にはまったく通用しなかったようですが」

「はい。それはもう、散々でしたよ」

「そもそも、スキラスタスは夜壬琥姫にどういう感じで言い寄っていたんですか? 彼女のことを真摯《しんし》に想っていたのですか」

「とんでもない! 彼にとっては、彼女は手に入れにくいからこそ価値のある獲物に過ぎなかったでしょうね」

ニトラの声にはあからさまな軽蔑《けいべつ》の響きがあった。炭酸水のように刺々しい顔をしていた。彼のスキラスタスに対する正直な感情が露になっていた。

「それを夜壬琥姫に見抜かれていたんでしょうかね」

「そういうことでしょうね。皆の前でも、こっぴどくやっつけられていましたよ」

「ほう?」

この言葉にEDは仮面の奥で眼をきらりと光らせた。

「スキラスタスが、夜壬琥姫に恥を掻かされたことがあるんですか?」

「ええ。スキラスタスが陳腐な口説き文句で〝運命などに縛られる必要はない〟とかなんとか言ったのに対して、彼女は〝誰にでも避けようのない運命というものがある〟ということを、実に見事に論説してしまったのです。皆、彼女の言葉に聞き入り、誰も反論できなかった——」

ニトラはまた遠い眼をした。それは夜壬琥姫の幻影を虚空《こくう》に探しているような、そんな眼だった。

だがこの彼の感慨などにかまわず、EDは、

「まあ、そりゃそうでしょうねぇ——」

と、なんだか苦り切った表情で吐き捨てるように言った。

「〝運命〟を語らせることにかけて夜壬琥姫ほど巧みな人間は、そのときの落日宮には他

にいなかったでしょうからね」

　なんだか皮肉めいた物言いだった。

「それはどういう意味です？」

　ニトラが眉をひそめた。しかしEDはこれまた無視して、

「その、彼が彼女に恥を搔かされたのは、例のキリラーゼが来訪するどのくらい前のことでした？」

　と質問を重ねた。

「え？　えーと、そうですね――そんなことが重要なのですか？」

　ニトラがもっともな疑問を口にしたが、EDはきっぱりと、

「とても重要です」

　と断言したが、どう重要なのかは全然説明しようとしない。

「……そう、ですね――三日ほど前だったかな」

「その直後に、彼女は部屋から出てこなくなったんでしょう？」

　EDの断定に、我々はぎょっとした顔になった。

「そ、そう言われればその通りですが――どうしてわかったんですか？」

　ニトラの問いかけに、EDは肩をすくめた。

「彼女の恋人が髭面だったからですよ」

　と、意味不明なことを言う。

「は？」

我々は眼を丸くしたが、EDはもう全然こっちの方に関心がないようで、

「三日かあ――三日ねえ」

と一人でぶつぶつ呟いて、指先で仮面をこつこつ叩いている。

「あの――あなたはあのキリラーゼが本当に、夜壬琥姫の恋人だったと思っているんですか？」

ニトラが承伏しかねる、という感じで言ったが、EDはこれにも投げやりな調子で、

「キリラーゼという言葉は、古代ラグナス言語では〝日没〟という意味ですよ」

と言った。ニトラの顔色が変わる。

「え？　で、ではやはり――夜壬琥姫の我々に対する悪戯だったのですか？　ここは落日宮だから、それに引っかけて――」

「そうとも言えるでしょうね」

気のない返事である。このときわたしは、もしや――と思った。

（さっき帝国軍相手に言っていた、月紫姫に頼まれた云々というのは、あながちハッタリではないのかも――）

彼は夜壬琥姫の従姉妹から、我々の知らない情報を得ているのではないだろうか。それが彼をして、こんな理解不能の態度を取らせているのだとしたら――

（こいつは、とんだ喰わせ者かも知れないな）

わたしは、あらためてこの仮面の男をそう認識した。どう利用されるかわかったものではない、油断してはいけない、と——。

2.

油断していたのが原因だったのかどうか、後になってみれば何とでも言えるだろう。しかしニーソン・ムガンドゥ二世が暗殺されたとき、彼は決して手抜きをしていたわけではなかった。訪問先の下調べも充分にしていたし、いくつかの危険の芽を事前に摘み取ってもいた。だがそれは、彼には避けることの敵《かな》わぬ方向から来たのだった。

ニーソンは妻アイリラと共に、かねてより組織が資金援助を行っていた小国、イミューロス王国の新王即位式に招待された。

観光都市でもあるイミューロスの首都で華やかなパレードが行われ、夫妻はそれを城のバルコニーから観覧していたが、やがて妻アイリラが席を立って、社交界の友人たちとどこかへ行ってしまったので、彼は一人でパレードを眺めていた。

妻と顔を合わせるのは、実に半年ぶりぐらいだったのだが、結局並んで座っていただけで、会話らしい会話はほとんどしなかった。

「…………」

酒杯を片手にしてはいるが、ほとんど口に運ぶこともない。総じて彼は酒も煙草も麻薬も、やらないわけではないのだが、決して度を越すということがない。たしなむ、といえばそうなのだろうが、あまり楽しんでいるようには見えない。何が好きなのか、傍目から判断ができない。

(——ほんとうに、何が楽しくて生きているんだろうか?)

脇に立っている警備隊長のマイヒスも、ついそんなことを考えてしまう。彼は二世の命を守るという仕事上から、その側に控えて数年になるが、だらしないところを一度も見たことがない。

誰にも弱いところを見せない、そういう感じだ。それは妻であるアイリラ・ムガンドゥに対しても同じで、あの夫婦は心が通い合っているようには見えない。そもそもが政略的な結婚だから無理もないのかも知れないが、それにしても——

(頭首の方は二世と名乗るのに、ムガンドゥの血筋が必要で、奥様の方も名前だけでは生きていけないから夫の力が必要——ほんとうにそれだけしかない)

要人警護にあたって重要なのは、守る相手を尊重しつつも、決して威圧されないことだ。遠慮していては危険から守り切れないことが多々ある。たとえ主人であっても、言いなりになっていてはいけないし、逆にこちらが命令することもある。

ニーソン・ムガンドゥ二世はそういうところでわがままを言うことがほとんどない男でもあった。

今回の警備でも、アイリラ・ムガンドゥの方の警備との合同ということで、その割合とかどちらを優先するかというような問題が生じていたのだが「任せる」の一言で終わってしまった。今ではアイリラが別の場所に移動してしまったので、彼女の担当はそれに伴って行った。

マイヒスは、以前は傭兵だった。しかし結婚して子供ができたときに戦争からは足を洗ってこの職業に就いた。その家族は海賊島が大きな影響力を持つ土地に住んでいる。人質に取られているとも言えるが、逆に言えば何不自由なく暮らしているとも言える。戦争の中で生きてきたマイヒスにとって、絶対に安全な社会などないという現実は身に染みている。普通の政府は、よっぽどのことがない限り、戦時下で個人を守ってなどくれない。しかし海賊組織なら、彼が裏切らない限り、彼の身内を必ず守ってくれるのだ。

これまで、彼は何度もニーソンを暗殺から救ってきた。その実績から信頼されている。彼もそれを誇りに思っている。海賊という犯罪者を守っているというような後ろめたさは皆無だ。

彼が警備を担当するに当たって気を付けていることは〝違和感〟である。何かおかしい、何かが変だと感じる——それが重要なのだ。感情を殺して義務的に仕えているとそれができない。あくまでもマイヒス自身の感受性が必要なのである。

（——ん？）

その感受性に今、何かが引っかかった。

パレードは目の前を通り過ぎていく。観覧しているバルコニーとの間には眼に見えない結界が張られていて、物理的にも魔法的にも攻撃される心配はない。

(――だが、何かが違う――)

彼は周囲を見回した。それがなんなのかわからないが、確かに何かが、彼が予想していた状態と違っている。

「………」

彼が険しい顔をしていると、隣の二世が、

「どうした?」

と訊いてきた。

「いえ――なにか妙な感じが……」

「移動するか?」

二世はすぐにそう言ってきたが、マイヒスには移動した方がいいのかどうか判断できなかった。

(何が変なのかを見極めなければ、危険を回避できない――なんだ? 何がおかしいんだ?)

彼はずっと周囲を見回し続けている。

そして遂にその顔が、ぎくっ、と驚愕にひきつる。

(まさか――そんな!)

彼は異変にやっと気が付いた。それはずっと目の前にあったのに、まったくわからなかった——彼は己のミスを悟った。自分は冷静に、二世に対しても突き放した態度ですべての違和感を感じ取るように努力していたつもりだったのに——彼と同じ立場に立って、彼と同じような油断をしてしまっていたことをそのときに知った。

「——な」

言いかけたその言葉は、最後まで言うことはできなかった。次の瞬間、その観覧バルコニーは爆発に包まれていた。

「——ちっ」

その爆発を、少し離れたところから見ている二つの影があった。

「なんだあれは——やられたのか？」

影のひとつは少年だ。彼の表情は不快そうに歪《ゆが》んでいる。

「な、なんてことだ——」

もう一人はニトラ・リトラだった。彼は主人が攻撃されたことに素直に驚いていた。

だが、彼の横のいま一人の主人の方はまったく動揺を見せず、

「とにかく、あそこを押さえるぞ——死んでなかったら問題ないが、そうでなかったら対応しなくてはならない」

と、冷静そのものの態度で言った。

「わ、わかりました——」

二人はすぐに移動を開始した。

周囲はパニック状態になっていて、パレードも散り散りになっていたが、爆発そのものは皮肉なことに、バルコニーを覆っていた結界のために広がることなく、その内部で荒れ狂ったようだった。その結界も衝撃で破れてしまっていて、中に入るのは造作もなかった。

「——うっ！」

一目見て、ニトラは手遅れだったのを悟った。

バルコニーの跡にはバラバラに砕け散った死体が散乱していた。誰が誰だか判別さえ難しい。

（し、しかし——あんな厳重な警戒の中で、どうして——）

ニトラが茫然自失に陥っているのにかまわず、少年は平然と、無数の死体を物色していた。

そして、折り重なった死体のひとつを転がして、その下の身体を確認すると、彼の眼が丸くなった。

「——おや」

少年の声に、ニトラはびくっ、としてそっちの方を見た。

そこに、一人の男が瓦礫《がれき》に埋もれるようにして倒れていた。

上に被さっていたもうひとつの死体が、その男をとっさに庇《かば》っていたのだが——しかし、その男の腹部にも、深々と大きな破片が突き刺さっていた。

助かりようのない致命傷を受けて倒れているのは、紛れもなくニーツン・ムガンドゥ二世だった。

「これは父上」

少年は静かな声で言った。それはなんだか、すごく投げやりな声だったのでニトラはぞっとした。

「…………」

ニーソンは、その眼にはまだ明らかな意志の光があり、息子の顔を瞳に映していた。

「——困りますな、父上」

少年は渋い顔で二世を見おろしていた。

「今、こんなところで死なれるのは実によろしくない。あなたが今、抱え込んでいる問題が全部この僕に回ってきてしまうじゃないですか。もう少し、こっちの下準備が終わってからにしていただきたかったですな、死ぬのは——」

それは父の死に対し、まったく悼《いた》みというものを感じていない言葉だった。もし唯一の救いがあるとすれば、この息子が父を殺したわけではないという一点ぐらいしかない。大体、彼がこんなに早くこの暗殺現場に駆けつけられたこと自体が、父のことをこっそりと陰から監視していたからだということを表している。

「…………」

二世は息子の、冷酷きわまりない態度に返事をしない。

「ニトラよ」

少年は父を無視して、後ろに立つ部下に呼びかけた。

「は、はい。なんでしょうか」

「この件に関しての、あらゆる報復活動を禁じる。何者がこの暗殺を実行したのか、計画に協力した者は誰か——それを調べることも許さない。……ところで、ソキマ・ジェスタルスがこの王国に出した即位式の祝い金はいくらだったかな？」

「は？　——はい」

ニトラは決して少なからぬ金額を答えた。一般庶民ならば、三度は裕福な生涯が送れそうな、莫大な額だった。これに少年はうなずいて、

「もう一度、それと同じ額を王国政府に贈ってやれ」

「——え？」

ニトラは戸惑ったが、すぐにその真意を悟る。

二世はここで死ぬことになったが——それはなんらソキマ・ジェスタルスの活動に影響はなく、次がすぐさま立つということを示す——しかも、間髪入れずに。

「わ、わかりました。すぐ手配させます」

「よろしい——ああ、それとだな」

少年は何気ない口調で軽く言った。

「クードスの組織があったろう——あそこを壊滅させろ。今回の原因は奴等だ」

「え？」

今度こそニトラの顔が恐怖にひきつる。

「お、お言葉ですが、クードスはあなたにも既に忠誠を誓っています。今回の件では彼らはまったく無関係です」

「ああ、そんなことは知っている——だからこそ、罪を被せるのに都合がいいんじゃないか。自分たちでも〝もしや俺たちの中に裏切り者がいたのでは〟と混乱している間に、簡単に殲滅《せんめつ》できるだろう」

「………」

「今回の状況では、実際にどこがやったということなど既にどうでもいいんだよ——問題なのは、このことが組織にとって隙を生むきっかけになどならないということを内外に証明することだ。それが最優先だ。復讐など無意味だが、復讐さえできないのかと思われることは困る。だから——その真贋《しんがん》は問わない」

さらりと、しかしきっぱりと断言した。

「……わかり、ました」

ニトラはうなずくしかない。

「では、さっそくかかれ」

少年はひらひらと手を振ってみせた。ニトラは飛ぶようにして走り去っていった。

後には、少年と、死にかけたその父親が残された。

「………」

虫の息の父親は、ぼんやりとした焦点の定まらぬ眼で、自分に手当てひとつしようとしない息子を見上げている。

「――さて、父上」

息子はその半死体に眼を向けた。

「なにか言うことはありますか？」

「………」

「黙っていてはわかりませんよ」

しかし、彼は何も言わなかった。

「………」

眼には、明らかにまだ生命が残っていた。何かを言いたければ、最期の一言ぐらいは遺せる息があった。

だが――彼は何も言わない。

じっ、と彼を助けることも、仇《かたき》をとることからも興味を完全に逸らしてしまっている息子を見つめていた。

「……ん？」

少年の方にも訝しげな表情が浮かんだ。この沈黙が、敗北からの絶望によるものでないことが本能的に理解できたからだ。ではなんなのかというと、それは彼の理解を完全に越えていた。

「……なんです、何が言いたいんですか、あなたは？」

やや苛立たしげに、少年は死にゆく人間に向かって声をぶつけるようにして訊いた。

「…………」

やはり答えはない。

その代わりに、その男は穏やかに、優雅に——静かに微笑んだ。

それが結末だった。彼の穴が空いた身体から聞こえていた雑音が鎮まっていき、そして消えた。

「…………」

少年は、その顔には明らかな不快感が漂っている。

彼は、かつてその男が言っていたことを思い出したのだ。人生に於いて敗北と裏切りは避けられない、だからどこで負けるか、何に裏切られるか前もって決めておくといい——と。この男は、最期に息子に見捨てられることも予測していたというのだろうか？

（これでは、まるで——）

彼はその男の死に顔を見た。そこにあるのがなんなのか、彼にはわからなかったが、たったひとつだけ確実に言えることがあった。

（まるで——勝ち誇っているみたいじゃないか）

そうとしか思えないのだった。

（そして——何故、最期に何も言おうとしなかったんだ？　あの沈黙はどういう意味だったんだ？）

その謎は、彼の心の中に深く沈降し、その人生に澱《おり》のようにいつまでも残り続けることになった。

3.

……ニーソン・ムガンドゥ二世の死は全世界に、衝撃と共にあっという間に知れ渡った。

だが、それより何よりも人々が驚いたのは、跡を継いだというインガ・ムガンドゥ三世がまったく姿を見せなかったことだ。そして姿を見せないにもかかわらず、組織は前と変わらない——否《いな》、さらに強固なものとして生まれ変わったことであった。

すべてが恐ろしく迅速《じんそく》になり、あらゆるところまで頭首の意思決定が反映されるようになった。逆らうことは許されず、かつての部下で造反した者は皆無であり、それどころか他の組織の中には「もはや対抗しても意味なし」と投降するようにして傘下《さんか》に自ら加わりたいと言ってくるものも多かった。

そして二世を暗殺したと言われる組織はたちどころに壊滅させられ、当然のことながらいかなる国家のあらゆる政府機関もその件に関してノータッチを決め込み、事の真相は闇から闇へと葬り去られた。

その日、アイリラ・ムガンドゥは海賊島から最も近い陸地の港町に姿を見せた。

「………」

彼女は大きなフード付きのマントを着て、顔を隠すようにしている。乗ってきた船が予定されていた航路から外れてこの港に来てしまったので、彼女は慌てていた。前の船に預けていた荷物は、港湾作業員が運んでくることになっていたが、どうやら手続きが遅れているようでなかなか来ない。アイリラは次に乗る船の前で足踏みしていた。荷物の点検を受けないと、乗船許可が出ないのだ。他の船客たちは既に乗船してしまっていて、タラップ前に残っているのは彼女一人だけだ。

「やあ、どうも——」

荷物を台車に載せた作業員がやってきたのは三十分ぐらい経ってからだった。

「何してたのよ、遅いじゃない！」

彼女は、こいつにチップはやらないぞと決意しながら怒鳴りつけた。まだ子供の作業員はへらへらしている。

「色々とありまして。こっちも大変なんですから」

「何してるのよ！　ほら、ぐずぐずしないで！」

彼女はややヒステリックになっている。

「船が出てしまうじゃないの！　急ぎなさい！」

しかし子供の作業員はなおもへらへらしたままで、

「いやあ、船は出ませんよ」

と呑気そうに言った。

「何言ってるのよ！　なんであんたなんかにそんなことがわかるのよ！」

彼女はカッとなって喚いた。これに子供は静かに首を振って、

「わかるんですよ――そう命令しましたからね」

と言った。

「……え？」

ここでやっと、彼女はこの子供が奇妙だと気づいた。

（――なんだか、どこかで見たような顔だわ）

そんな気がした。しかしどこで見たのか今ひとつぴんとこない顔だ。顔立ちそのものには馴染みがあるような気がするのだが、実際に顔を合わせたことはないような――違和感。

彼女がその子に感じるものはそれだった。何かが変なのだ。

そう、それは自分の肖像を見るときのそれに近い。いつもは鏡で見ているのだが、それ

は左右非対称になっているために印象がずれるというような、そういう違和感が——鏡？

（————！）

ここで彼女はやっと悟った。

「お、おまえは——」

その顔立ちは、確かに彼女自身に似ていた。だがその表情の方は、彼女がこれまで会ったどんな人間にも似ていない。会うのは十数年ぶりぐらいなのだろうが——当時は、まだその少年はごく小さく、その頃の面影《おもかげ》は既になかった。その間に彼が過ごしてきた年月が、彼を彼として創り上げてきたのだろう。

「お初にお目に掛かる——と言った方がよろしいですかね、母上」

少年はかるく会釈してみせた。それは他人行儀を通り越して、完全に無感動になった態度だった。

「…………！」

アイリラは、もしや追っ手がかかるかもとは思っていたが、まさか〝本人〟がそのまま出てくるとは——完全に意表を突かれた。

「どちらにお出かけですか？　まだ組織が不安定でしてね——下手に出歩くと生命を狙われる危険性がありますよ」

「…………」

彼女は返事ができない。

「そう、せっかく助かった生命じゃありませんか——ムガンドゥ二世が爆死した場所に、そのほんの数分前にはあなたもそこにいたのですからね」

「…………」

「いやいや、ご安心下さい——〝犯人ども〟は既に始末してしまいました。そいつらがあなたを狙う心配はない」

「お、おまえは——」

アイリラの声は震えている。その彼女に少年は静かな言葉を語りかけ続ける。

「二世の警備には、マイヒスという男がいた。優秀な男だった。僕はすぐさま、彼の死体を調べるように手配した。彼が死ぬ寸前に見ていた映像を魔法で取り出すように、とね。しかし彼の眼には異常な物は何も映っていなかった——何もなさすぎた」

少年はかぶりを振った。

「そこにあったのはいつもの警備態勢万全の様子だけで、変わったものはなかった。だから答えは——その警備態勢そのものの中にあると考えざるを得ない」

「…………」

「そう、その場を離れるとき——あなたが置いていった警備兵がね」

「…………」

「あの場には二世を担当していた警備兵とあなたを守る役目をしていた兵とが混在していた。いつもバラバラに行動することが多かったあなたがた夫婦の在り方からして、それは当然だ。そしてあなたは友人と一緒に行くと言ってその場を離れたわけだが――そのときに大勢の中の一人をこっそり残していったんだ。そう――」

少年の顔はまったく平静である。

「そいつこそが〝爆弾〟だったのだ。二世の方の警備兵は、上司のマイヒスが必ずチェックをしていたが、あなたの方の兵にはそれが徹底されていなかった――その隙を突いての攻撃だったのだ。警備兵は大抵の場合、お互いの死角を補《おぎな》うように配置されているものだ。見張る方向がそれぞれ違っている。他の警備兵を監視している奴は普通いない。まったく巧妙なものですね」

「………………」

アイリラは、その顔面は蒼白になっている。

「さて――どうしましょうか？　一応、理由を聞いておいた方がいいんですかね？」

少年はアイリラに投げやりな問いかけをした。

「――おまえは」

アイリラは、唇の端を小刻みに痙攣させながら訊き返してきた。

「そこまでわかっていながら――どうしてイミューロス王国の方に、何もしていないの？」

そう、パレードに死の罠が張られていたということは、それをお膳立てする者がいなくてはならない。絶好の機会というのはほとんどの場合、巡ってくるものではなく、作り上げられるものなのだから。

共犯――どちらが利用したのか、利用されたのか、それを問うことはこの際無意味だろう。お互いがお互いを利用しあったのだ。

「あっちには、三世の名前であらためて祝い金を贈らせてもらいましたよ」

少年はにやにやしている。

「彼らにできることはもはや何もない――自分たちこそが二世を暗殺したのだと世界に公表しますか？　何のために？　もう組織をのっとることはできなくなってしまったのに？」

「…………」

「彼らに残ったのは今や恐怖のみ――もしも真相が知られたら大変なことになると思っている。すべてが終わっていることなど考えもせずに、組織からの申し出をうかつには拒否できない負い目を自ら背負ってくれたわけです」

少年はやれやれ、と肩をすくめた。

「まったく――一か八《ばち》かの賭けなどするものではありませんね。大抵の場合、予測不能の方向から別の要素が現れてすべてが台無しになる」

「…………」

アイリラはこの少年から視線を逸らしたい、とさっきから努力し続けていた。だがそれができなかった。そしてとうとう、彼女の口からその言葉が漏《も》れた。

「――おまえは、私の方は――殺すの？」

「――――」

この決定的な問いに、少年はかすかに笑ってみせた。

それは恐ろしい微笑みだった。

「母上――あなたはムガンドゥだ。そのことを嫌悪《けんお》し続けて、それから逃げたいと願い続けていたとしても、決して自由にはなれない」

「…………！」

「殺すなど、とんでもない――ご自由に、世界のどこへでもお行きになってください。あなたが今後どこにいようとも、ソキマ・ジェスタルスがあなたを守り続けますよ。何しろあなたは偉大なるムガンドゥ一世の実の娘なのだから」

それは別の意味での終身刑の宣告に他ならなかった。どこにでも行けるし、なんでもできる――だが、それは世界という檻《おり》の中に閉じこめられるに等しいのだ。

「――おまえに――おまえにわかるの？」

彼女は顔をひきつらせながら、絞り出すように言った。

「私が今までどんな気持ちで生きてきたのか――父がいて、ニーソンがいて、いつも誰かが私とは関係ないことで私を決めつけて、私の個性なんて誰も気にしてくれなくて――自分自身の希望がない人生というものが、どんなに辛いものだったのかわかるの？　おまえも――おまえだって、私の子だって思えたことはなかったわ！　ずっと、ずっと――海賊のことが私の前にあったのよ！」

だんだん声は大きくなっていき、最後の方は悲鳴のようになっていた。——しかし、

「——なるほど」

少年の方にはまったく、動揺らしきものは見えない。

「わかるかと言われれば、確かにわかりませんね。僕はあなたじゃないから」

あっさりと言う。それは理解できないとか気持ちが通じないとか、そういうことでさえなかった。要するにもう、関心が全然ないのだ。

「ま、ひとつだけ言えることは、あなたのような立場で海賊に関わっている人間が他にいない以上、そのことそれ自体があなたの言うところの〝個性〟とやらだったんじゃないんですか。もうどうでもいいですがね」

素っ気なく突き放す。

「…………」

アイリラの身体が小刻みに震えている。これはもう、いっそ死んだ方がマシ、ということかも知れないが、しかし自分には自殺するだけの勇気がないこともまた、彼女は知っていた。

そして、目の前の少年がそれを見抜いていることも。

「——なんて、なんて子なの……」

つい呟いてしまった言葉に、少年はにっこりとしてみせた。

「なにしろ、あなた方の子供ですからね」

そして彼は後ろの船に視線を向けた。

「まあ、とりあえずはラッサルの療養地にでも行かれたらどうです？　ハローランなんてのもいいかも知れないな。好きなだけ、あなたがお望みの自由とやらを満喫してください」

圧倒的に冷ややかな声に、アイリラは、

「——わかったわ」

と、力なくうなずくしかない。他にできることは、なにも残されていなかった。

荷物が運び込まれ、彼女はとぼとぼと、船のタラップを登り始めた。

そこに少年が声を掛ける。

「母上——あなたは哀れな存在のようですが、それではこの僕はどうなんでしょうかね？」

「…………」

「僕は——ムガンドゥ三世は可哀想《かわいそう》な奴ですかね？」

「…………」

「そして、最期に何ひとつ言い遺さず、沈黙をもって終わる人生というのは一体どんなものでしょうね？　僕は、それが知りたいんですが——あなたはどうです？」

返事はなかった。だが少年はそのことに別に落胆するでもなく、陽気な声で、

「それじゃあ母上、縁があったらまたお会いしましょう」

と言った。

この言葉に、アイリラは初めてはっきりとした反応を見せた。無表情の顔を少年の方に向けようともせず、

「――いいえ。冗談じゃないわ」

と断定した。

この母子の、それが最初にして最後の対話だった。

少年は、ふっ、と苦笑とも吐息ともつかぬ声を漏らすと、きびすを返してひとり歩き出した。

孤独な足音が、港に響いていく――。

4.

――足音が響いている。

海賊島の回廊《かいろう》を今、一人の男が歩いている。

帝国軍に完全包囲されている緊迫した状況の中で、気軽に外を出歩いている者は皆無であり、彼は一人で足を進めている。

「――停まれ！」

通路の一角まで来ると、扉の前に立っていた警備兵が彼を制止した。

彼は落ち着いた声で、

「お客人にお飲物をお持ちしました」

と、手にした盆《ぼん》の上に置かれているグラスやポット類を示した。

「ああ、ご苦労さん」

警備兵はすぐに道を開けた。それから小声で、

「……風の騎士は何を頼んだんだ？　酒か？」

と興味深そうに訊いてきた。

「いいえ、ただのお茶ですよ」

彼はにっこりと笑って警備兵たちの脇を通り過ぎて、扉をノックした。

「——どうぞ」

向こう側から男の声がしたので、彼はそのまま入室した。

「失礼します」

自動的に、背後で扉が閉じる。

豪華な客室の中には、風の騎士とレーゼがいた。女士官は中央テーブルの椅子に腰掛けて、ヒースロゥは扉のすぐ側に立っている。彼とレーゼの間に立ちふさがっているような形だ。

「——久しぶりだな」

風の騎士は警戒心むきだしの鋭い眼光で、彼を睨みつけている。

「相変わらず、ボーイに化けているわけか」

そう言われても、彼はにこにこしたままだ。

「はい、色々と便利なものでね」

視線を真っ向から受けとめて、微動だにしない。世界に名だたる戦士である風の騎士と対峙してまったく怯《ひる》むことのない人間はごく限られた者しかこの世にいない。

緊迫している二人の後ろで、レーゼが「ふう」とため息をひとつついた。

「とにかく——そのお茶を置いたらどうですか。インガ・ムガンドゥ三世さん」

その声に、彼は視線をレーゼに向けて、変わらぬ微笑みのまま、

「はい」

とうなずいてみせた。

＊

……やっぱり、すごく若く見えるな、と私はあらためて思った。前に会ったときと少しも変わっていない。どう見ても十代の少年のような外見だ。

(見た目より歳は食っている、とこの前は言っていたけど——実際に何歳なんだろう？)

三世は優雅な動作で、私の前のテーブルにお茶のセットを置いて、慣れた手つきで淹《い》れ

始めた。

「いや、お二人に会えるのをほんとうに楽しみにしていたんですよ」

彼は、屈託がないとさえ言えるような口振りで言った。そして、

「あの戦地調停士の方はどうしました？　今回はお休みですか」

とEDのことを訊いてきた。

「――知ってる癖に」

つい、私は呟いてしまう。すると三世は愉快そうに笑った。

「確かに調べはしましたがね――なぜ彼がこっちに来ないで落日宮の方に行ったのか、その理由まではわかりませんよ」

「彼には真実を解き明かすために、向こうに行ってもらいました」

私は少し芝居がかった口調で言った。緊張しているのだ。なにしろ目の前にいる男は、この海賊島のすべてと、その勢力下にある世界中の犯罪組織を支配する、ある意味この世で最大最強の最高権力者なのだから。どんな国家の独裁者でも議会とか軍部、それに国民などに干渉を受けているものだが、この男の支配にそんな制約はないのだ。

「真実、ねえ」

三世はくすくす笑った。

「弁舌と謀略で歴史の流れさえねじ曲げるという、戦地調停士には似つかわしくない言葉ですね？」

「今回のこれは歴史なんかじゃありません。ただの殺人事件です」

私はちょっと気負って言ってみた。

「帝国軍も、あなたたちも、無理矢理に歴史的な出来事にしたがっているみたいですけど、ちゃんと調べれば答えが出るはずです」

「なるほどなるほど――正しい意見ではある。しかし歴史というのは殺人事件の連続に過ぎないという見方もありますよ。戦争というのは、裁かれることのない殺人の蓄積ではありませんか？　敵だけでなく、己の国家さえ民を兵として〝死にに行け〟と命じるというのは、これは殺人行為ではありませんかね？」

彼は私の眼を覗き込むようにして言ってきた。

「今回のは戦争でもありません」

私も彼の眼を見つめ返しながら言う。

「まだ、今のところは――という条件が付きますが。私たちはそれを阻止するために来たのです」

「できますかね、それが？」

やや意地悪な口調で言われたが、私はこれにはきっぱりと、

「そのために来た、と言いましたが？」

と挑戦的な応えを返した。

三世の顔から笑いが消えた。

「――利用されている、とはお思いになりませんか」

「だったらなんです？　私は世捨て人ではありません。誰にも利用されないで生きていきたいなんて思いません。問題なのは自分が何をするか、そのことについて自分がどう感じるかということです」

私は言いながら、なんだかおかしかった。まるでEDの科白だな、と思ったからだ。しかしもちろん表情には出さない。

「私は、こうするのが正しいと思っています。誰に利用されていようと、そんなことは関係ありません。私は、私の意志でここにいるのです」

「………」

三世は無表情だ。何を考えているのか相変わらずわからない。だがその眼がわずかに細められているような気もする。眩しいものを見ているような――

「？」

私が眉をひそめるのと同時に、三世は急に私から視線を外し、やれやれといった調子で肩をすくめた。

「――そんなに殺気を向けてこなくともいいでしょう、風の騎士」

苦笑しながら言う。え、と私はヒースロゥを見た。彼の手は確かに、腰の剣の柄《つか》に掛かっていていつでも攻撃できる体勢になっている。

「その鬱陶《うっとう》しい印象迷彩を解いたらな」

ヒースロゥは静かに言った。

「何を隠しているか知らんが、この俺には通用しないぞ」

「え?」

私は彼を見て、そして三世を見た。三世の物腰には別に、魔法が掛かっているような不自然なところはまったく見当たらない。

「やれやれ——ご婦人に気を使ったつもりだったんですがね」

三世は首をすくめると、何やら小声で呪文を唱えた。

するとその瞬間、彼の褐色の肌の上に、見るも鮮やかな濃い紫色の刺青がびっしりと浮かび上がった。

「…………!」

私は息を呑む。これが、噂の——

(海賊島頭首の、世界最強の防御紋章……!)

それは異様なものだったが、同時にひどく妖しい魅力を放つ光景だった。私は文字通り、息をするのも忘れてつい見入ってしまった。

「ほら、リスカッセさんが気味悪がってしまった——恥ずかしいから隠していただけだったんですよ」

三世がとぼけた声で言ったので、私ははっ、と我に返る。

「い、いいえ——気味悪いだなんて、そんなことは——」

と言いながらも、しかしその不気味《ぶきみ》なところが魅力の一端であるのも否定できない事実であった。

えへぇへん、と私は咳払いして動揺をごまかす。

「あの――そんなことよりも、お願いがあるのですが」

「ああ――そうですね。話は聞いていましたよ」

三世はうなずいた。

「例の容疑者――サハレーン・スキラスタスとの面会でしたね。もちろん、すぐに手配しますよ」

「彼の状態は？」

「そうですね。ノイローゼ状態と言ってもいいでしょう。もともとそんなに神経が丈夫ではなかったようだ。限界に来ている」

彼はここで悪戯っぽくウインクして、

「まあ、竜と面会することに比べたら、物足りないことだけは保証しますよ」

と、以前の事件に絡めた冗談を言った。

「自責の念に駆られているんでしょうか？」

「まるで彼が犯人みたいな言い方をしますね」

言われて、私は少なからず驚いた。

「あなたは犯人ではないと思うんですか？」

まさか、かばっている理由は純粋な良心からだ、とでもいうのか？

すると三世はニヤリとして、

「さあね――私にとっては、どちらでもかまいませんが。まあ、彼に会えばわかりますよ」

と謎めいたことを言った。

「どういうことです？」

「危険はないのか？　突然襲いかかってくるようなことはないだろうな？」

ヒースロゥが厳しい声で質問すると、三世は静かに、

「そのときは、別に彼を斬り殺してしまってもかまいませんよ」

と、恐ろしいことを平然と言った。私はさすがに不安を覚えた。

「まさか――私たちを呼んだのはそのためなんですか？　風の騎士がやむなく殺したとなれば、誰も文句は言えないだろうと――」

私の言葉に、三世はまたくすくすと笑い出した。

「いやいや、そんなつもりは毛頭ありませんよ。むしろ――」

ここで彼は言葉を途切らせた。

「……？　なんです？」

「いや――とにかく、あなた方はいくらでも警戒していてくださって結構ですよ。こっちは仰せのままに、都合のよろしいように従いますから」

へりくだった言い方は、嫌味なくらいだった。

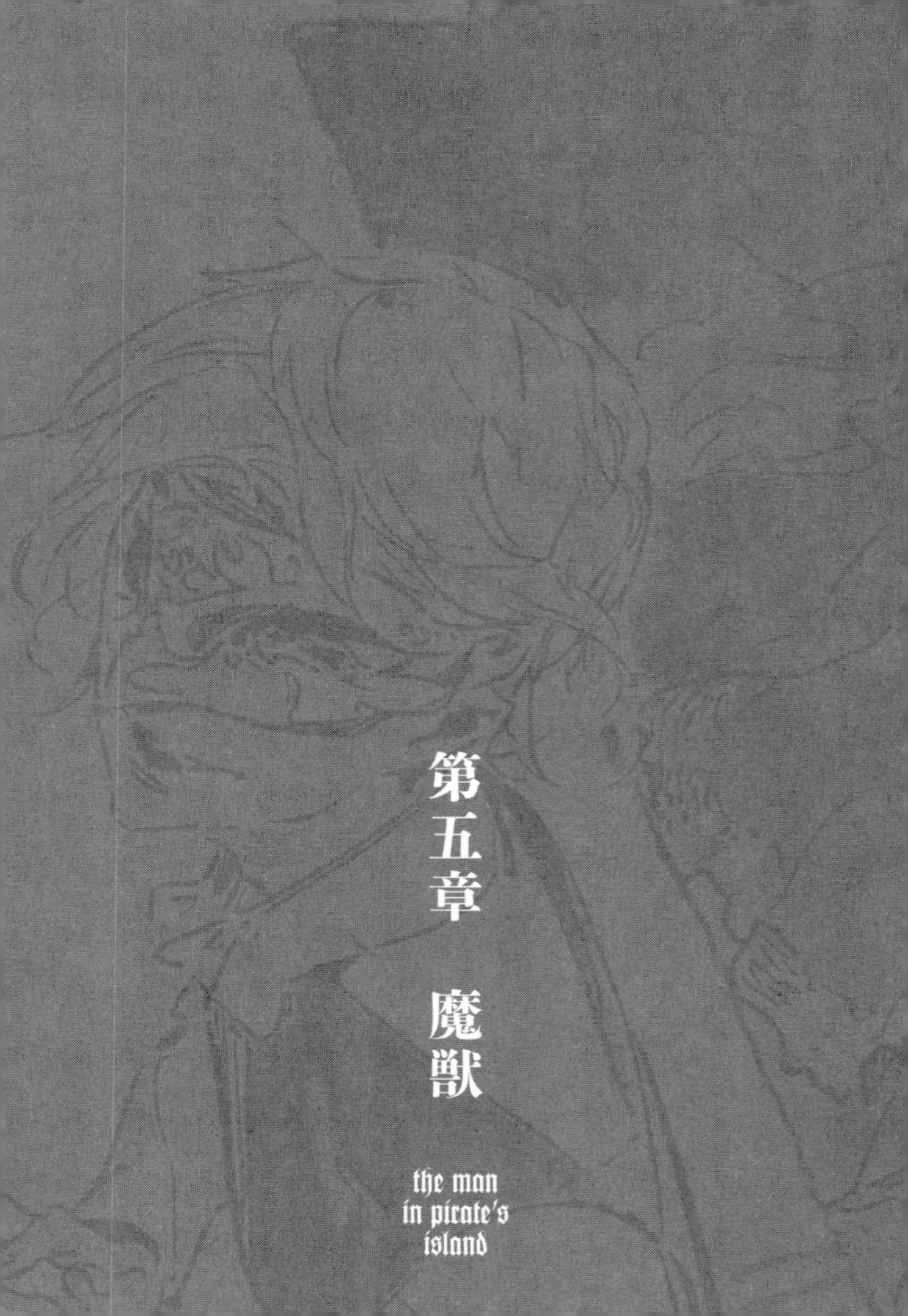

第五章　魔獣

the man
in pirate's
island

（――よし）

海賊だった頃のニトラ・リトラは、遂にその決意を固めた。

（どうなっても、悔いはない――）

三世による新組織は安定期に入っていて、彼はその中でも、海賊島そのものの総合管理責任者という、ある意味で組織の〝顔〟のような重要なポストを任されていた。

だがその彼が、突如として引退を宣言したので、他の者たちは驚きを隠せなかった。

「私は一世の頃から組織に仕えてきた。三世という新しい頭首を戴いて、これから発展していくであろうソキマ・ジェスタルスには、もはや私のような年寄りは不要なのだ。後任についても、諸君らの判断に任せ、私は一切の影響を残していかないことにする」

彼は会合の席でこう述べた。

「し、しかしニトラ殿。あなたは頭首の信頼も厚い。他の者ではとても代わりは務まらない」

「だからこそ、私は退かせていただくのだ。頭首の信頼は、これからは諸君に平等に寄せられることになるだろう」

彼は力強くうなずいてみせた。その隻眼の顔には揺るぎない決意があり、誰もそれ以上反論できなかった。

「――で、ですが、これからあなたはどうされるおつもりですか？」

「そうだな――宿屋でも開こうと思っている」

彼は後に〈落日宮〉と呼ばれることになるサロンの構想をここで初めて明かした。

「もちろん、ここに泊まる客が海賊島に遊びに来たり、帰りに寄ってもらったりしても一向に構わないだろう。そういう意味では私は組織から離れはするが、諸君らと頭首と無関係になるわけではない」

「独立――ということですか？」

この問いには彼は笑った。

「とてもそんな規模ではないよ。ささやかにやるつもりだ」

彼の表情は非常に穏やかだった。覚悟ができている、そういう感じだった。

「…………」

しかし、他の者たちは一様に不安そうな顔をして、あたりをきょろきょろと見回している。

そう――この幹部会での会話を、どこかで彼らの姿なき頭首も聞いているはずなのだ。

そしてもしも〝彼〟がこのニトラの意志を認めないのなら――ニトラはこの部屋から生き

て出ることはできない。

「…………」

しかし、いくら待っても一向に〝天〟から声は降りてこなかった。

（これは――彼は許された、ということなのか？）

幹部たちは幾分ほっとしたような顔になり、うなずき始めた。

「いや、そういうことならば、これは認めてもよろしいのではないですかな」

「そうですな。仕事の引き継ぎは今後、我々が相談の上で慎重に決めていけばよい」

「ありがとう。そう言ってくださると、助かる」

「これまでご苦労様でした、ニトラ・リトラ殿！」

拍手が起こり、ニトラは皆に頭を下げた。そのとき彼は、皆の眼に彼に対する〝衰えたな〟という哀れみと、そして同時に羨望《せんぼう》がこもっている視線を感じていた。

（組織から抜けられて、三世の支配から外れる私を羨ましいと思っているんだろうが――）

彼は心の中で苦笑せざるを得ない。

それはまったくの逆というものだ――彼が組織から離れるのは、もう完全に、三世にはかなわないと確信したからなのだ。どこに行こうが、その影響力から自由になることはないと信じたからこそ、彼は海賊島から去ることを決意したのである。

（私は、せいぜい自発的に、自分で最善と思える道を選択していこう――どうせこれから

私の人生はすべて、彼のための道具として使われることになるのだろうからな）

彼がこの引退の際にした決意とは、実にそのことであった。

どうなってもかまわない——彼が組織の外に出ることで、ムガンドゥ三世の選択の幅がさらに広がり、その力が拡大することになろうとも——そのことが世界にどんな恐ろしい結果をもたらすことになろうが、それに従うことを誓ったのである。

そして彼は〈落日宮〉を造り、そのときが来るのをずっと待っていた——三世に報告するだけの価値がある、特殊なことが起きるそのときを——。

1.

「この〈落日宮〉という場所にはある性質がありますね、モローさん」

落日宮に滞在している亡命貴族たちと会ったり、少しの間バカンスに来ていただけなのに帝国軍に足止めを食らっている各国高官たちに話を聞いたりと、ひとしきりサロン中を回ってみた後で、ＥＤはわたしにそんなことを言った。

「は？　それはなんですか」

「ここに逃げ込んできたにせよ、治外法権を利用して闇情報を得に来たにせよ、いずれにしても誰も彼もが〝火種〟を抱え込んでやって来るということですよ。だから誰も本当のことは言わない」

ＥＤが〝してやったり〟みたいな得意満面の表情で（もっとも仮面で半分隠れているが）言ったので、わたしは反応に困る。そんなことは当たり前のことだったからだ。

「はあ――それが何か？」

「夜壬琥姫にはどんな〝火種〟があったんでしょうね？」

我々は話しながら、落日宮の庭園を歩いている。

そう、ここはわたしと夜壬琥姫が初めて会った場所だ。その後でスキラスタスとも会って、話して、そして小さな一角獣の彫刻をもらって〝買収〟されたのもここだった。わたしにとって、ここはいわば一連の事件が始まった場所になるわけだ。

「噂では、彼女は時の権力者だったマギトネ将軍にしつこく言い寄られていたので、それから逃げてきたという話がありましたが」

「しかし、マギトネ将軍は既に失脚し、公国は月紫姫が統治していますよ。もうここにいる理由はなくなっていたのでは？」

「いや、その辺はわかりませんが――彼女はわたしたちには何も言いませんでしたし」

「恋人を待っている、の一点張りだったわけですか。それだって母国で待っていれば良さそうなものだ」

ＥＤはふん、と鼻を鳴らした。なんだか不快そうな色があったので、わたしはおや、と思った。

（彼は、夜壬琥姫にいい印象を持っていないのか？）

どうやらそうらしい。殺人事件の被害者だからといって同情したり、絶世の美女だったからといって好感を抱いたりするような感じがなく、なんだか冷ややかだ。

「ああ、ここからだと海が見えますね」

EDは庭園を見回しながら呟いた。

「ここを夜壬琥姫は、いつも散歩していたわけですか」

「そのようです」

「誰とも連れ立ったりしないで、一人きりでという話でしたが、誰かと密会などはしていなかったんでしょうかね」

「そういう話は聞きませんでしたね。まあ、わたしもそんなに長い間ここに滞在しているわけではありませんから」

「まあそうですよね。七海連合があなたを呼び出したのは事件の一週間以上も前のことでしたからね。その前に起きていたことに関してはあなたは知らないわけだ」

EDはうなずいた。

「あなたが〈落日宮〉に来たときは、どんな印象を持ちましたか？」

「いや、立派なところで、自分は場違いだと思いましたよ」

わたしは素直な感想を口にした。

「一介の、料理人上がりの貿易商が来る所ではないとね。こんな所じゃ商売もできない。みんながみんな、手の内を見せないでカードゲームをしているようなものだ。誰に何を売ったり買い取ったりしていいのやら見当もつかない」

「偉い人たちというのは往々にして、手の内を見せないんじゃなくて、はじめから何の考えも持っていないものですよ」

ＥＤは口元を皮肉に歪めて言った。

「ただ、なにか重要なことをしているのだというポーズがしたいばかりに、くだらない陰謀ごっことか意味のない密約を重ねたりしているんです。それで自分たちが世界を動かしていると思いこんでいる——度し難い愚者どもです」

いやに強い口調である。

「自分が何をしたいのか、何を目指すべきなのか、そういうことをまったく考えもせずに、ただ、尊大な態度で他人を威圧できればそれで満足なんです。足元を見られることを極端に恐れるあまり、真に重要なことには近寄らないようにさえしている始末だ。問題はいつでも、今そこにあり続けているというのに。彼らは自分のほんのちょっとの権威とやらを守るために、それらを見ない振りをし続けているのです」

「——あなたは？」

わたしは気になって訊いてみる。

「あなたは何を問題だと思って、七海連合に所属しているのですか？」

「…………」

ＥＤはいわく言い難い、複雑な表情をみせた。それはわたしを見つめているようでいて、その何もない背後の空虚を睨みつけているような、ひどく遠い目つきだった。

そして、ため息をひとつついた。

「日暮れて道遠し、という感じですがね――」

「――は？」

「それよりも、僕の方があなたに質問する権利があるんでしたね。一応、組織加入の審査員なんだから」

「は、はあ――」

「あなたの人生の目的は何ですか？　モローさん」

彼は唐突に訊いてきた。

「え？　は、はあ――あの、こんなことを話していていいんですか？　殺人事件のことを調べるんじゃあ――」

「ああ、いいですいいです――どうせ頼まれ仕事だし。今は向こうからの連絡を待ってる状態ですから」

えらく気軽なその口調は、とても全世界を揺るがしている謎の大事件を相手にしている人間のものとは思えない。

「連絡――ですか？」

「はい。こいつにね」

EDは一枚の呪符を取り出してみせた。それは元は一枚だったものを半分に切った片方で、割り符とも呼ばれるものだ。もしそれが通信用のものであるならば、その間で交わされる情報は盗聴不能という代物《しろもの》だ。とはいえ魔導技術としてはやや旧式の部類に属するので、傍受されるのを完全に防ぐことは今では難しいかも知れない。もっとも相手がダイキ帝国軍の魔導結界だったら、どんな方法でも、それをすり抜けて交信するのは困難だろう。

「だから、少しぐらいの暇はあるんです。一通りの調査はすんだから、もうひとつの用事に移ってもかまわんでしょう――あなたの審査に」

ＥＤは割り符を胸元に戻しながら言った。わたしとしては文句の言えない立場だ。

「七海連合に勧誘《スカウト》されたとき、どう思いました？」

「いや、それは光栄でしたよ。七海連合に評価していただけたというのは、商人として優秀であると認められたわけですから」

「もっと金儲けができる、と思ったわけですか」

「正直なところ、そうです。しかしそれよりも魅力的だったのは、七海連合の設備や通商ルートを使えるようになれば、自分で苦労して市場開拓をしなくても、より早く目標に近づけるなと思ったからです」

「目標、ですか？　それは商人として大きくなることとは別のことですか。いや、勧誘《スカウト》しても、実際のところ自分が大将でいなければ気がすまないので組織に入るのを断られる方も多いんですよ。あなたはそうではない、と？」

この質問に、わたしはかるく笑った。

「わたしは料理人上がりですからね――実際、そっちをやめたのは実入りが少なかったというのもありますが、わたしに才能がなかったからなんですよ。自分の舌を、自分の料理で満足させることが、わたしには遂にできなかった――自分で自分のつくるものがおいしいと思えなければ、料理人はできません」

「自分の優れた感性に、自分の技術が追いつかなかったわけですか」

EDはうん、とうなずいた。

「それもひとつの悲劇ですね。これが音楽家ならば演奏をあきらめて作曲家になるという道もあるんでしょうがね。料理ではそうもいかないでしょうしね」

「だから、それに近い道を選びました――一流の料理人たちに、彼らが望むような素材をできるだけ安い価格で提供したり、才能がありながら職に恵まれない者に料理店を紹介したり、といったことをするようになったのです。そうしていけば、いずれ誰かが、わたしの理想とする味に辿り着いてくれるかも知れないと願ってね」

「優れた判断だと思いますよ。現にそちらの方で成功されたわけですからね――しかし、どこかに無念は残っていますか？」

EDは、なんだかのんびりした口調である。事件の方は本当にどうでもいいみたいで、わたしは気になったが仕方がない。

「それは――まあ。夢破れたことには違いありませんからね。でも――」

「この世で無念を持っていない人間などいない、ですか？　誰でも多かれ少なかれ、願望を断念して生きている——そう言いたいわけですか」

ＥＤはわたしの言葉を先回りして言った。そしてさらに付け足す。

「あなたから見て、サハレーン・スキラスタスはそういう意味で〝無念〟を味わったことがある人間に見えましたか？」

突然に事件のことに話が戻ったので、わたしは虚を突かれた。

「え？　えーと、そうですね……彼はとても才能に恵まれた人間には見えましたね。しかも、自分でもその価値を充分に知っていて、人生の喜びを享受している、そんな感じでした」

「かつて挫折《ざせつ》も絶望も経験したとは思えないような？」

ＥＤは急にたたみかけるような詰問調《きつもんちょう》になっている。

「おそらくは」

わたしは仮定ながら、割と明確に意見を言った。

「その彼にとっての絶望というものが、もしあるとしたら、それは一体どんなものなのでしょうね？」

ＥＤは奇妙なことを訊いてきた。

「どういう意味ですか？」

「いやいや——だから、あなたがかつて〝自分には料理人としての才能がない〟と悟ったときのような気持ちを彼が味わうとしたら、それはどういう状況なのだろうか、と思ったんですよ。あなたの場合、別に商人としての才覚もお持ちだったが——彼にはそういうものが果たしてあるのか、とね。なまじ芸術家として優れ過ぎていたために、彼には何が残されていたのだろうか、と——彼は今、海賊島で何を思っているのか？」

ＥＤは、仮面をこつこつと指先で叩いている。

「そんな風に思うんですよ、僕はね——」

その仮面の奥で、眼が冷たく光っている。

2.

ゲオルソンの案内で、私とヒースロゥは海賊島の中を歩いてサハレーン・スキラスタスが滞在している特別室までやってきた。

「私が行けるのはここまでです。そういう契約になっていましてね。金をもらっている以上、従わなきゃならん」

苦笑しながらゲオルソンはそう言って、回廊の途中で足を停めた。

問題の特別室は、その回廊の端に位置していた。私とヒースロゥは並んで歩いていく。手でもつないでみようかしら、などと私がちょっと馬鹿なことを考えていたら、ヒースロゥの足が停まったので、私も停まる。

「――こいつは」

彼が眼を落としている床の上には、きらきらと光る粒子がこびりついていた。

「水晶――ですか？　例の、スキラスタスの芸術作品を構成している、結晶化呪文の」

私が手を伸ばしてみようとしたら、ヒースロゥがその私の手を急に摑んで、引き戻した。

「――うかつに触らない方がいい」

彼は厳しい声で言ったが、私としてはヒースロゥに手を握られているのが、なんか――だったので、どうにも危機感が持てないで、頰が赤くなっていないかとか余計な心配をしている。

「そ、そうですか――でも、別に害があるようにも思えませんけど」

ごまかしつつ、一応そう言ってみる。

「仮にも殺人方法に使われたものですからね――危険がないとは言えない。この手のことは俺に任せてください」

そう言って彼は私の手を離して（――ああ、ちょっと残念）自分が結晶に触れてみた。

それは床に、半ば喰い込んだようになっているらしく、こすっても剝がれなかった。

「あちこちで、そういう風にこぼれているんですよ」

後ろからゲオルソンが声を掛けてきた。

「やっこさんが室内で何をしているか知りませんがね――部屋の上や下の階層からも、そいつと似たようなものが染み出しているんですよ。後で清掃《せいそう》費用も請求しなきゃならん」

「呪文を、中で唱《とな》え続けているんですか？」

私はなんだか、訳もなくぞっとするような感覚を覚えた。

「ここに来てから、ずっとですか？」

「さあね、室内を直接見た訳じゃありませんから」

ゲオルソンは相変わらず苦笑いを交えた言い方をする。私が今感じたような違和感は、彼ら海賊は感じていないらしい。

「…………」

私が少し考え込むと、ヒースロゥが、

「どうします、会うのは後にしますか？」

と訊いてきたので、やや慌てつつ首を横に振る。

「い、いえ――一刻を争う事態ですから。今すぐに面会しましょう」

私は気を取り直して、歩き出した。ヒースロゥもその横にぴったりついてくる。

しかし私には、もうそのことに浮き浮きする余裕はなくなっていた。

特別室の扉の前に立ち、緊張をできるだけ抑えようと努力して、極めてさりげない調子で、

「――もしもし」

と声を掛けた。

しばらく待ったが、返事はない。

「――もしもし」

今度はノックしながら言ってみる。

しかし、やはり何の反応もない。

ノブに手をやり、引っ張ってみるが開かない。ゲオルソンに渡されていた合い鍵である呪符を近づけてみると、かちり、と閂《かんぬき》が開く音がしたが、扉そのものはビクともしない。内側から塞いでしまっているのだ。

「――――」

私はヒースロゥに向かって、顎をしゃくってみせた。彼はうなずいて、腰の剣に手を伸ばし――たかと思うと、次の瞬間にはもう、扉は四角く斬り取られていて、向こう側に倒れ込んでいく。風の騎士の神速の居合い斬りのみが可能とする業《わざ》は、物体が斬られるときの音さえ生じない。

――どん、という音は、扉板が床の上に倒れ込んだときの音だ。かなり広い室内に反響していく。その開かれた向こうには薄暗い闇が落ちていた。

「――うう……」

呻くような男の声が、かすかに聞こえてきた。

私は開けた穴の断面を観察した。思った通り、そこにはさっき床に落ちていた結晶があった。これで塞いでいたのだ。

「スキラスタスさん？」

やや遠慮のない強い調子で声を掛けた。

「私はレーゼ・リスカッセ。ダイキ帝国軍とソキマ・ジェスタルスの仲介役として海賊島に来た者です。お話を聞かせていただきたい」

言いつつ、私とヒースロゥは薄暗い室内に足を踏み入れた。

だだっ広い室内には、やたらと家具が置かれているようだ。ゴツゴツとしたシルエットがぼんやりと浮かび上がって見える。

「光を入れますよ」

私は扉側に設置されている操作盤に手を伸ばし、窓のカーテンを開ける小さなハンドルレバーをひねった。

さあっ、と室内に外光が差し込んできて、特別室の全貌が露になる。

「…………!?」

私とヒースロゥは、同時に絶句した。室内にやたらと置かれていたのは家具ではなかった。テーブルやソファなどのそれらはことごとく部屋の隅に押しやられて、半壊状態で積み重なっていた。

代わりに室内に横溢《おういつ》しているのは、作りかけの彫刻群だった。

数は二十――いや三十以上だろうか、とにかくおびただしい量としかいいようがない印象だ。

水晶で形成されているそれらは光を浴びてキラキラと輝いていたが、その像のどれもが苦悶の表情に満ちていた。それは人だったり、竜だったり、怪物だったりするのだが、どれもがその顔を歪め、声なき叫びを上げ続けているようだった。

そして、どれひとつとして完成していない。下半身がなかったり、右半身が素材《ムク》のままだったり、ひどいのになると眼や口といった部品だけしか彫られていない。

(な、なにこれ……?)

私は啞然としつつも、部屋の主の姿を歪《いびつ》な彫刻の森の中に探した。

彼は、そのほぼ中央に、まるで自分が造ったものたちに埋没するような感じで座り込んでいた。

「あの──」

私が声を掛けると、彼はびくっ、とその背を震わせて、そしてゆっくりとした動作でこっちを振り向いた。

ぎょっとした。

髪の毛はぼさぼさに乱れ放題で、頰は瘦《こ》けて奥歯の形が外から見えるかと思うくらいに頭蓋骨《ずがいこつ》に貼りついていた。眼の下には無数の深い深い隈《くま》が刻まれて、どす黒く変色していた。無精髭《ぶしょうひげ》が伸び放題であり、それらは針金のように薄い皮膚を突き破って外に飛び出していた。

私は、前もって彼の肖像を確認していたから、とても本人とは信じられなかったが──

しかし、この両眼を異様に血走らせてガタガタ震えている男が、殺人事件の最重要容疑者であるのは間違いないことだった。

「――サハレーン・スキラスタスか？」

私が詰問すると、彼は小刻みに痙攣《けいれん》するようにうなずいた。

「……あ、ああ」

かつての伊達男の面影など、今ではどこを探しても見つからなかった。餓死《がし》する寸前の猿のようだった。

「――あなたに訊きたいことがあります」

私は正直、やや後込《しりご》みするものを感じつつ質問を始めようとした。

「あなたには重大な容疑が掛けられています。夜壬琥姫殺害の――」

そう言った途端に、スキラスタスの痩せ衰えた身体がびくん、と大きく跳ねた。

そして顔を伏せて、ぶるぶるぶるぶる震え出す。

――あからさまに、怪しすぎる。

私はもう、順序を追って訊いていくのが無意味だと悟り、ずばりと訊いた。

「やったのか――あなたが？」

「――わからない……」

彼はかすれ声で絞るように答えた。

「わからないって――それは否定ですか？」

「だから、わからないんだ！」

彼は突然に叫んだ。

「私がやったのかも知れない！　やっていないかも知れない！　私にはわからないんだ！」

立ち上がって、腕をぶんぶんと振り回す。

「あの結晶化呪文は、あなたのものに間違いないんですか？」

「ああそうだ！　あの術ができるのは世界で私だけだ！」

「それでは犯人があなたということにしかなりませんよ」

「だったらそうなんだろうよ！　だが――だがあれは〝私〟ではない！　そうだ〝サハレーン・スキラスタス〟にはあんな――あんなものはつくれないんだ！　理解を超えていたんだ！」

彼は血走った眼で、意味不明のことを喚きだした。

「あれは――あれは一体なんだったんだ？　あんな完璧なる美の結晶がこの世に存在するわけがないんだ！　私の手を通っていないのに――いや、私の術だ――私の術なのに、私のものではない！」

既に、彼は私たちに向かって喋っているのではない。彼の視線は宙空の何もない場所を睨みつけていた。

「あれが〝美〟ならば――これまで私がつくってきたものはなんだったのか？　すべてが

屑《くず》以下のがらくたばかりだ！」

興奮して、彼は室内をふらふらとさまよいだした。

「そ、それを知ったとき——あ、あれを見たとき、私は耐えきれなかった！　そ、そ、そうだ、どうすればいいというのか——逃げることしか私には、の、残されていなかったのだ！　き、きょきょ、恐怖——私を支配していたのはそれだった！」

噛みつつも、なんだか芝居じみた口調になっている。そう言えば、彼は女性を口説くときに大仰な科白を並べ立てるという噂を聞いたことがあったが——

（あれは地だったのか——まあ、そうでもなければ芸術家なんてやってられないんだろうけど）

私はやや白けつつも、スキラスタスの独演会を観察していた。いまいち理解に苦しむところもあったが、弁明は聞いてやろうと思ったのだ。

——だが、彼が言わんとしていることは、別に言い訳ではなかった。

「きょ、恐怖だ——そうだ、私は逃げた。そ、その後で——自分に芽生えたその感覚を知って驚愕した。私は、私は——それまでそれを知らなかった。それは、それは——」

声がだんだん小さくなっていき、ぶつぶつとよく聞き取れなくなっていく。

「——？　もっとはっきり言ってください」

と私が文句を言おうとしたとき、スキラスタスが睨みつけている空間に突然、ぽっ、と光点が浮かび上がったかと思うと、それがみるみる膨れ上がっていく。

（――!?）

私は思わず身を退き、ヒースロゥが私の前にかばうように立ってくれたが、その必要はなかった。

光はそのまま収束し、立体になって固まった。

それはスキラスタスが彫刻を作り出す瞬間だったのだ。ぶつぶつ言っていたのは呪文だったらしい。

立体は少女のような顔をしていた。それは他のもの同様に恐怖に歪んだような顔をしていたが、なんだか――

（…………）

私は息を呑んでいた。その彫刻は決して綺麗とか優雅といったものではなかったが、見る者の胸が苦しくなるような、異様な切なさがそこに、生皮を剝がしたようなむき出しで存在していた。

「なんだ――これは？」

あまり芸術には明るくないヒースロゥまでも衝撃で眼を丸くしている。

「す、すごい――」

私が感嘆の吐息を洩らすと同時に、彫刻がごとり、と床に落ちた。

それは、やはり他の作品のように、荒削《あらけず》りで未完成だった。素人《しろうと》の眼から見ても、それがわかった。

「――そうなのだ！」

スキラスタスは自分が今つくったばかりのものには眼もくれず、なおも宙を睨みつけている。

「恐怖だ――それが、これまでの私には欠けていたのだ！　圧倒的なものを前にして、心の底から崩れ落ちるような、あらゆる喜びが一瞬にして、灰色に染まって塵《ちり》と砕け散るような、そんな、そんな――ああっ！」

彼は頭を抱えて、そしてうずくまる。

「――駄目だ！　わからないんだ！　まだわからない！　時間が、時間が――私にはまだ時間が必要なんだ！　あと少しでそれが摑めるはずなのだ！」

またがばっ、と身体を起こして、そして私の方ににじり寄ってきた。

（う……）

彼は涙をぼろぼろと両眼からこぼしていた。正直、その顔は凄惨《せいさん》でさえあり、おぞましいまでの妄執《もうしゅう》がそこにはあった。

「――私は、私は――頼む！　今死ぬわけにはいかないのだ！　ここで終わったら、わ、私は、いや！　私の芸術は――あと少しでいいんだ！」

金切り声を上げすぎて、喉はすっかり嗄《か》れているのになおも叫ぶ。

「……あなたが殺したんですか？」

「殺したことにしてもいい！　ただ、ただ私にもう少しだけ時間をくれ！　傑作が――生涯の傑作が――あの夜壬琥姫に負けない作品がつくれなければ、私は、私は――」

叫び続ける彼を見つめながら、私はぼんやりと、誰かが言っていた言葉を思い出していた。

〝人の心の中には魔獣《デーモン》がいる〟

〝普通の人はそいつの存在など知らず一生を過ごすが、稀《まれ》にそいつの姿を見てしまう人間がいる〟

〝そういう者たちは、もう二度と普通の生活はできない〟

〝彼らはそれに取り憑かれ、それ以外の何物にも魅力を感じなくなり、自らそれを表現するより他に生きる道を失う〟

〝人は、そういう者たちのことを芸術家と呼ぶ〟

「…………」

私はスキラスタスを、その哀れなボロボロの男を見おろしていた。

彼がこれまでどんな人生を送ってきたのか、私は知らない……しかし、彼は夜壬琥姫の水晶の中の死体を見たときに、それまでの人生がすべて無駄になる瞬間を感じたのだ。

（こいつは、魔獣《デーモン》に出会ってしまったのね——）

もう、彼には平穏な生活など二度と戻ってこない——天才だろうがなんだろうが、彼はもはや表現の魔獣《デーモン》から自由になることはない。

裁かれる前に彼は、既に囚人《しゅうじん》となり果てていたのだ。

「………」

駄目だこれは——スキラスタスから事件のことを聞くのは無理だ。

私は困惑してしまい、ヒースロゥの方に視線を向けて、首を振ってみせた。

彼も賛同してくれると思ったのだが——なんだか様子がおかしい。

「——」

風の騎士は厳しい表情になり、全然関係のない方向に目を向けている。

「？　どうか——」したんですか、という質問は途中で遮られた。

「——伏せろっ！」

ヒースロゥは怒鳴ると同時に、私とスキラスタスを部屋の奥に突き飛ばしていた。

（——な⁉）

そして、私にも見えた——さっき私が開けたカーテンの、その窓の向こうで今、巨大な影が水面から浮上しつつあるのを。

それは〈大海蟲〉と呼ばれる、海に棲《す》む生物の中でも最大級の巨体を誇る、獰猛《どうもう》にして凶暴な怪物の触手だった。

3.

風の騎士ヒースロゥ・クリストフは、窓の外に異様な気配を感じた数秒後には、もう反応して行動に移っていた。

横に立っていたレーゼ・リスカッセを安全圏に突き飛ばす。クリストフは彼女を守ることしか考えていなかったからスキラスタスの方は無視したのだが、レーゼがとっさに彼の襟首《えりくび》を掴んでいたので二人は一緒に、床の上を伏せたような姿勢で滑っていく。

その次の瞬間、攻撃が来た。

海中から飛び出してきた人の胴よりも太い触手が、窓を突き破って侵入してきたのだ。

「――っ！」

クリストフの剣が一閃して、触手は瞬時に切断される。

だが、それが怪物にとってはただの鞭毛《べんもう》であり、文字通りの小手調べに過ぎないこともわかっていた。

彼はちら、とレーゼの方を見た。

彼女はスキラスタスを抱えるようにしながら、顔色を変えていた。恐怖ではなく、焦燥が浮いている。

「――こ、これは……！」

そして、大海蟲がその全身を現していく。それは巨大な青白い球体をしていた。海賊島を形成する七隻の大型船の、二隻分もの体積がありそうだった。

蟲《むし》といっているが、昆虫ではない。というよりも他のあらゆる動植物の類別に相当しない。大海蟲は大海蟲であり、細胞の構造から骨格の配列に至るまで、完全に独特である。植物のように光合成を行っているらしいが、獣のように他の動物を喰らう。しかし実際のところ主たる栄養源が何なのか、どのようにして繁殖しているのか、寿命はどのくらいなのかといった事柄は基本的に謎で、博物学者は命懸けで観察調査を続けている。

海賊島全体を揺さぶる咆哮《ほうこう》が轟いた。

大海蟲には外からそれとわかる口吻《くち》がない。その大音量の雄叫《おたけ》びがどこから発せられているのかさえ、人にはわかっていない。

だが、その外皮が捩《ねじ》れるようにして、触手が伸びてくるのはわかっている――その太さも長さも、自由自在に変形するのだ。

そして、ごく細く調整された鞭毛触手が切断された大海蟲は、それとは比べものにならない太さと強靱《きょうじん》さを持つ無数の触手を全身から伸ばしてきた。

海賊島の船体に、どんどんという衝撃がブチ当たってくる。

海賊島に、常に配備されている防御用の大砲がこの攻撃に反応して、砲撃を開始する。

だが、大海蟲の外皮は人間が近寄ることさえできない深海の、超絶水圧の中でも平気で生存できる硬度を持っているのだ。通常の砲撃程度では傷ひとつ付かない。

「――何故こんな所に、大海蟲が……？」

クリストフは訝しみつつも、レーゼを守ろうと彼女の側に行こうとした。――だがその彼に、

「――駄目よ！」

と、レーゼが怒鳴った。そして、

「ヒースロゥ、あなたが戦ってください！」

と、とんでもないことを要求した。これは非常識も甚《はなは》だしいことだった。軍隊でも勝てない怪物を相手に一人で何をしろというのか。だが、クリストフはこの命令に、

「――わかった」

ためらいなく即答した。そして身をひるがえして、床を蹴って、破られた窓の外に飛び出していく。

この光景を、この場に駆けつけてきたゲオルソンが見て、目を剥いた。

「――な、何を――」

と呻いたところにレーゼがさらに怒鳴る。

「ゲオルソンさん！　今すぐ砲撃をやめさせてください！」

「――え……」

「どうせ効かない！　それより、今――この状況で砲撃をすると、帝国軍がつけ込んでくるぞ！」

大声を張り上げつつも、彼女は茫然としているスキラスタスから離れようとしない。

「はやくしろ！」

「――わ、わかりました――！」

ゲオルソンは慌てて指示に従った。

呼吸――神速の判断が必要とされる高速戦闘では、生理的、本能的な反応さえもがコントロールされ、無駄な行動は一切許されない。

まずは一息――

「――ふうっ」

飛び出した風の騎士は、空中で剣を抜きはらって、顔の前にかまえる。

そこに、大海蟲の触手が飛んでくる。今度のは人の胴体どころか、樹齢三百年の大樹よりも太い。

その先端が迫ってくる。

そこには、鋭く尖《とが》った牙のようなものがびっしりと生えている――そう、大海蟲はその触手の先端を獲物に叩きつけて、おろしがねのように擦《す》りおろしてしまうのだ。そしてペースト状になったそれを、牙の根本にある微細な穴から啜《すす》りこむようにして喰らうのである。

（――）

風の騎士はその重装甲さえ簡単に穴を開けてしまう一撃の接近を目の当たりにしても、顔色ひとつ変えない。

すっ――

とかざした剣を、かすかに傾ける。

そこに触手が突っ込んできて、牙と剣が接触して、火花が散った。

だが剣は折れず、風の騎士の身体はそのままの姿勢で弾き飛ばされる。

（――）

それでも、彼の顔にはまったく動揺がなく、冷静そのものだ。

すっ――とまた剣を傾ける。

そこに再び触手が飛んでくる。

また弾かれて、彼の身体は横に投げ出される。

今度はすぐに別の触手が、異なる方向から迫ってきた。

「――ふうっ」

風の騎士は、ここで二息めを行う。身体から力が抜けて、だらりと空中で剣が自重で流れる。

触手がその力のない肉体に命中する――だが、触れるか触れないかというところですする、っ、と外れて触手は騎士の身体を追い抜いてしまう。急速に接近しすぎた両者の間に生じた気流が空気のクッションとなって直撃を防いだのだ。

くるくるくる、とそのままクリストフの身体は触手の周りを巻き込まれるようにして飛んでいき、同時にその根本に近づいていく。

ぐっ、と剣を握っている腕に力が戻る。

そして触手の、大きくしなっている湾曲部に向かって振り下ろした。

——がつっ、

とさすがの剣でも歯が立たずに弾き返される。しかしそれは、別に斬ることを目的とした一撃ではなかった。

剣を叩きつけた反動で、クリストフの身体が再び宙に舞い上がる。バネのようにたわんでいた触手箇所の反動は常人が予想するよりも遥かに大きく、クリストフはたちまち展開されている触手の長さよりも外に飛び出す。

ぶるるっ、と大海蟲の巨体が揺れると、触手がすべて大きく伸びていく。

それらがクリストフを追撃してくる。一点に向かっていくので、束のようになっていく。

（——————）

速い。空気抵抗でどんどん速度が落ちていくクリストフはたちまち追いつかれる。

迫ってくる牙の群を視認しながらも、クリストフの表情に変化はなく、眉ひとつ動かない。

——すっ、
と剣をその触手の群に向ける。だがさっきからの度重《たびかさ》なる衝撃のために剣には無数の刃こぼれが生じ、あげくには罅まで入っていた。

(——)

だが、彼の眼には恐怖も焦りもない。

触手牙の〝束〟が目の前に接近し、とうとう追いつかれた。

ここでクリストフは、三度目の——そしてこの戦闘に於いての最後の呼吸を行う。

「——ふうっ」

彼の身体から微妙に力が抜け、それと同時に牙の先端が彼がかまえている剣の先端に接触し、その衝撃がたちまち彼の手から剣を引き剝がして、おろしがねに掛けて粉々にしてしまう。

そして——クリストフそのものに触手が到達する寸前に、牙の根本にある吸い込み口にその剣の破片が、次々と——

——びくん、
と、触手の束が大きく痙攣した。そのため動きが逸れて、クリストフの横をすり抜けていく。

(——)

クリストフはそのまま、放物線が描く通りの軌跡を辿って宙を舞い、やがて海面に飛び込み選手のように没した。

だが、もう触手は彼を追いかけてこない。それらは身をよじり、ぐねぐねと蠢《うごめ》いている。本体の方も、がくんがくんと悶《もだ》えるように浮いたり沈んだりしている。大海蟲は人間を始めとする他のあらゆる生物と似ていないが、このときの〝彼〟の気持ちを表現することはたやすいことであった。すなわち——

〝——不味《まず》い！〟

——と。触手の先端から、彼は吸い込んでしまったいがらっぽい粉末を激しく吐きだしつつ、身体の中に次々と触手を収納していく。

そして、ぶるるっ、と身を大きく震わせると、もうこんな所はこりごりだといった様子で、ゆっくりと海賊島から離れていく。

「——ぶはっ」

浮上したクリストフが海面から顔を出すのと、大海蟲が姿を海中に消したのはほぼ同時だった。

ここで、彼の表情にはじめて変化が生じた。眉を片方上げて、唇を丸くすぼめて、彼は呟いた。

「——やれやれ、だ」

そして彼は、海賊島の方に視線を向ける。飛び出してきた特別室の破れた窓には、スキラスタスの首根っこを摑んだレーゼが立っていた。彼の方を見て、手を振ってきたので、彼も振り返した。


「——ふうっ」

ヒースロゥの無事を確認した私は、再び特別室の方に眼を戻した。

スキラスタスは、脱力しきった感じで定まらぬ視線をさまよわせている。もう彼にとっては大海蟲の襲来さえ、周囲で騒いでいるだけの実感に乏しい事柄なのだろう。

しかし——

(……あの、鞭毛は)

私はまだ室内に残されている、ヒースロゥが切断した触手の切れ端を見た。

獲物をあさりに、ちょっかいを出してきたのだろうが——しかし、まずこの特別室にやってきたのは決して偶然ではない。

(しかし——だとすれば)

私はスキラスタスを離さないように注意していた。彼はひどく無防備で、今なら子供でも殺せるだろう。

「——ゲオルソンさん！」

私は海賊島の顧問役を呼んだ。

「は、はい。なんでしょうか」

「大至急、ソキマ・ジェスタルスの幹部会を開いていただきたい」

「——は？」

ゲオルソンの顔に戸惑いが浮かんだが、私はかまわず、

「全員です——海賊島で、重要な役職にある者、およびその副官クラスの人間を召集してください——今すぐに」

と一方的に言いつけた。

4.

「——まず、はっきりさせておきたいことがあります」

私は会議室に居並ぶ海賊幹部たちを睨みつけながら言った。

「私はこのサハレーン・スキラスタスを守るためにこの海賊島に来たわけではありません。あくまでもあなた方とダイキ帝国軍の仲介役として来たのです」

私は横に座っているスキラスタスの襟首をわざと乱暴に掴んで引き上げてみせた。う——、と芸術家が呻いたところで突き放すと彼はくたくたと崩れ落ちた。

「この男を受け入れたのはあなた方なのです。私ではないし、風の騎士でもない。そのあ

なた方が、どうして今になってこの男を殺そうとするのですか？」

　私は決めつけた。

「……ど、どういうことです？　別に我々は——」

　ゲオルソンが皆を代表して疑問を提示しようとしたが、私はそれに対してもぶっきらぼうに言葉を遮る。

「あの大海蟲の襲来が偶然だと思っているのですか？　あれは明らかに、何者かの作為によるものです！　サハレーン・スキラスタスを亡き者にし、帝国軍の介入を呼び込み、この海賊島に混乱をもたらそうとした陰謀に他なりません！」

　高圧的に、ややヒステリックに聞こえてもかまわないつもりで怒鳴りつけてやった。

「な、なんですって？」

「ど、どういうことなのだ？」

「そんなことを言われても——」

　幹部たちは混乱して、おろおろし始めた。普段ならもう少し落ち着いているのだろうが、今は帝国軍に包囲されている上に大海蟲の襲来を受けた直後とあって皆、どこか浮き足立っているのだ。

　私は後ろに立ってくれているヒースロゥに向かってうなずいてみせた。彼はすい、と一歩前に出て、テーブルに拳《こぶし》を叩きつけた。

　どん、という大きな音が響き、一気に場が静まり返った。

「──話を聞け」

風の騎士は低い声で呟いただけだったが、その迫力は一同を威圧するのに充分すぎるほどだった。なにしろ彼は、たった今、一人きりで最強生物のひとつに数えられる大海蟲を追い返したとんでもない戦士なのだ。この話が世に広まったら、彼の勇名にまたひとつ伝説が加わることになるだろう。

しかし今の彼は私の騎士なので、それ以上は言わずに私に譲ってくれる。

「──さて」

私は咳払いして、今度は落ち着いた声で皆に話しかけた。

「大海蟲は、確かに謎の多い存在ではありますが──博物学者が研究を進めていることからもわかるように、完全に未知の存在という訳でもありません。好物、とでもいうべきある種の音波や呪文によって、特定の場所に呼び寄せる実験もされているのです。もちろん普通なら誰もそんなことはしません。下手に呼び出して、その海域の魚が喰い尽くされて漁業に致命的な打撃を受けたりすると困るからです。しかし──今回の場合、陰謀の主はダイキ帝国軍が相手であるということもあり、この暴挙に出たものと思われます。帝国軍の艦隊でもそうそう倒せない存在と言ったら限られますからね」

「し、しかし──なんでそんなことをする必要が？」

再びゲオルソンが質問してきた。一応の判断力を保っているのは彼だけのようだ。私はうなずき、

「それは無論、混乱のどさくさに紛れて帝国軍の包囲から自分だけ逃れるためです」

と言った。

また周囲がどよめいたが、今度は私とヒースロゥもあえて止めない。

「お、おい――冗談ではないぞ！」

「そんな自分勝手なことが――」

「いったい誰が裏切ったのだ⁉」

口々に喚《わめ》いているが、これには半分〝自分が疑われたら困る〟という焦りが混じっているのは明白だった。

私は一通り騒がせておいてから、機を見て再び話し出す。

「この陰謀で重要なことは、まず最初にスキラスタスを殺すことでした。帝国軍がなぜ彼のことに、かくもこだわるのかは不明ですが、とにかく要求は彼の身柄引き渡しです。混乱を引き延ばす最良の策は、その本人を永久に消息不明にしてしまうことです。大海蟲に喰われてしまえば、文字通り跡形もありませんから、後で彼がどうなったかを確認することは不可能になりますからね」

私は静まり返っている一同を、あらためて見渡して、付け足すように言う。

「その〝彼〟としても迷っていたのでしょう。準備はしておいたものの、実際にその仕掛けを作動させるかどうか、もしも平穏無事に帝国軍が引き払ってくれるならこれに越したことはありませんからね。しかし帝国軍は穏やかに事を進めるどころか超兵器〈多重怨恨砲〉まで発射してきた。連中に容赦や譲歩がないことは明らかで、もはや海賊島の命運はここに尽きた——と、そいつは判断したのです」

「だ——だから」

誰かがたまらずに叫んだ。

「その〝そいつ〟は誰なんだ？」

「…………」

私は一息おいた。もったいを付けて、意味ありげにうなずいて、

「それは——」

と言いかけたところで、予想通りにそいつが動いた。

いきなり立ち上がったかと思うと、手にしていた魔導杖をかざして、私めがけて火炎弾を発射してきたのだ。

すかさず風の騎士が飛び出し、新しい剣を引き抜いて一閃、火炎弾を空中で叩き斬って消滅させた。

だがそいつは二発、三発と火炎弾を四方八方に乱射しながら、既に逃げに掛かっていた。

この海賊島に来た私たちを出迎えた警備関係の幹部、ブラクルドだった。

「どけ！　どきやがれ！」

甲高い声で絶叫しながら、彼は会議室の出口に向かって突進した。

そう——スキラスタスがいた部屋を管理していたのは警備担当の者しかあり得ず、その責任者こそ、このブラクルドだったのである。

ヒースロゥが追いかけていこうとした——そのとき、私は異変に気がついた。

「ま、待って！　あれは——」

私が止めるまでもなく、彼も動きを停めていた。

「なんだと……？」

風の騎士の顔にも、驚きが浮かんでいる。大海蟲と対峙したときにさえ、彼の顔に浮かばなかった驚きが。

突進して逃亡しようとしているブラクルド——その先には出口がある。そしてその出口の前には、一人の男が立っていた。

どうということのない、普通の者にしか見えない。そこにいることが不自然でもない。何故なら彼は、扉の開け閉めを担当するボーイなのだから。

だがそのボーイが、さっきまでそこにいた者とは、いつのまにか別人になっていることに気づけた者は私とヒースロゥしかいなかっただろう。

「…………」

ボーイは静かな表情をしている。端正に整ったその顔が、わずかに——だが劇的に変化した。

にやりと笑い、そして指をぱちん、と鳴らした。

その途端、彼に向かって突進していたブラクルドの動きがびくっ、とひきつるように急停止した。

「――が、がっ……?」

大きくだらりと開かれた口から棒のように舌が硬直して飛び出していた。両眼は顔面からこぼれ落ちるかと思うほどに見開かれ、その両手は己が胸を掻きむしっている。

「……ががっ、ぐ、ぐえっ――」

その苦痛は他にたとえようがないだろう……心臓が握りつぶされる痛みなど。

「……げ、げははっ……!」

喉から奇怪な音を出しつつ、ブラクルドは前のめりに倒れ込んだ。

ぴくぴくと二、三度痙攣して、そして動かなくなる。

その様子を冷ややかに見おろしていたボーイは、一言――

「裏切りの代償は、死――それが海賊の掟だ」

と囁いた。

静まり返った会議室にその宣告が響きわたり、他に声を発する者は誰もいない。

「途中で逃げ出すような者には、裏切る資格さえないということだ――さて」

男は顔を上げて、幹部たちの方に視線を向けた。

その顔には、全身には、既に隠蔽はされていない――世界最強と称えられる防御紋章がくっきりと浮かび上がっている。

「どうやら事態は一刻の猶予も許されぬところまで来たようだ——先刻の砲撃で帝国軍がすぐにでも我々の意思を確認しようとしてくるに違いない。我々は如何にすべきか。その最終決定を、今——行う必要がある」

その〝声〟はこれまでも何度か幹部たちの元に届いてはいた。だが、かくも直接的に、目の前できっぱりと言われたのはこれが初めてだった。

「…………」

私は、彼の顔に浮いたままの薄い笑いを見つめながら、自分がとんでもないところに立ち会わされたことを悟っていた。

たった今、自らを伝説化して闇に隠れていた怪物が、世界の表舞台にその姿を現したのだ。

イーサー・インガ・ムガンドゥ三世。

彼の真の目的が何なのか——これから世界は、否応《いやおう》なしにその野望と直面することになるのだ、と——誰もがそのことに戦慄し、言葉を失っていた。

＊

「ねえモローさん。僕はこんな風にも思うんですよ」

落日宮の庭園から海を眺めながら、ＥＤはわたしカシアス・モローに話しかけてきた。

「わかったような顔をしている偉い人が〝この世には操る者と操られる者しかいないから、操る側に立たなくてはならない〟とか言いますが、仮に何もかもを操ることができる者がこの世に存在したとして、彼は何のために世界を操るんでしょうね？」

ＥＤが何を言っているのか今一つ理解できなかったが、一応答えてみる。

「それは——権力を行使することに魅力があるからではないですか？　古今東西、人間はそのために互いに争い続けてきた訳ですし」

「愚かとしか言いようがないですね」

ＥＤは心底くだらない、と言わんばかりの調子でフンと鼻を鳴らした。

「人が人を従えたいのは、結局は自分が思っていることを相手にも理解してもらいたいということなのです。言うことを聞いてもらいたい、言わなくとも察して欲しい——それが叶わないから、人は命令という形で上から下に意思を押しつけるのです。ところが命令をするためにはその相手の能力や性質を知らなくてはならない。できないことを要求しても何の役にも立たない。従えたい相手のことを理解しなくては操ることもできないのです。だがここに矛盾《むじゅん》が生じる。元々自分のことを理解して欲しかったのに、相手のことを理解して命令して、しかし肝心のその相手は自分のことなんか全然理解しようとしてくれないのです。それが権力の基本構造です。上に誰かがいればそれは自分を理解してくれるから安心だ、と人は権力に仕えようとしますが、権力者本人のことを理解しようなんて民はいません。命令だけしてくれればいいし、その命令が自分のことを理解した上のものであって欲しいと願う——もし理解されていないと感じたときに、反乱やら謀反《むほん》やらが生じるわけです。実にくだらない」

EDは遠い海を睨みつけるような眼をしていた。

「最初はただ、自分のことをわかって欲しかっただけなのに、どうしてそれがかくもややこしいことになってしまうのか、僕には人間というものが全然理解できませんよ、まったく——」

「…………」

わたしはぼんやりと、その仮面の男の横顔を眺めている。

こいつは異邦人なのだな、とぼんやりとそんなことを思った。

世界のどこにも、彼にとって心の安まる所はないのだ。きっと世界でも有数の知性を持っていて、口先とは裏腹に色々なことを理解してしまっているのに、世界の方はその彼の——その想いとは全然そぐわない形でしか存在していない。この戦地調停士はこの世にありながら、異世界の住人のようなものだ。

「あの、マークウィッスルさん——」

とわたしが呼びかけようとしたとき、彼の胸元から一筋の光が伸びた。

「おやおや——さっそく来ましたか」

彼は、その光源を懐中から取り出した。それはさっき見せてくれた割り符——緊急連絡を受信するための呪符だった。

ＥＤはその表面をさっと撫でた。彼の指紋を感知した呪符から受信を示す光が消えて、代わりに回線がつながったことを示すマークが浮かび上がった。
そして、若い女性の声が唐突に響いた。

〝――彼は、犯人ですか？〟

何の前置きもなしに、いきなり質問だけが来た。これを聞いたＥＤの顔には何の戸惑いもなく、彼もまた口を開く。
その内容は――。

第六章　不屈

the man
in pirate's
island

ムガンドゥ一世には、ラ・シルドス軍の上層部を倒し、その全権を掌握《しょうあく》した後で、二つの選択肢が残された。

ひとつはこのまま海賊としての海軍を存続させ、自分自身がその主になる道で、もうひとつがそれまでラ・シルドス軍にいた者を責任者として船舶関係はそいつに任せるという道だった。

「ふうむ――ニーソン、おまえはどう思う？」

一世は――当時はまだインガ・ムガンドゥはこの世に彼一人であり、二世も三世も存在していなかったが――横に立つ副長に問いかけてみた。

「そうですね――どちらでもよろしいのではありませんか。どちらにしようと、ラ・シルドスの残党があなた様に逆らう可能性はありますまい」

「ああ、そのことは心配していない――母国から追放されている連中には帰るところがないからな。充分な報酬と保障を与えてやれば忠実な部下として頼りにできるだろう。問題はそんなことではない」

彼はかすかに頭を振った。

「重要なのはこの儂がどうしたいのか、ということだよ。儂は海賊船を自ら指揮して、略奪行為の先頭に立つべきなのか？　と——それを考えておるのだ」

この言葉に副長は焦りを見せた。

「そ、それは——頭首にはそのような危険な真似は控えていただかないと」

この副長のらしからぬ動揺に、ムガンドゥは呵々大笑した。

「完全に危険でないことなどこの世に存在するのか？　食事をしていて、喉に芋《いも》を詰まらせて死ぬ者もいるぞ。しかし喰わねば人は生きてはいけない」

副長の困った顔を見て、ムガンドゥは意地の悪い言い方をした。

「…………」

副長は渋い顔になる。その肩をムガンドゥはぽん、と叩いてやった。

「おまえは切れ者だよ。しかし——今一つ覇気に欠けるところがあるな。儂が死んでも組織は守るから安心して戦ってくれ、ぐらいのことは言ってみせろ」

「——お戯《たわむ》れを」

「いやいや——前から思っていたが、おまえは何か、あきらめが良すぎるところがある。無駄なことをしないですむといえばそうだが——それでは前には進めない。一か八かの賭けに出ることも必要だ」

「それは頭首のお仕事ですから——私は、その賭けを成功させるための下地を少しでも多く作り続けるだけです」

うやうやしい口調で言うと、副長は頭を下げた。

ムガンドゥはそんな彼に、厳しい、確固とした声を掛けた。

「儂の後継者はおまえだ、ニーソン」

それは何の含みもない、そのままの意味しかないシンプルな言葉だった。

びくっ、と副長の身体が硬直した。

「――そ、そのようなことを軽々しくおっしゃっては――」

「他に、やれる者が誰もいない。儂が後継者を指名しようがしまいが、いずれおまえは組織の長になるしかないのだ、ニーソン。それはもう、避けられぬ運命と言っても良い――」

海賊頭首は眼を細めて、過去を懐かしむような、未来を見透かそうとするような、奇妙な目つきで天を仰いだ。

「儂は運命に抗《あらが》うことこそ生きることだと思ってきたが、それはあるいは虚《むな》しいことなのかも知れぬ――今さらやめるわけにはいかぬがな」

「…………」

副長はその頭首の決意に満ちた横顔を静かに見つめている。彼はそのまま言葉を続ける。

「一度始めたからには、とことんまでやらねば意味がない――海賊として世界中の富と財をふやけた世界から奪い尽くすつもりで行こうではないか。もしその道の前に立ちはだかるものあらば断固としてこれに――挑む」

そして彼は副長に視線を戻し、力強くうなずいてみせた。

「それが、ムガンドゥというものだ」

1.

「――さて」

静まり返っている海賊島の会議室に、ムガンドゥ三世の若く張りのある声が響きわたった。

「我々が考えるべき問題は、そこのサハレーン・スキラスタス殿の処遇だな」

そして彼は、私の横の席でぐったりしたままの芸術家に視線を向けた。

「――――」

居並ぶ幹部たちも、釣られるように私たちの方を向く。

「…………」

その当のスキラスタスは、焦点の合わない眼をふらふらさせながら、ぶつぶつと何かを呟き続けている。今の、自分も狙われた事態に対してもほとんど無反応で、己の心の中ばかりを見つめ続けている。

「どうかな、スキラスタス殿——君の望みは何だ？」

三世はゆっくりとした足取りでやってきて、私とスキラスタスの前に立った。

「…………」

スキラスタスはやっと顔を上げた。ぼんやりとした眼で、三世を見上げる。

「……私は」

彼は震えながらも、三世の眼を見つめ返しつつ、言った。

「……私はまだ、死ぬわけにはいかないんだ……」

だがその声は弱々しく、彼の芸術への耽溺《たんでき》の深さを余人に納得してもらうには力が足りなかった。

「——なるほど」

三世はかすかに笑みを浮かべて、うなずいた。

「しかし君には殺人の容疑が掛けられている。これをなんとかしないと、我々としてもいつまでも帝国軍に対して、要求をただ突っぱね続けるわけにもいかない。その辺はどうなのだろうな——なあ、レーゼ・リスカッセ殿？」

三世は、言葉の途中で私に話を振ってきた。

「——おっしゃる通りです」

私としても、そのことには異論はなかった。彼は極めて優れた芸術家かも知れないが、罪は罪である。彼が殺人犯ならば、そのことに対して裁きを受けさせなければならない。

「この仲介を私が引き受ける際に、一番の問題が正にその点でした。あなた方がそのことにさほど関心を持っていらっしゃらないのは、正直わかっていましたから」

私は三世と、海賊島の幹部たちを見回しながらあけすけに言った。三世はやや苦笑してみせたが、他の者たちはまださっきの驚愕がそのままで、強張った顔をしていた。

「そしてそれは帝国軍も同じ——彼らはほとんど捜査らしい捜査もしないうちから、艦隊を持ち出してきて、武力を以て世界を威圧し事態を強引に解決しようとしています。関係者の誰もが、この事件の真相も、殺人という事実も気にしていない——しかし、私は気にします」

私が、まるで〝自分〟と〝帝国軍と海賊島〟を対等に扱うように断言すると、さすがに皆がぎょっとした顔になった。

だが——実際に対等なのだ。

この場に私がいる意味は仲立ちをすることだ。両方に対して、引いた立場になっては役割を果たせない。

誰が、謙虚になどなってやるものか。

「ですから——私はここに来る前に、ひとつ手を打ってきました」

じろり、と皆を威嚇するように睨みつけながら、懐に入れておいた呪符を取り出した。

それは彼に片割れを渡しておいた割り符である。

「それはなんです?」

ゲオルソンが訊いてきた。通信用の割り符であることは明白なので、目的を訊いているのだろう。

「これは、真相を教えてくれるものです」

私は回りくどい言い方をした。――というよりも、説明したところで誰にもわからないだろうと思ったのだ。

ところがこれに三世が「ああ」とうなずいた。

「なるほど――仮面の男はそのために〈落日宮〉にいるわけか」

にやにやしている。落日宮、という単語が出たので皆の顔にまた驚きが走る。

「ら、落日宮との交信を？　――しかし、帝国軍が包囲しているんだぞ。結界に塞がれて通信なんかできないだろう？」

ゲオルソンがもっともな疑問を口にした。それに関しては確認済みだ。

満足な通信は、確かに不可能だ。

ぎりぎりでつなぐことができる時間は、五秒が限度で、それ以上はもう呪符に掛けられている呪文が保《も》たない。

だが、そんなに長く話す必要はないのだった。訊くべきことはひとつしかない。

問題なのはたったひとつ――果たしてEDが、調査を開始してからまだ二日足らずしか経っていない今の時点で、真相に辿り着いているかどうかということだった。

（でも――）

私はちら、と横に立つヒースロゥに眼をやった。

彼もうなずく。その表情には何の逡巡もない。

そう、一般的で常識に関する日常生活的なことならば、彼はまったく信用ならず頼りにできないが——事が異常であり、複雑怪奇であればあるほど、それは彼の——戦地調停士EDの得意とする分野となるのだ。

このような事件において、彼ほど頼りになる人間はこの世に他にいない。

私はそのまま、割り符を作動させる端っこの紐を引きちぎった。

割り符の呪文が作動し、呪符は光を発し始めた。

そして、回線がつながったことを示す点滅が浮かび上がる。

私は〝もしもし〟という向こうの応答を待たなかった。そんな時間はない。

「——彼は、犯人ですか？」

ストレートに訊いた。名前を言わなくとも、容疑者はサハレーン・スキラスタス一人しかいない。

答えは、瞬時に返ってきた。


〝いいえ〟

まったくためらいのない、それは断定だった。

そして次の瞬間には、割り符は炎を発して燃えだし、回線は切れてしまった。

「…………」

「…………」

周囲はふたたび静まり返っていて、誰も声を発する者がいない。

その中で、ひとつの拍手が聞こえてきた。それは、他ならぬムガンドゥ三世だった。

「いやいや——さすがですな。彼が言うのならば間違いないでしょう。さすがはあの難問中の難問であったロミアザルスでの停戦交渉を実現させた男ですね」

手を叩きながら、感心したなあ、というような口調で言った。どこか軽い。

私は少しかちん、と来たが、そんなことにはかまっていられない。

「——これで事態ははっきりしました。無条件にスキラスタスを帝国軍に引き渡すことはできなくなりました。少なくとも——」

と私が言いかけたところで、会議室中に魔導交感器の、ちりちりん、という作動音が響いた。通信が入ったのだ。

私は、ちっ、と軽く舌打ちする。この状況下で通信をしてくる相手はひとつしかない。先ほどの大海蟲との戦闘での砲撃行為、および今の割り符による通信の件を問いただそうというのだろう。

「つなげ」

三世が静かな声で命じると、部下たちは慌てて回線を開いた。

会議室の中央に、ダイキ帝国軍のヒビラニ・テッチラ将軍の幻影が浮かび上がった。

彼はさっきの騒動であちこち焦げたり椅子がひっくり返ったりしている室内を見て眉をひそめた。

〝――君ら海賊は、片付けることを知らないのかね？　この前の通信の時も散らかっていたが――む？〟

話している途中で、将軍はやっと、彼のことをニヤニヤ笑って見つめている若い男のことに気がついたようだ。

褐色の肌をして、その全身に超高度な防御紋章を刻み込んだ男のことに。

〝貴様――まさか〟

「お初にお目に掛かる、ヒビラニ将軍。私がこの海賊島の責任者、イーサー・インガ・ムガンドゥ三世だ」

彼は当然のように、堂々と名乗った。

さすがに〝不動〟のヒビラニでもその表情には驚きを隠せない。並みの軍人であればそのことの重大性には気がつかないだろうが、ヒビラニは政治にも関わる高い地位の将官である。三世が顔出しを厭《いと》わなくなったことが今後の世界情勢に大きく影響するのをすぐに悟った。

〝これは――そちらが譲歩に移るつもりがあると判断していいのかね？〟

「さて、それはどうかな――部下たちが何度も言っていたようだが、我々としては最初からそちらからの証拠の提示を求めたいのだ。現に――」

と、三世はぐったりと座り込んでいるスキラスタスをヒビラニに示した。

「そちらのスキラスタス殿は、事件に当たっては〝自分でも把握できない〟と我々に告げている」

ヒビラニの眼がボロボロになった芸術家に慌てて向けられる。

周囲の映像は、向こうでは大人数で確認しているのだろう、ヒビラニの視線が私たちではない誰かに向けられて、聞こえない声で激しく怒鳴っていた。確認しろ、とかなんとか言っているのだろう。そしてまた視線を戻してきて、

〝――そ、それは――本人なのか？〟

ヒビラニは疑い深そうに訊いてきた。あまりにも容貌が変わりすぎていて、信じられないのも無理はない。

三世は肩をすくめた。

「彼は偽名で宿泊されていたのでね――我々としても貴軍に対して返答が遅れたというわけだ。おわかりになるだろう？」

いけしゃあしゃあと言ってのける。

〝――――〟

ヒビラニはスキラスタスを睨みつけた。しかし芸術家の方は周囲の状況を理解しているのかどうかさえ怪しい目つきで、ひとりごとを繰り返している。

そして何かを感じたらしく、いきなり空中に彫刻をひとつ作った。叫んでいる馬の首だった。相変わらずどこか未完成で、おどろおどろしい出来である。

「——違う」

吐き捨てるように言うと、またブツブツ呟きはじめて自分の心に閉じこもってしまう。

〝…………〟

ヒビラニの顔にあからさまな困惑が浮かんでいた。

「彼がどうしてこのように変わり果ててしまったのか——それについては我々にも不明だ」

三世が馬鹿丁寧な口調で言った。完全に嫌味が入っていた。

〝……むう〟

ヒビラニは呻いた。そこには〝しまった、しくじった——〟というような表情がわずかにだが、はっきりと見て取れた。

(ダイキ帝国軍が何を狙っていたのかわからないけど——どうも、それは外れてしまったようね)

私は心の中で舌打ちした。これはちょっとまずいことになった。帝国軍はスキラスタス本人に用があったわけではないらしい。彼が何かを知っているとか、秘められた事実を握っていると勘違いしていたらしい。つまり彼らは、ここで目的を失ってしまったのだ。

(出兵した理由が建前でしかなかったのに、本音の方が消えてしまった以上——彼らはも

う、面子に懸けてでも建前をゴリ押ししてくるしかない）

軍隊というところは、何よりも失敗を許さないところだ。何の成果もなく退くことが体質的に難しい組織なのである。ましてやダイキ帝国軍には、はっきりと自国中心主義的なエゴがある。

問題を殺人犯スキラスタスの逮捕から、そんな奴をかばったとして海賊島自体の国際秩序への挑発的態度への制裁――そんなようなものにずらされてしまう危険がある。

（スキラスタス本人の確保が無意味になった以上、下手したら、このまま海賊島すべてを制圧するかも知れない――）

冗談ではない。

私はそういうことを避けるためにここに来ているのだ。

ここでの争乱は、他の所に飛び火していって拡大する危険が高いとＥＤも言っていたではないか。

なんとしても、事態をこの一連の事件の範囲で収めなくては――。

〝……とにかく〟

苦虫を嚙み潰したような顔になったヒビラニが、三世の方を睨みつけながら言った。

〝スキラスタスを我々に引き渡してもらおう。それが最初からの要求だったはずだ。我が艦隊が武装したまま接近できるように、今すぐに海賊島に張られている結界を解きたまえ〟

一方的な物言いである。完全に遠慮がなくなっている。

三世はこの高圧的な言われ方にも動じた様子は見せず、伏し目がちにしてニヤニヤ笑っている。

その態度にヒビラニが苛立って、

〝わかっているのか？　貴様が闇の世界でどれだけ大きな権力を持っているか知らんが、我が帝国軍の前ではそんなもの、何の役にも立たんぞ……！〟

と激しい口調で責め立てる。それは確かに世界でも一、二を競う規模の艦隊を指揮している者にふさわしい威厳は感じられたが、三世はというと、まったく相手の方を見ようとせずに、口元に皮肉っぽい笑いを浮かべたまま、かるく部下の方に向かって指を振りながら、

「通信を切れ」

とあっさりとした口調で言った。

「……は？」

部下たちは唖然となっている。そこにさらに冷ややかな声で、

「この自惚れ屋とは、これ以上話していても無駄なようだ――切れ」

〝なんだと？　おい――〟

ヒビラニの顔色が変わった。だがそのときにはさらに顔を青くした海賊たちが慌てて通信を切ってしまっていた。ヒビラニの声は途中で途切れて、何を言おうとしたのか判別は

できなかった。

後には恐るべき沈黙だけが残された。


重苦しい沈黙を破ったのは、私の側から離れないで守ってくれている風の騎士だった。

「――まあ、間違いではないな。奴等が〝自惚れ屋〟だというのは」

「どうも」

三世はこの言葉にうなずいてみせた。

「しかし――これからどうするつもりだ？」

ヒースロゥは遠慮のない口調で、その場の誰もが訊きたいことをずばりと訊ねた。

「――――」

三世は、少し間を置いた。

それから彼は、部下の中でおそらくは今、一番頼りになりそうなタラント・ゲオルソンの方に視線を向けた。

「そうだな――その準備はもう、このゲオルソンが終えてくれている」

「は？」

言われた当のゲオルソンが眼を丸くして、仰天した。

「な、なんのことでしょうか？」

この質問を三世は無視して、

「我々はもう手を打っている——そう、ここには既に、決断を下してくれる人が来ているではないか。我々は、そのために彼女を呼んだのだから」

静かな声である。

そして一瞬置いて、その場の全員の視線がひとつに集まってくる——

そう——この私、レーゼ・リスカッセに。

「…………」

あのEDはこの私が海賊島に呼ばれた理由を、こんな風に言っていた——

〝あなたは海賊の〈代打ち〉として呼ばれたんですよ〟

——そして、遂に私が彼らに代わって、やりたくもない賭事をするときが来たようだった。

すべてのコマが揃い、条件も提示された。はっきり言って分の悪すぎる状況で、賭け率も低すぎる。こんな環境で賭事をする奴は、少なくともギャンブラーとしては完全に失格だろう。

しかし、私はギャンブラーではない。

賭けをするときに、必ずしも勝利ばかりを求める立場にはない。勝負に敗れたところで、プライドが傷ついたりはしない——

「――最初に確認しておきますが」

集まってきている視線の主たちに向かって、私は口を開いた。

「私は、あくまでも状況の仲介役としてここに来ました。だからあなた方の味方ではなく、その利益を守ることも優先しません。それでも私の判断に従っていただけますか?」

「言うまでもないでしょう」

三世が即答した。他の誰にも口を挟むタイミングを与えなかった。ゲオルソンもうなずいて、他の者たちに威嚇するような視線を走らせている。

「そうですか――それでは言いますが」

私はすこし息を吸って、そしてゲオルソンに訊ねかける。

「この海賊島は、七隻の船が連結されて形成されていますよね?」

「ああ――それがどうかしましたか?」

「七隻もあれば、その内の一隻ぐらいは失っても致命的な打撃にはならないでしょう?」

私の、そのさらりと言ってのけた言葉に海賊たちは口をあんぐりと開けた。

「――そ、それはどういう――」

「意味は簡単です」

私は淡々とした口調で言う。

「要するに、七隻の内の一隻を切り離して、結界の外に出して、帝国軍が引いている攻撃ラインを越えさせてやるのです。帝国軍は眼の色を変えてこれを攻撃するでしょう」

「そ、そんなことをしたらその船はバラバラにされるぞ！　撃沈されてしまうのは眼に見えている！」

「だから——撃沈されるのですよ。そのために送り出すんですから」

私は肩をすくめつつ、言った。

「な——なんだってえ⁉」

会議室は騒然となった。

私はあえて、これには抵抗せずに、騒がせたままにした。

「——静かにしろ！」

と怒鳴ったのはゲオルソンだった。

「まだ話の途中だぞ！　リスカッセ大尉の意見を聞くんだ！」

さすがに元参謀の態度には迫力がある。皆は、うっ、と押し黙ってしまった。

「失礼しました——続きをどうぞ」

と、三世が私を促《うなが》す。

「はい——それでは説明しますが」

私は淡々としたポーズを崩さずに続ける。

「帝国軍は今、中途半端な事態に陥っています。スキラスタスがこの有様《ありさま》ですから、たとえ逮捕しても罪を立証できるかどうか怪しいのです。そんなことのために艦隊を出撃させたとなると、とんだお先走りのおっちょこちょいだと国際社会の笑い物になって面子が丸潰れになるのではないか——それを恐れているのです」

言いながらも、何が面子だ阿呆らしい、と私は感じた。EDがいたらもっと辛辣《しんらつ》な感想を抱いたことだろう。

「なるほど——帝国軍の考えそうなことだ。では、どうしますかね?」

三世は落ち着き払っている。全然困っていないようにしか見えない。私はすこし苛ついたが、かまわず、

「ですから、彼らにその戦力の強大さとやらを行使する機会を与えてやるしかないと思います——といって調子に乗せるのもまずい。そこで〝七隻の内の一隻〟という選択肢が出てくるのです。海賊島側が先に出てきたことで帝国側には攻撃する理由ができて、戦力の誇示という目的を果たせます。そして海賊は反撃せずに一隻やられることで、被害者としての立場を主張できる——おそらく、これでこの膠着《こうちゃく》状態は打開できるでしょう」

「し、しかし——その後で帝国軍がさらに総攻撃を仕掛けてきて、七隻全部が破壊されてしまったらどうするんだ?」

幹部の一人がおずおずと訊いてきた。

「そこは確かに賭けですが、その可能性については低いと思います」

「何故だ? なんでおまえにそんなことが言える?」

複数の者たちから同時に責められるが、私は動じずに、

「手を打ってあるからです」

と静かに応えた。

「——手？　何のことだ？　何をしたというんだ？」

「私は、ここ海賊島に来る前に、わざと阻止ライン上の艦船と接触し、そこでいざこざを起こしてきました」

「……？　それがどうかしたのか」

「私は、そこで彼らに見せてやりました——この〝風の騎士〟を」

私が横のヒースロゥを示してみせると、幹部たちは一斉に息を呑んだ。

「………………！」

「そうです——彼らは、はっきりと怯んでしまっている。一撃をくれた後でも、少し様子を見ざるを得ないはずです。兵士たちが逃げ腰のところで突撃を命じるような愚策を、あのヒビラニが取るとは思えませんから」

そのために、わざわざヒースロゥを帝国軍に誇示するような、少しいやらしい真似までしておいたのだった。実際に役に立つようなことは、本音としては避けたかったところではあったが。

「膠着状態を打開して、その後はどうするんですか？」

三世は悪戯っぽい口調で訊いてきた。

「さあ、知りません」

私は投げやりに言った。また周囲がざわめくが、私は首をかすかに振って、

「私が呼ばれたのは、この事態に対してだけです。後のことはそちらでやるか、あるいは——」

と含みを持たせた言い方をした。

これを三世が引き取るように言う。

「七海連合が乗り出してきますか？　今のところ隠れている戦地調停士が」

面白がっているような——いや、あきらかに楽しんでいる口調だった。

——ぞくっ、
私の背筋に冷たいものが走った。

もしかしたら、このムガンドゥ三世という男は落ち着いているのではないかも知れない。ただ、すべてのことに心からの興味を持てないだけなのかも知れない——彼が、親の愛情を受けたとは言い難い環境で育って、裏切りと謀略が渦巻く裏社会で生きてきたことは伝説となっているが、そんな中で彼は、その精神は、既に荒れ果て、退廃しきってしまっているのかも知れない——何か一つでもうまくいかなくなったなら、いっそなにもかもブチ壊れてしまえ、とでもいうような——と、ふと思ったのだ。

（…………）

私は、穏やかと言ってもよい三世の顔を見つめた。やはり穏やかすぎる——そう感じる。

「まあ——事が重大でもあるし、結論は明日まで待つことにしよう」

三世は静かに言った。

「帝国軍が最初に言い出してきた期限まで、まだ一日ある。ぎりぎりまでねばっても問題はあるまい——では会議は終わりだ。解散」

2.

夕暮れの落日宮に、急に喧噪が満ちていく。

施設を占領していた帝国軍が、突然に撤退を開始したのだ。そこら中に立っていた見張りの兵士たちが慌ただしく、一斉に引き上げていくので、滞在客や職員たちも戸惑って大騒ぎしている。

「——な」

わたしが眼を丸くしていると、EDがため息をつきながら、

「なるほど——その程度のことだったのか」

とよくわからないことを言った。

「え？」

「ダイキ帝国軍の、スキラスタスに対する目的が今一つ読み切れなかったので、苦労してたんですが——やはり彼のことを間諜《スパイ》の手先だと勘違いしていただけだったようだ。もうここで軍を展開している必要がなくなったらしい」

「――な、なんの話なんですか？」

わたしが訊くと、ＥＤは仮面をこつこつと叩き始める。

「この事件には、実は最初から隠されていた事実があり、そのことが事態をややこしくしていたのです」

「え？」

「それは、姿を消したキリラーゼがダイキ帝国軍の間諜であり、夜壬琥姫がその協力者だったということです。僕はそのことを、前もって聖ハローラン公国の月紫姫から聞いていた」

我々は庭園から、騒いでいる人々を見おろしている位置にあり、他の人間でこの話を聞いている者は誰もいない。

「しかし僕はその話を聞いて、すぐにある違和感を持ちました――いや、月紫姫が嘘をついたというのではなく、夜壬琥姫の行動そのものに、です。彼女は母国を裏切ったわけだが、その目的は何だったのか？　惚れた男の言うことなら、なんでも言いなりになるような単純な女性だったのか？　――そうではないことは、この落日宮での人々の話を聞いただけでもすぐにわかることです。彼女には独特の感覚があって、判断基準が明確でどんなことにでも〝自分の意見〟というものがあった。彼女がキリラーゼの言うことを聞いていたのだとして、それは彼女の方に理由があったとしか思えないのです」

「それは、彼女が殺害されたことと関係がある、と？」

「そうです。彼女の行動というのは一見すると謎めいて見えますが、それは一般の人々が必ずしも明確な目的のために生きていないからです。彼女にはそれがあり、そのあまりの単純さ故に、逆に煩雑な俗事に気を取られている我々には神秘的に感じられたのです」

「単純、ですか？　それは意外な言葉ですが」

「単純なことほど理解できない者にとっては難解なのですよ、モローさん。そして夜壬琥姫自身もそのことを知っていて、それを利用していた節がある——そう、彼女は他の人間からどう見えているか、完全に計算していたに違いないのです」

「それは——妄想癖があると思われている、というようなことも含めてですか？」

「もちろんです。彼女は全体的に、受け取る者によって解釈がばらばらになるようにしていたのでしょう。だからこそ彼女は噂の人になり、大勢の人が〝彼女は何者か〟という興味を抱くことになったのです」

「その彼女の目的というのは一体なんだったんでしょうか？」

「そうですね——」

　EDはちょっと言葉を詰まらせた。

「そのことのヒントは、おそらくは彼女の落日宮における生活態度そのものにあったのではないでしょうか」

「と言いますと——」

「つまり、極めて規則正しく、食事も節制の効いた少量のものしか摂らず、酒も呑まず煙草も麻薬もやらず、早寝早起きで適度な散歩を欠かさなかったという——そういう生活ですよ。これをどう思いますか？」

「それは——健康的で真面目な態度だ、としか言いようがないですが」

「そうです、大変に真面目です。真面目すぎます。普通の人間はここまで真面目に健康的な生活とやらをする必要はない。他にそういう生活をしている人をあなたは以前に知っていましたか？」

ＥＤは上目遣いに、仮面越しにわたしの眼を覗き込んできた。わたしが答えられないでいると、彼は息をひとつ吐いた。

「——これがあるんです。あなたに限らない。ほとんどの人はこういう生活をしている人間を知っている。会ったことも一度や二度ではないはずです。普通の人であれば、そういう人と接しないで生きていくのはかなり困難です」

「…………」

「そうです——健康的な生活をしなければならない人とは、即《すなわ》ち〝健康ではない人〟——病人です」

仮面を指先で叩くこつこつという音が、遠くの喧噪の音に混じって妙に不思議な響きをもって聞こえていた。

「夜壬琥姫は、実のところこの落日宮に〝療養〟しに来ていたと言えるでしょう。だが誰もそれを知らなかった。彼女が隠していたからだ。なぜ隠すのか？　普通は療養と言えば医者がついていて病状を観察しているものだ。どうして彼女はそういう治療を拒んだのか？」

「………」

「彼女の病気が軽かったからだろうか？　そうとは思えない。彼女がこの贅《ぜい》を尽くした落日宮にあって暴飲暴食を避けていたのは、食べたくても食べられなかったからではないかと思われるからだ。満腹になるまで物を食べたら消化できなくなるほど、内臓が弱っていたのでしょう。しかし彼女は巧妙な偽装で、誰にもそれを悟らせなかった……神秘的な美女は、がつがつと物を喰ったりしないものだという世俗的な、あまり現実的でない幻想を巧みに利用したのです」

「………」

「彼女の病気が何だったのか、今となっては知りようがないでしょう。しかしそれは少なくとも表にはほとんど症状が見えず、彼女の内側にのみ作用していたのは間違いないでしょう。傍目からは実に優雅に見えた彼女がいかなる苦痛に耐えていたのか――ま、こんなことは想像するのも面倒くさい。考えるだけ無意味でしょう」

ＥＤの態度は、やはり夜壬琥姫に対してどこか冷ややかである。

「では彼女は、どうしてそんなことをしていたのか、病気だと知られることをかくも避けていたのか――その理由は、僕などには理解できませんが、月紫姫は彼女のことをこう言っていました――〝とても誇り高い女性だ〟と。これは落日宮での皆様の印象とも一致しますね」

「つまりは〝見栄〟と言ってもいいんじゃないですかね」

　EDは辛辣な口調で言った。

「彼女は大変な見栄っ張りで、いつもいつも自分が綺麗に見えていないと嫌で、常に他人から美人だと思われていたかったと、そういうことじゃないんですか。問題なのは、そんな彼女がなんでダイキ帝国軍の間諜などと通じたりしたのか？　これは明らかな汚名だ。こんなものを自分の人生に引き受ける必要があったのか？」

「しかし、ロマンスではありますよ──その真偽はともかく」

「ロマンスに魅力を感じるような人であれば、大変にロマンチックな人物であるスキラスタスとの交際を断ったりしないと思いますがね──しかし、その通りです。そう思う人もいる。ここでも問題は彼女がどう思うかではなく、他人がどう思うかという一点に掛かっている。間諜云々は秘密にされていますが、どんな秘密でもいずれは漏れるもので、そして漏れた後でも彼女の不思議な印象に彩《いろど》りを添えるだけです」

　EDはやれやれ、と言った調子で首を左右に振った。

「まさしく、そこまでしますかね──というところですよ。彼女はどうやら、後で伝説になるような人生をわざと選んでいたということになる。そのためにダイキ帝国軍と聖ハローラン公国の国家機密を弄《もてあそ》んだわけですよ。彼女にとって、自分の見栄のためなら世界など単なる道具に過ぎないのでしょう」

「しかし――そんなに都合良くいきますか？」

「彼女が大変に聡明で、知性的であったというのはあのニトラ・リトラ氏からもお墨付きをいただいていますよ。そういう人物にとって、都合というのは自ら創り上げるものなのです」

「――それでは、キリラーゼという帝国の間諜は、彼女が母国から離れて落日宮に亡命するのに無理のない格好の〝理由〟として、利用されたというわけですか？」

「ああ――キリラーゼ氏ね」

EDはかすかに、鼻をふんと鳴らして嘲るような表情をみせた。

「彼は今、どこにいるんでしょうね？」

それこそ、ダイキ帝国軍が血眼になって知りたがっていることだった。

「髭面だという彼は、この一連の道化芝居の中で、極めて重要な位置にいながら、大変に存在感が薄い――まったく、いるんだかいないんだかはっきりしないぐらいです。彼に対して明確なる反応を示したのはただ一人――獲物を横取りされたと思ったスキラスタス氏の嫉妬と敵意ぐらいです。後の人々は〝胡散《うさん》臭いな〟とは思っても、そんなに深い印象を持たなかった。これは何故か？」

「………」

「そして夜壬琥姫は、自分をどういう風に見せるかということに掛けては天才的だった。

神秘的な人間など、人間である以上いるはずもないのに、それが現実にいると思わせるほどに、技術に卓越していた——この二つを合わせれば、答えはもうたったひとつしかない。あきれるようなバカバカしい話ですよ。そう——」

ＥＤは肩をすくめて、首を左右にやれやれと振った。

「夜壬琥姫とキリラーゼは同一人物だったのだ」


「…………」

わたしが声を失っていると、ＥＤは静かに言葉を続ける。

「夜壬琥姫が、間諜として活動する際の偽装——それがキリラーゼという男だったのです。彼女が聖ハローラン公国の国家機密をどうやって帝国軍に売りつけようか、と考えたときにでっちあげた架空の人物に過ぎない。絶対に自分の信頼を裏切らない仲介役というわけです。帝国軍は公国王室にパイプを持つこの男を間諜として雇ったつもりだっただろうが、さにあらず——単に夜壬琥姫とキリラーゼの〝二人〟に報酬の二重取りをされていただけだった」

「…………」

「しかし、よりによって付け髭ですよ！　こんなに簡単な変装がありますか。はい男ですよ、と言っているだけの、子供の芝居のようなものです。僕は聞いたときに信じられなかったが、どうやら皆さんはそうではなかったらしい——〝身なりに気を使わないだらしのない男〟とか、まあ——本当にここは陰謀が渦巻く伏魔殿《ふくまでん》なのかと疑わざるを得ないほどのお人好しだらけだったと言えますね」

「…………」

「だからこそ、夜壬琥姫が部屋にこもったとされた後で、落日宮にキリラーゼ氏が出現するのです。二人が同時に現れることは物理的に不可能なのですから。では——何故わざわざ彼女はキリラーゼをふたたび持ち出してきたのか。——その鍵がスキラスタス氏にあるのは間違いない。他の人物はこの際どうでもよかった。キリラーゼが出現すれば、その行方を必死に探していたダイキ帝国軍が乗り出してくることも、わかってはいても二の次のことに回された。その前日に夜壬琥姫にプライドをずたずたにされたスキラスタスが、その彼女の〝恋人〟の出現を前にして冷静でいるはずがない——目的はたったそれだけでした」

「…………」

「ところで——キリラーゼは夜壬琥姫の〝待ち人〟でもあった。彼女は常々、自分はそのひとを待っていると公言していた。これは一体どういう意味だったのか」

ここでEDは少し言葉を切って、落日宮周辺の騒ぎから遠くの海に視線を移した。

「——どういう意味だったのですか？」

わたしは訊いてみた。すると彼はやや顔をしかめた。

「それを待っているのは、彼女だけではない――我々も全員、その〝落日《キリラーゼ》〟を待ち続けているのです。人生とはすなわち、その長い待機の別名とも言える」

「――というと？」

　EDはかすかに頭を振って、そして不思議なことを言った。

「〝見よ、天に蒼ざめたる馬あり。その名は――〟」

「……は？」

「引用ですよ――僕が研究している界面干渉学の、研究資料の一節にあるんです。蒼ざめたる馬、その名は――〝死〟」

「――――」

　彼の静かな言葉に、わたしは圧倒されて押し黙る。

「そう――夜壬琥姫は死を待っていた。彼女の病は重く、おそらくは助かる見込みはなかった。来るべき死を前に、彼女は準備をしていた」

　EDはまた、仮面を指先でこつこつと叩き始めた。

「僕は、レーゼさんの通信にはっきりと答えました――サハレーン・スキラスタスはこの事件の犯人ではない、と。そうです、真犯人は別にいる。それは――」

　彼は肩をすくめた。

「夜壬琥姫――彼女自身です。はっきり言って、この事件はただの自殺なんです」

3.

シャワーの飛沫《しぶき》が、船室に用意されている浴室の床で跳ね散る。

ヒースロゥ・クリストフはその噴射の中に身を晒《さら》していた。彼の鍛え上げられた硬くて柔軟な肉体は、水をぴちぴちと細かい粒子《りゅうし》にして弾き返す。

「…………」

彼の、先ほどの海面への突入によって潮で汚れた身体から塩分が流れ落ちていく。このシャワーを奨《すす》めたのは彼が警護しているレーゼ・リスカッセ本人だった。

「ヒースロゥ、とりあえず服を着替えてシャワーでも浴びて下さい。守ってくださるのは嬉しいですが、濡れたままだと風邪を引きますよ」

大海蟲との死闘の後、すぐに海賊幹部を集めた会議に入ったのでその暇がなかったのだ。それに別に、彼としては身体が汚れていようがなんだろうが、レーゼを警護するのが第一目的なのでどうでもいい。

しかし、とりあえず現状ではレーゼが危険に晒される心配もなく、磯《いそ》臭い身体で彼女の側に居続けるのもなんなので、やむなく風呂を使うことにしたのである。もちろんすぐに出て、彼女の所に戻るつもりだ。

その手が蛇口を閉めようとしたとき、ぴくっ、とその眉がかすかに寄る。

「…………」

厳しい表情になっている。その顔のまま、彼は後ろを向いた。

「——何の用だ？」

鋭い声で問いかける、その視線の先にはインガ・ムガンドゥ三世が立っていた。相変わらず供の者はいない。ひとりきりだ。

「いや、用というほどのことでもないんですが」

彼の後ろの、浴室の壁が開いて通路になっている。隠し扉だ。緊急時に逃げるためのものか、あるいは中に入っている者を暗殺するためのものだろう。

「あなたにご覧に入れたいものがありましてね、風の騎士。ご招待にうかがったというわけです」

「それは、リスカッセ大尉には見せたくないものか？」

クリストフの声には殺気がこもっている。一片の隙もない戦士の気配だ。たとえ剣がなくとも、この男を相手に戦うのは賢明ではないと誰しも納得せざるを得ない迫力に満ちていた。

三世は微笑んで、

「そういうことです」

とうなずいた。

海賊島の下層区画には、結界によって塞がれた無数の立入禁止区域がある。構成員は担当する部署を細かく分けられており、それを越えて他の区画に入ることは基本的にできない。仕事によって支給される呪符はすべて別々で、通行可能な結界と通れない結界が明確に分けられている。

しかし、三世は当然の事ながら、まったく意に介さずにすべての結界を平然と通過していく。

クリストフはその三世のすぐ後ろをついていく。前の者が結界を破ったその瞬間にすかさずくぐり抜けてしまうのだ。しかし結界が正常に張られていても、彼を止めることはおそらくできないだろう。壁を破ってしまうに違いない。

「――誰もいないな」

クリストフがぽつりと言った。

「仕事をサボられているんじゃないのか」

三世は、ははっ、と笑って、

「今は休み時間ですよ」

とさらりとした口調で言った。

「海賊の癖に、雇用条件に気を配っているわけだ」

「こき使えばいいというものでもありませんからね」

二人は静まり返った、真っ白な回廊の中を並んで歩いていく。

そして三世がふいに、何もない壁に指を伸ばすと、その途端にその壁が消失して、下に延びる階段の入り口が現れた。

「仕掛けだらけだな」

クリストフがさすがに苦笑したのは、開くまでそこに扉の形跡がまったくなかったからだ。いつもここを通っている者たちも、まさかそこにそんなものがあるとは夢にも思っていまい。

「さあ、どうぞ——今までここに他の者を入れたことはありません」

二人は闇の中に降りていく。

「どこに向かっているんだ？」

「あなたも噂ぐらいは聞いたことがありませんかね——海賊島の〝子供部屋〟のことを」

悪戯っぽく言われて、クリストフの眉が寄る。

「〝子供部屋〟と言えば、確かあんたが子供の頃、暗殺を避けるために閉じこめられていたという例の奴か？　実在していたのか」

「そうです。もっとも私自身は外で、下っ端連中に紛れて労働ばかりしていましたから、住んだことは一度もありませんがね」

「昔から今と同じようなことをしていたわけだ」

「ええ——そうです。ほんとうに、昔からそんなことばかりやっている」

三世の意味ありげな言い方に「？」とクリストフは少し訝しむ。

しかし三世は構わず、先に立って下に降りていく。

やがて二人は、扉の前に辿り着いた。

「さて――これは、とりあえず禁断の扉ということになっています。一応訊きますが、海賊島の深奥に関わる覚悟がおありですか？　その気がないなら、ここで帰ってもらってもかまいませんよ」

三世はおどけた感じで両手を広げてみせた。クリストフは即答する。

「愚問だな。俺がこの海賊島に何をしに来たのか知っているだろう」

「リスカッセさんの警護――つまり、海賊島周辺の危険要素はすべて把握《はあく》しておく必要がある、ですか？　いや、頼もしい騎士ですね」

三世は、それ以上さして勿体《もったい》ぶる様子もなく、簡単に扉を開けた。

室内には薄暗い照明がぼんやりと灯っていた。

「子供部屋にしては陰気だな――」

などと言いつつ、入ろうとしたクリストフの足が途中でびくっ、と停まる。

「――なんだ、それは？」

彼の眼は、室内の中央に設置された台の上に釘付けになっていた。

そこには異様なものが置かれていた。

妙にくしゃくしゃと丸まった、紫色をした無数の線が全体を、うねうねと蠢きながら這い回っている物体で、しかしそれはよくよく見れば……

「それ、とは人聞きの悪い——これでも一応、人間ですよ」

……膝を折り曲げて胸にぴったりと押し当てるようにして身体を丸めている人体なのだった。すぐに人に見えなかったのは頭がどこにあるのか不明だったからだ。頭部は胴と膝の間に、すとん、と落ちるようにして塡《はま》っていた。首と腰の関節が外れていなければ、こんなに見事に丸くはならない。両腕と思われる部分は、球体化した身体からだらりと紐のように垂れ下がっていた。

しかも、その肉体はかすかに、膨張したり収縮したりしていた。生きているのだ。

「…………」

さすがの風の騎士も、このようなものを他で見たことがなかった。しかも彼でさえ、目に入るまでその気配がまったく感じ取れなかった。まさかこれは——

「印象迷彩で、気配が消されているのか——」

「そうです。しかもそれだけではない。数々の防御呪文が幾重にも掛けられている。後には最強と言われた魔導師ニーガスアンガーの、初期の作ですよ」

「…………」

クリストフは言葉を失っていた。彼がこれまで聞いてきた海賊島にちなんだ色々な噂や伝説があれこれと頭の中で駆けめぐっていた。

そして、納得の嘆息が漏れた。

「そうか——そういうことだったのか……」

今、この子供部屋にいる主は――この彼こそが……

「――ソキマ・ジェスタルスの始祖、インガ・ムガンドゥ一世なのか……」

突然にこの世から姿を消したと言われていた、闇の大物は暗殺されたわけでも病死したわけでもなかった――ここで、異様な姿となりながらも、ずっと生きていたのだった。

三世が絶句しているクリストフに説明を始める。

「そう――ニーソン・ムガンドゥ二世は、別に主人を殺して組織を乗っ取ったわけではなかったのだ。彼はいわばムガンドゥの〝犬〟だった。忠実なるしもべだったのだ。彼は、絶対なる防御紋章をその身に刻み込ませようとして失敗した一世を、ずっと守り続けた。こうして――」

彼は両手を大きく広げて、四方八方を示した。

「こんな〝海賊島〟などというものまで創り上げて、その中に一世をかくまったりすることさえしたのだ」

「……！」

びくっ、とクリストフは顔を上げ、室内を――その壁の向こうに広がる船そのものに目をやった。

「そうだ、本当のここはカジノではない。世界の中で確固たる地位を組織に与えるための拠点でもない――ただひとりの男を保護するためにだけ創られ、それを隠すためだけに、他のありとあらゆる噂やら伝説やらが利用されたが、実際は――ただの子供部屋だ」

三世は皮肉っぽい微笑みを浮かべながら言った。

「…………」

クリストフはその〝一世〟にあらためて目を移した。

身体はかすかに蠢いているが――呼吸しているのかどうかもよくわからない。身体中でうねっている紫の筋は、防御呪文の紋章だろうが、形や太さが一定ではない。不安定で、それ自体が生き物であるかのように揺れ続けている。

三世がそれに手を伸ばしていくと、触れるか触れないかというところでぱちちっ、と激しい火花が散った。

呪文が作動している――近づく者を自動的に攻撃するようになっているのだ。しかしあまりにその効果がありすぎて、本体そのものにまで喰い込んでしまっている。生体活動とは、ある意味で破壊と再生の繰り返しだ。その破壊だけを排除しようとして、結果として再生機能の方にまで異常が生じて、取り返しのつかないことになっていた。

「成れの果て、だ――あらゆるものと戦おうとして犯罪組織をつくり、海軍を乗っ取り海賊となり、世界で最も偉大な者になろうとした男の、不屈の闘志がこのような形で結実しているわけだ」

三世は防御呪文が作動するかしないかのギリギリの所を、撫でるようにして指先でなぞっていく。

「彼に――意識はあるのか？」

クリストフは訊ねた。

「さあ、確かめてみたことはないな。しかし食事も必要ないし排泄《はいせつ》も一切ない。呼吸もしていないらしい。しかし——死なない。ひょっとしたら永遠にこのままの姿で生き続けるのかも知れない」

「治療しないのか？」

「できないんだよ——なにしろ、とんでもなく強力な防御呪文なんでね、他のあらゆる魔法を弾いてしまうんだ。そういう努力は二世がさんざんやったらしい。これを掛けた二ーガスアンガー本人ですら解除できなかった」

三世は肩をすくめた。

「…………」

クリストフは顔を上げた。

そして、三世の方を向く。

「——何故、俺に教えた……？」

当然の疑問を口にする。そう、これは海賊島の根幹に関わる問題だ。なにしろムガンドゥ一世がまだ生きていることが世界に知られたら——それはソキマ・ジェスタルスの正当な支配者が誰なのか混乱を招くことになり、そこにつけ込んだ敵対組織の群が一斉に攻撃してくるのは火を見るより明らかである。

「おやおや——何もかもを知っておく必要があるんじゃなかったんですか？」

ふざけたような三世の態度にも、クリストフは鋭い視線を外さない。

「…………」

だが、三世の方は穏やかとすらいえる表情を崩さない。そして、唐突に話を変える。

「――あの仮面の戦地調停士は、随分と君を買っているようですが、彼は君を世界の王にでもするつもりなんでしょうかね？」

「……なんのことだ？」

風の騎士は三世の発言にやや戸惑った。そこに三世は言葉を重ねる。

「私は、七海連合の戦地調停士に以前から注目している……いや、はっきりと危険視していると言ってもいい。その中でも、フィルファスラートの双子と、あの仮面の男は要注意人物として認識している。その彼が――おそらく君にだけは、なんというか――信頼を寄せている」

「…………」

「君にはそういうところがある――どんなに歪んだ精神の持ち主でも、つい納得させられるというか、君自身が何も言わなくとも、君の意志に説得されてしまって、何か心の奥底に沈めたはずのものを思い出してしまうというか、な――君になら、安心して託せるというものだ」

「託す？」

「そう――この私の身に何かあったときは、君に〝これ〟の始末を頼みたい」

三世はそう言って〝一世〟を示してみせた。

「……なんだと？」

クリストフの表情がさらに厳しいものになる。

「貴様——何をする気だ？」

「————」

この問いに三世は応えず、別のことを言った。

「この〝一世〟を持ち出して見せれば、ソキマ・ジェスタルスの支配権はあっという間に君の手に落ちるだろう。後は好きにするがいい。君が良しと思うなら、仮面の戦地調停士に任せてみるのもいい——」

「——おい！」

クリストフは詰め寄って、三世の肩を少し乱暴に摑んだ。

しかし三世は、別に払いのけるわけでもなく、おだやかな表情のまま風の騎士の手を見て、そして瞳を見つめ返す。

そんな彼に、こちらは苛立ちを隠そうともしないクリストフが、

「何を考えているんだ……？」

と鋭く訊いた。

「そうですね——少なくとも、リスカッセさんを困らせるようなことはしませんよ？」

また、悪戯っぽい口調で言われる。

「…………」

クリストフが言葉に詰まると、三世はくすくす笑い出した。

「彼女は素晴らしいですね——あんなに聡明で魅力的な女性には他に会ったことがありませんよ。あなたはどうですか？」

「……なんの話だ？」

「いや——もしかすると、あなたは彼女を女王にでもする気なのか、と思いましてね。見事な騎士ぶりですから——」

どこか当てこするような物言いだった。

（…………）

クリストフはこの男が何を考えているのか、理解できなかったが——しかしひとつだけはっきりしていることがあった。

（こいつは——決して他人の言いなりになったり、いいように操られたりしない奴だ）

その認識が、ふいに揺るぎない確信となって風の騎士の心に刻み込まれたのは、このときのことだった。

4.

「夜壬琥姫が何を考えていたのか——それを我々は想像するしかない」

EDは静かな口調で、わたしカシアス・モローにその解説を続けている。

「ただ——彼女には不屈の魂とでも言うべき、強烈な自我があったのは間違いない。彼女はすべてが気に食わなかったのでしょう。自分の病はもとより、それが〝可哀想なこと〟で人から同情されることにも耐えられなかったに違いない。病気のことを誰にも言わなかったのは、言えなかったというよりは〝つまらない連中なんかには言ってやるものか〟という怒りの方が大きかったような気がしますね」

「……………」

「さて——その彼女は運命に対抗する手段として、病に殺されるぐらいならと自ら死を選ぶことにしました。しかしここで問題になったのは彼女の見栄っ張りな性格だった。そのために自殺を考えたのだろうが、逆にその誇り高いところが半端な死に方を許さなかった。死んだ後で下手に身体を調べられたりするのも許せないし、いい方法はないものかと彼女は苦労していたみたいですね。落日宮の滞在中に読書を欠かさなかったと言いますが、それは何のことはない——死に方を探していたんですね」

「……………」

「彼女は、傍目からは優雅に時を過ごしていたようだが——内心ではきっと焦っていたに違いない。病状は進行していただろうし、方法は見つからないわで、あるいは彼女がこの庭園に頻繁《ひんぱん》に来ていたというのは、単なる散歩ではなく〝ああ、いっそここから身を投げてしまおうか〟という誘惑に駆られていたからかも知れません」

ＥＤは庭園の下に広がる海に視線をやる。

「しかし、ここで彼女に天啓が訪れる。いや、それは実のところ、ずっと前からこの落日宮に滞在していたのだが――なにしろ彼女は、他のあらゆることを軽蔑しきっていたから、そんな人物のことなど目に入っていなかったんですね。そうです――それはサハレーン・スキラスタスとの出会いでした」

「…………」

「彼の才能のことを知った夜壬琥姫は狂喜したことでしょう。これだ、と思ったに違いない――結晶に閉じこめられた自分のイメージは、必ずや他の人々を圧倒し、彼女の苦悩などは誰にも想像もつかなくなるに違いない、と思ったはずです。しかし――いくらスキラスタスが芸術家といっても、当時の彼は金儲けと女漁《あさ》りにうつつを抜かしている俗物に過ぎませんでしたから〝自分を結晶に閉じこめて殺してくれ〟なんて言ったところで聞くわけがない。まして夜壬琥姫としては、スキラスタスの技術にのみ興味があるのであって、彼に自分の秘密を打ち明けるなどということは論外です。そんなことをすれば、きっと彼は〝なんという可哀想な人だ。あなたの苦しみを僕が代わってあげたい〟とかなんとか、夜壬琥姫からすれば屈辱以外の何物でもない白けた科白を吐いてすべてを台無しにしかねない。彼女としては慎重に事を運ぶ必要があった。まずはスキラスタスのような男にはすぐに接近したりせず、むしろ焦《じ》らせてやることが効果的だというので――」

〝僕は隠されたあの女の真実の姿を見たいんだ〟

「――というようなことを言い出すくらいにまで、話をしつつも素っ気ない、しかし完全に拒否するほどではない態度をとり続ける。スキラスタスとしては〝あと一押しかな〟みたいなことを感じ始めたあたりで、これをひっくり返す。そう、例の夕食会での攻防ですよ。キリラーゼを待っている、ということについて、そんなものは無意味だとスキラスタスが詰め寄ったときに、彼女はこんな風に応えたそうですね――」

〝あなたにも、いずれわかることです。どんな人にも、避けることのできない運命というものが待っている、ということを〟

「――まさにその通り、彼女には避けようもない運命が迫っていた。しかしスキラスタスには無論そんなこと想像もつかない。あくまでも彼女が頑《かたく》なな態度を取っているだけだと勝手に思いこんでいる。そこで彼は得意の厚顔無恥《こうがんむち》を装った押しの強さを発揮してみせる。だいたい女性というものは強引に来られると弱いものだ、なんて決めつけている。しかし、彼はこのとき相手を間違えた。よりによって夜壬琥姫相手に〝運命とは自分で切り拓《ひら》くものです〟などとのうのうと言ってしまった――」

ＥＤはやれやれ、と両手を広げてみせた。

「このとき彼の運命は決まってしまった。〝運命〟を語らせて夜壬琥姫に敵《かな》う人間などいない。彼は皆の前でこてんぱんにされ、恥を掻かされ、夜壬琥姫に対して可愛さあまって憎さ百倍、ということになった。下準備はすべて整ったのです」

EDは少し勿体を付けるように、言葉を切った。

そしてわたしの眼を見つめるようにして、ふたたび話し出す。

「夜壬琥姫は姿を消す——そして彼女と入れ替わったキリラーゼが落日宮に姿を現す。あらかじめ仕込んでおいた手紙などで、彼は夜壬琥姫とは面会できずに足止めを食らわされる——そう、苛立っているスキラスタスの前を平然とうろついてみせるために。彼は、この餌《えさ》のついた釣り針にすぐに引っかかった。相手の正体も知らずに、彼はキリラーゼにこんなことを言いつつ、詰め寄る——」

〝おまえさんには何か特別な、ご立派なモノでもあるってのか？　そいつは一度、是非とも拝みたいものだな〟

「——こういう言葉を発したと、その場に居合わせた貴族の一人が証言してくれましたよね」

「ええ」

わたしがうなずくと、EDもうなずいた。

「お世辞にも上品とは言い難いこの科白に、このややこしい仕掛けのすべてが秘められていたのです」

ＥＤは意味ありげに言いつつ、仮面を指先でこつこつと叩き始めた。

「スキラスタス氏は自己中心的な人間だった。自分よりも優れた者はいないと自惚れきっていた。こういう人物というのは、往々にして自分が感じていることはみんなも同じように感じるはずだと考えてしまう。彼は——大変に女性が好きだったようですが、それはなんというか……」

ＥＤは呆れ果てた、というような笑みを浮かべた。

「……非常に即物的であり、はっきり言って女性のことを〝道具〟としか思っていなかった節がある。自分が使うための美しい器官だと割り切って憚《はばか》らなかった。ま、今はどうなったか知りませんがね——当時は、彼は女性とは適当におだてれば思い通りになる愚かな存在だとしか認識していなかった。彼が狩り、味わうための獲物だと。狩人にとって、最も耐え難いことはなんだと思いますか？」

「獲物に逃げられることですか？」

「いいえ、仕留める寸前に、他の者に獲物を取られることですよ」

ＥＤはしたり顔で断言した。

「スキラスタスにとって、事態はまさにそういうことになっていた。彼が落とそうとしていた夜壬琥姫は、目の前の男に横からさらわれようとしている——彼は怒り心頭に発していた。そして——彼にとってこういう経験は初めてではなかった。相手選ばず、の彼のやり方では狩人同士が重なっていることなど珍しくもなかったでしょうからね。そういうときに彼がやることは決まっていた。彼自身がやられて一番悔《くや》しいことを相手にしてやるんですよ。夜壬琥姫はどこからかそれを聞きつけていて、巧みに利用したんです」

「…………」

「それは、相手に獲物を味わわせない方法だった。彼にとって女性がどういうものであったのかを考えるとき、そのぞっとする方法の概要が想像できる——その相手の生殖器を水晶で結晶化してしまい、一時的に使用不可能にしてしまうことが、おそらくはその答えでしょう。普段ならば、適切な魔導治療を受ければ治るのでしょうね。ただし手間と時間が掛かり、せっかくのムードはぶち壊しになるのは避けられませんが」

　ＥＤは淡々と、冷静な口調で彼の推理を語り続ける。

「彼は、いつものように〝それ〟をキリラーゼに仕掛けた。接近して、悪口雑言《あっこうぞうごん》を浴びせかける振りをして、呪文を掛けた——しかしその相手は、実は夜壬琥姫本人だった。スキラスタスの狙いでは、その呪文はキリラーゼと夜壬琥姫が会って、ことに及ぼうとしたそのときに発動するようにしていたつもりなんでしょう。しかし、残念ながら——相手が夜壬琥姫だったから、彼の呪文には掛ける特定の〝箇所〟が存在していなかった。呪文は空回りし、そして別の、魔法の進行を遅らせる呪文の中に閉じこめられた。そういう呪文があるんですよ。あなたならご存じでしょう？」

〝この料理は、どのように作るのかしら?〟

〝前もって素材に呪文を掛けておくんですよ〟

〝魔法ですか。どんな呪文を使うんです?〟

〝加熱呪文の作用を遅らせる呪文ですよ。通常よりもゆっくりと燃えるようにするんです。そうすると外は柔らかいのに、呪文を掛けた中身だけいつまでも熱が加えられ続けて、焦げ目をつけることができるんです〟

〝呪文にも色々と使い道があるものですね〟

「…………」

「そういうことです——スキラスタスの呪文そのものは他に類がなく、呪符にも保存できない特殊なものでしたが、その作用を遅らせたり、規模を多少大きくしてやることはさほど難しくない——ここまで考えれば、後はもうどうでもいい話になりますね」

「……どうでもいい、ですかね?」

わたしの質問に、EDはかすかに鼻を鳴らした。

「どうでもいいでしょう——キリラーゼはこっそり部屋に戻り、夜壬琥姫に戻り、そして自分が一番美しく、見る者がそれだけで圧倒されるような姿勢をとり、そこで呪文を解放してやれば、次の瞬間には世界一の秘宝の一丁上がりという訳ですよ——まあ、ひとつだけ問題が残されていると言えば、そうですね」

EDは仮面の端を、指先でこつこつと叩き続けている。

「それは夜壬琥姫が、果たして自分一人だけでこれを全部実行できたか？　ということですね。ニトラ・リトラはキリラーゼが落日宮に来訪したときに、夜壬琥姫の部屋の扉をノックして、中から手紙をもらったりしている——ということはこのときに、中に誰かがいたということになる。夜壬琥姫に入れてもらって、こっそりと入れ替わっていた第三の人物がね。そう〝共犯者〟——この人物の協力なしではこの計画は実行不可能です。しかし、夜壬琥姫は大変に気難しい。その彼女のお眼鏡にかなった共犯者とは、いったい誰でしょう？」

「…………」

「条件は複雑だ——まず、夜壬琥姫に負けず劣らず知性のある人間でなければならない。彼女は自分の秘密を、そういう人間にしか打ち明けないでしょう。しかも彼女とごく親しい必要もある。彼女は退廃的な落日宮の中では浮いた存在だったから、その相手もどこかで周囲の無責任な貴族たちから超然としていなければならない。スキラスタスの行動にも詳しいことが望ましい――こんな人物が、果たして落日宮にいたでしょうか？」

EDは、ここでかすかに笑ってみせた。

「そんな条件に当てはまる人間は、たったひとりしか舞台には登場していませんよね。落日宮に、自分の愉しみや道楽ではなく、他の者に招待されて来ていた唯一の人間は、そうです――」

EDは鋭い視線を一点に据えて、さっきからまったく動かしていない。

わたしを見つめたまま、彼は静かにその真実を告げた。

「それはあなたですね――カシアス・モローさん」

第七章　敗北

the man
in pirate's
island

事の起源と真相を、誰も知らない。

夜壬琥姫が自分の身体の異常に気がついたのは、彼女がまだ十二歳の時だった。全身に痺《しび》れるような感覚がつきまとい、熱もないのに微熱に冒されたような気怠《けだる》さが取れないのだった。頭の芯《しん》に、いつも熱を帯びた塊のようなものが食い込んでいる。

当時の聖ハローラン公国の王室状況はかなり混乱しており、先王のスキャンダルのために軍の一部が臨時処置として王城に乗り込んできていて、これは後にはマギトネ将軍による統治実権の簒奪《さんだつ》ということにも繋がっていくのだが、夜壬琥姫はその中で半端な立場に置かれていた。先王が売春婦に産ませた王子の、その娘である彼女は一応、現公王の姪《めい》にあたる血筋ではあったが、はっきり言ってお荷物扱いを受けていた。

その彼女に得体の知れない病気が取り憑いているとなると、先王の評判の悪さも手伝って、その一族関係者全員にあらぬ偏見を生む危険がある、と彼女の保護者たちはこの病気のことを秘密にしてしまった。王家の他の者さえも知らず、彼女は事実上、見捨てられた。こっそりと診察した闇医者によれば、その症状から「呪《のろ》いや祟《たた》りの類《たぐい》である可能性も否定できない」ということだった。祖父母か両親か、その区別はつかないが、彼らに掛けられた呪いが彼女にまで巡ってきているらしいというのだ。長生きはできない――そう言われた。

ある意味で、生まれ落ちた時点で既に、夜壬琥姫は運命に見放されていた敗北者だった。

人生には何の展望もなく、周囲は自分を抑圧するだけのろくでもない建前ばかりで、救いも希望もなかった。

それなのに――いや、それ故に、というべきか――彼女は美しかった。

彼女が王室全体から見て明らかな厄介者であるにもかかわらず、王城から追放されたりしないのは、ひとえにそれだけの理由だったと言える。彼女は王室を彩る優美なアクセサリーの一つだったのだ。

だから、彼女は自らの美しさにとても自覚的だった。

それを維持し、高めることが彼女の存在意義であったとか、色々と理屈も付けられるだろうが、自分ではこう思っていた――

〝だって、他にやることがないんですもの〟

――そんな彼女でも、ごく稀にだが王城の外に出て、ひとりでさまようこともあった。王族たちがパレードなどで一度に外に出てしまった後などは、ほったらかしの彼女は誰にも咎《とが》められることなく、王城近くの街などを歩いた。大抵はマントとフードですっぽりと顔を隠していたが、その日――彼女は港を歩いていて、風がかなり強かったので、押さえているのが面倒くさくなってフードを外してしまった。

周囲には誰も見当たらなかったので、それでも良かろうと思ったのだ。

「…………」

潮風が頬をなぶる。

船が何隻か停泊していたが、そのどれもが静まり返っていて、死んだようになっていた。そのがらんとした港を、彼女はとぼとぼと歩いていった。

（……あ）

その先に、ひとつの人影が現れた。女性だ。

夜壬琥姫と同じように、誰も供を連れずに、一人きりで立っていた。

（……誰？）

その女性は海の方を、睨みつけるような鋭い視線で見つめていた。

「…………」

どうしてかはわからなかったが、夜壬琥姫はその女性から眼を離せずに、彼女を眺めていた。

やがて女性の方が、自分の横に立っている夜壬琥姫に気がついた。視線を向けてきて、そして訊ねかけてきた。

「……なに？　私になにか用かしら、綺麗なお嬢さん」

「あ、あの――」

夜壬琥姫は戸惑いつつも、訊き返してみる。

「――この海に、なにか想い出でも？」

「……どうしてそう思ったの？」

「なんだか、複雑な眼をしていたから――」

直截的に言われて、女性は少し眼を丸くした。しかしすぐに「ふふっ」と微笑んで、

「そうね――複雑でしょうね」

と優しい口調で言った。

「ここは、私の父が事業を開始したところなのよ。この港から、すべてを始めたという話――」

「事業？」

夜壬琥姫が訊くと、彼女は少し苦笑いになり、

「非合法の、犯罪活動よ――海賊を騙し討ちにして、自分がその組織を乗っ取ってしまっ

たの。当時はまだ、ここに王都が遷都されて来ていなくて、辺境の小さな港だったという話だけど——」

と、遠い眼をしながら言った。

「悪い人なんだ」

夜壬琥姫が、どこか投げやりな口調で言うと、女性はうなずいた。

「ええ、悪いわ——とてもね。父も、そして私も救いようがないくらいに、悪い——」

「いいわね。私も悪い人になりたいわ」

夜壬琥姫があまりにもあっけらかんと羨むので、女性は少し吹き出した。

「あなた、悪女になりたいの?」

「悪い人っていいわ。正しいことをしなくてすむんだもの」

夜壬琥姫はかるく頭を振った。

「悪い人になって、世界中の人間から後ろ指をさされて、それでも平気な顔をして、永久にみんなに〝ざまあみろ〟って言い続けるような、そんな死に方ができたらどんなにいいかしらね」

それはまったく屈託というもののない言葉で、夜壬琥姫がこんなにも素直な声を出すことは、他の人間を相手にしてはまず、ないことであった。

「…………」

そんな姫を、その女性は静かに見つめている。そして、囁くように言う。

「あなた——本気ね？」

このまっすぐな問いかけに、夜壬琥姫はうなずいた。

それは何の躊躇《ちゅうちょ》もない首肯だった。

「そう——だったら、ひとつだけ助言をさせてもらえるかしら？」

女性は、まるで昔の自分を見るような眼で夜壬琥姫を見つめていた。

「もし、あなたが世界中のみんなを気に入らなくて、すべてを混乱に陥れてしまいたいなら、何かをするときに——海賊に関係した場所でやることを奨めるわ」

「海賊に？　それはどこ？」

「どこにでもあるわ——海賊が直接関わっていないフリをしているところでもいい。落日宮とかいう、このあいだ開いたばかりのリゾートとかね。世界中のいたるところにそういうものはあるわ」

「そこで〝やる〟と——どうなるの？」

「あなたは、あなたのやったことではきっと終わらなくなるでしょう——その後で、あの子がもっと事態を大きく、全世界で大騒ぎになるほどのものにしてしまうはず——きっとね」

彼女は、沈んだ眼をしながら、それでも断言した。

「あなたは伝説になる。そしてあの子は——彼が何を手に入れるのかは知らないし、知りたくもないけど、それはもうあなたには関係のない話になるでしょう」

「…………」

夜壬琥姫は、この女性がどうしてこんなことを知っているのか、ということには何の興味も湧かなかった。ただ、ひとつだけはっきりしている認識があり、それだけで彼女には充分だった。

「あなたも……負けたのね」

夜壬琥姫の言葉に、女性は寂しげな微笑を浮かべ、首を横に振った。

「いいえ――私は本当の意味では戦わなかった。だから負けることもできなかったのよ。あなたは――そうならないことを祈るわ、綺麗なお嬢さん」

――事件がどこから始まっていたのか、誰もその真相と起源を知らない。

そして人々が知ろうと知るまいと、いつだって事態は、人がそれと気がついたときには、既に手遅れなのだ。

1.

遠くで、海が鳴っている。

(やはり――)

と、わたしカシアス・モローはあらためて思っていた。

この、目の前の仮面の男は容易ならぬ相手であり、出し抜くなどということは不可能だったのだな、と——。

「さて、なにか言いたいことはありますか？」

わたしを告発したＥＤは、相変わらずとぼけた調子で訊いてきた。

「責任は感じていますよ」

わたしは正直な気持ちを述べた。すっかり観念してしまっていたのだ。

「なにしろ、夜壬琥姫とスキラスタスを引き会わせたのはわたしのようなものでしたからね——スキラスタスの技術を知らなかったら、夜壬琥姫はこんなことをしようとは思いつかなかったかも知れない」

「遅かれ早かれ、程度問題だったとは思いますがね——スキラスタスは巻き込まれなかったかも知れないが、別のやり方で彼女は初志を貫徹していたでしょうよ」

ＥＤはどこか投げやりである。

「それよりも、あなたが夜壬琥姫からどのような形で話を持ちかけられたのか、そっちの方に興味がありますね」

「別に、色っぽいことは何もありませんでしたよ、残念ながら。極めて実務的に打ち合わせをしただけです。正直なところ、わたしは夜壬琥姫の秘密を聞いたときにほとんど驚かなかったもので」

「彼女ならばあり得る、としか思わなかったわけですね」

「そうです。協力して欲しいと言われて、拒む理由がどうにも見つからなかった——それが素直な感想ですよ。スキラスタスにも、わたしはあまりいい感情は持っていなかったので」

わたしは苦笑した。しかしEDは笑わなかった。

「拒む理由が見つからなかった——ですか」

彼の眼は、仮面越しにわたしの両眼を貫くように見据えている。

「危険だとは思わなかったわけですか？　自殺幇助《ほうじょ》は立派な犯罪ですよ。ばれたらどんな裁きが待っているか知れたものではない。ましてや、あなたには七海連合の幹部候補としての未来もあった——それを放棄してまで、彼女の犯罪に協力したのは何故ですか？」

「同情した——では、駄目ですかね」

そう言うと、EDはちょっ、と舌を鳴らした。

「夜壬琥姫が何を嫌っていたと言って、同情されることほど嫌悪していたものはなかったでしょう——それがわからないあなたではないはずです。安易に同情するような相手を、彼女は決して相棒には選ばない」

「…………」

その口調には決して重くはないが、逃げることを許さない強さがあった。

わたしは少し口ごもる。そして、逆に訊いてみた。

「ところで、わたしが犯人の一人だと、いつわかったんですか？　落日宮では、あなたはずっとわたしと一緒に行動していたのに、いつのまに悟られていたのか、まったくわかりませんでしたよ」

これも正直な疑問であった。ＥＤはなんということはない、というような顔をして、

「そんなものは、あなたにキリラーゼ氏の印象を訊いたときに、極めてはっきりしていましたよ」

「は？」

「僕がキリラーゼの印象を、あなたとニトラ・リトラに訊ねたときに、ニトラは〝印象がはっきりしない奴だった〟と素直な答えを返してくれましたが、覚えていますか？　あなたはそのときにこんなことを言っていました」

〝わたしもニトラさんと大差ない印象でしたよ〟

「――他の誰かならまだしも、よりによってあなたがこんな〝はっきりしない〟ことを言うのは感心しませんね。あなただったら本来〝彼は辛くて苦い、しかし甘みもある奴だった〟とか、得意の味覚になぞらえた人物評価を下さなくてはならなかった。それを避けて無難なことを答えた時点で、あなたがなにかを知っていて隠しているのは明白でした」

わたしはふたたび苦笑するしかない。

「いや――参りましたね。油断も隙もない」

するとEDはかすかに首を振って、

「でもまあ、これはあなたに対して我々が、前もって警戒心を抱いていたからこそ、気づいたことでしたがね」

「前もって――？」

「最初に言ったはずですよ。我々はあなたのことは知っている、調べておいた、とね――そもそも、我々七海連合がどうしてあなたの組織加入の審査を、ここ落日宮でやろうと言い出したのか、その理由がわかりますか？」

「…………」

「ねえモローさん――ここはソキマ・ジェスタルスの息が掛かった場所だ。少し気の利いた人なら誰でもそのことを知っている。審査される場所がここだと知って、あなたはそのときどんな気がしましたか？」

「…………」

わたしが無言でいると、EDは、

「――僕らは、いつだって手遅ればかりだ」

と、唐突によくわからないことを言う。

「気がついたときには、もう事態は僕らの周りを取り巻いていて、前提が決定されてしまっている。生まれる前から取り返しのつかないことが山積みで、過去の過ちを何度も繰り返して〝他にどうしようもなかった〟などと開き直って、さらなる未来に連なっていく過失を積み重ねていくんです」

「…………」

「あなたの過去には何がありましたか。あなたはここに来たときに、周りの貴族から出自《しゅつじ》を訊ねられたりしませんでしたか？　そのとき、あなたはどんなことを答えたんでしょうね？」

〝別に、普通の家具職人だった。もう二親とも死んだよ〟

〝祖父は辺境で戦士をやってたらしいが、若くして死んだという話だ〟

「…………」

「海賊ソキマ・ジェスタルスは、当時は辺境の小さな港で、ラ・シルドス軍を騙《だま》し討《う》ちにするところから出発したのは有名な話だ。だがその際に犠牲になったのは、何もラ・シルドス軍だけではなかった。そこを警備していた辺境警備隊の戦士も、巻き添えで死亡していることが記録には残っている。その人の名前はクノックス――そう、あなたカシアス・モローの祖父、クノックス・モローさんですね」

「…………」

無言のわたしに、ＥＤは静かな口調で続ける。

「誰も覚えていない――当の海賊たちでさえ、自分たちの仕事に忙しくてそんな些細《ささい》な殺人のことなど忘れてしまった。しかし、あなたの家族にとって話は別だ。取り返しのつかない、極めて重大な問題です。あなたにとって海賊は、明らかに、そう――〝仇敵《きゅうてき》〟と言っていい。その海賊の勢力下にある、ここ落日宮であなたがどんな反応を見せるか――我々が知りたかったのは、実にそのことだったのですよ」

ＥＤはわたしをまっすぐに見つめている。

「――」

わたしも、彼を見つめ返す。

「あらためて訊きます――あなたはどうして、夜壬琥姫に協力しようと思ったんですか」

ＥＤの抑揚のない、容赦のない質問がわたしに向けられる。

「今回の事件で、海賊島は大変な事態に陥っている――今後の、組織の存続さえ危うい状態です。その原因がなんなのか、我々としては知っておく必要がある。夜壬琥姫は目的を果たしてしまった――残っているのは今や、あなただけだ。あなたの目的は何ですか？」

「…………」

わたしはＥＤから眼を逸《そ》らせない。わたしはそのとき、本能的に、彼が仮面を着けている理由を知ったような気がした。

仮面がなかったら、おそらく彼は――この世の誰ひとりとして赦《ゆる》す気になれないのではないだろうか――。

「…………」

わたしはポケットに手を入れて、そして中からひとつの小さなオブジェを取り出した。

それはきらきらと光る、水晶で作られた一角獣の彫刻だった。

「――それは？」

EDが訊いてきたので、わたしは答えた。

「スキラスタスがわたしにくれた物です。夜壬琥姫を口説き落とすのを手伝う、その報酬としてね」

「ほう――それを彼が作ったのはいつなんですか？」

その質問の内容から、わたしはEDの頭の回転の速さに、あらためて感心しながら答える。

「そうですね――例の事件が起きる一週間ほど前のことでしたよ。そして……彼が夜壬琥姫を芸術に変えてしまう前に作った、最後の作品ということになります」

わたしは指先で、そのささやかな彫刻を弄《いじ》り回した。

「夜壬琥姫の水晶は、世界最大の秘宝になりましたが……凄すぎて値段が付けられない。しかし、その寸前の作品となれば――」

「大変な付加価値《プレミア》がつきますね。いつ作られたとか、その辺は残留している呪文を分析すれば簡単に証明できますしね」

EDはうなずいて、

「目的は——金銭《かね》ですか？」

とずばり訊いてきた。わたしもうなずく。

「いちおう商人ですからね——市場価値に関することは、常に気を配っていますよ。復讐も考えないでもなかったが——海賊島があそこまで深入りしてくるとは思っていなかったので、かえって面食らいました」

スキラスタスがすぐに捕まり、キリラーゼに呪文を掛けたと白状して、共犯者のことはうやむやの内に決着《けり》が付く、と思っていたのだが。

「海賊たちをちょっと困らせてやるのもいいか、ぐらいの気持ちで、本気じゃあなかった——結局わたしは俗物ですよ。復讐の鬼にもならず、夜壬琥姫のように世界と自分に対する執念もない」

やや自嘲しながら、わたしは言った。

ところがEDは、そんなわたしに向かって厳粛な顔をしてうなずきかけてきた。

「だからこそ、いいんですよ」

「は？」

わたしがきょとんとすると、EDは静かに語りかけてきた。

「モローさん——あなたは冷静だ。あなたは今回の事件の、すべてのことに関係を持ち、その中には個人的な事情さえあった——にもかかわらず、あなたはどれからも微妙に距離を置いて、といって無関心でもなく、自分の立場と利益を見定めて行動していた——これはなかなかにできることではありません。大抵の場合は、どこかで力が入りすぎたり、些細な事にこだわりすぎたりして、全体を見失うんです。これではとても、対立する二つの勢力の間に立って、どちらの味方にも敵にもならずに争いを鎮《しず》めることなど、できはしない」

ＥＤは肩をすくめてみせ、そしてわたしに微笑みかけてきた。

「そのような欠点がないことを、あなたは証明してみせたのです。そして最後に自分にとって都合の良くない真実を突きつけられても、まったく動じることなくそれを受け入れた。——これで、あなたの審査は完了しました。おめでとう」

そして彼は、わたしに向かって握手を求めてきた。

「あなたはたった今、七海連合に所属する特殊戦略軍師、二十四人めの〈戦地調停士〉として認定されました」

きっぱりと、なんの韜晦《とうかい》もないまっすぐな口調で仮面の男は言った。

「…………」

わたしはさすがに絶句し、そしておずおずと手を握り返してから、つい訊いてしまう。

「——いいんですか？　わたしは、一応は犯罪者ということになると思いますが」

「罪を犯していない人間など、この世にはいません」

ＥＤはさらりと言った。

「問題なのは自分でそれを知っているかいないか、ということですよ」

「し、しかし――いや、これからどうするんですか？」

「どうもしませんよ。事態はもうこの落日宮から離れている。今さら僕らができることは何もない」

ＥＤは醒めた調子で首を振った。

「まあ、後で帝国軍には裏の方からキリラーゼ氏がこの世に存在しないということを教えてやるぐらいです。それでその後の遺恨は多少なりとも消えてくれるでしょう」

「…………」

わたしは、自分が足を踏み入れてしまった世界のことを思った。

それは甘さがどこにもない、突き刺してくるように辛い岩塩が地表を覆いつくしているような、何の希望も持てない身も蓋もない現実主義だけが支配する荒野なのだな、と――。

「…………」

わたしが黙り込んでいると、ＥＤはかすかに頭を振って、

「まあ――正しくは、これ以上我々が手を出すのは危険なんですよ」

と言った。

「え？」

「いや――モローさん、あなたが本気で復讐を考えていなくて、ほんとうに良かった。もしあなたが直接に海賊たちをどうこうしてやろうなどと企んでいたら、あなたのみなら

ず、七海連合自体が危機に陥るところでしたよ」

「……どういう意味ですか？」

わたしの問いかけに、ＥＤは直接は答えなかった。

代わりに独り言のように、ぼそりと呟いた。

「あれは、恐ろしい男です」

「――誰ですって？　何のことです？」

わたしが訊いてもＥＤは答えず、ひとりで喋り続ける。

「彼から見たら、今回のことはまったく予想不能の偶発的な事態のはずなのに――いや、自分でも予測できない偶発的な事態だからこそ、それを待っていた――」

ＥＤの眼が、ふたたび海の方に向けられた。

「予測などつくはずがない――モローさんを落日宮に呼んだのは七海連合だ。夜壬琥姫も、スキラスタスだって自分の意志でここに滞在していた。誰が集めたわけでもない――しかし結果として、それは海賊島に世界中の注目を集める事態に発展した。すべては偶然の集積に過ぎない――場所が落日宮であることさえも偶然なのだから。――しかし」

ＥＤの仮面が海からの照り返しを受けて、鋭く反射した。

「落日宮のような〝火種〟を抱えた者たちばかりが集《つど》うように作られた場所を世界中に持っていれば、話は別だ。偶然は必然になり、予測不能が計算の内になる――」

その声には、苦々しい響きが籠もっていた。まるで博打でひどい大損をしてしまった破産者のような態度だった。

「彼が何を待っていたのか？　そんなもののことは考えたくもないが――僕たちはこれから、否応なしにそいつを見物させられることになるでしょう――」

2.

「――リスカッセ大尉！　た、大変です！」

部屋を激しくノックする音と、そのゲオルソンの悲鳴のような声は同時に響いてきた。

服を着たままベッドに横になっていた私は飛び起き、横に控えていたヒースロゥが「何事だ？」と鋭い声で問いただした。

「ふ、船が――！」

意味不明の、しかし切迫感に満ち満ちた声に、私とヒースロゥは顔を見合わせ、そして大急ぎで部屋の外に飛び出す。

「何があったんですか⁉」

「と、とにかく来てください……！」

彼に連れられて、私たちは船内を早足で進み出した。

そして通路を一つ越えたところで、大騒ぎになっている所に出くわした。

回廊中に人がごった返している。海賊島に滞在中に帝国軍に包囲されたため逃げられれず、これまで居室に閉じこめられるようにして待機していた客たちが一斉に外に出てきていたのだ。

「もうすぐ帝国軍が攻めてくるって……!?」

「今の内に逃げるんだ!」

「ど、どけ! どいてくれ! そこをどけって言ってるんだよ畜生!」

「金! 金なら払う! 私を外に——!」

——口々に喚きながら、押し合いへし合い、すっかりパニックになっていた。

「な、なんですかあれは……?」

私は半ば啞然としてその様子を見ていたが、ゲオルソンはそれどころではないという顔で、

「全居室の鍵がいきなり開いたらしいんです。それで中の奴等が出てきてしまったんですよ。しかし今はそんなこと、どうということはありません。問題は——」

と言いながらも、彼は足を停めようとせずにどんどん先に行ってしまう。

仕方なく私とヒースロゥも彼の後を追う。

やがて私たちは、甲板上にまで出てしまった。

そこも大混乱になっていた。その人混みの中を掻き分け掻き分け、私たちは船と船を接続している連結部の所までやってきた。

それは七隻の内、最西端に位置する〈ハイパスダリカ〉という船に繋がる部分で起こっ

ていた。

〈ハイパスダリカ〉は元は砲撃戦用の重装艦であり、収容人数はそんなに多くない。端に繋げてあるのは、外観がとにかくごついので、まず海賊島にやってきた人々がそれを見て、迫力を感じてくれるからという理由だろう。

その多くない収容人員の、そのすべてがどうやら他の船になだれ込んできているらしい。混乱はそのせいだった。

「…………！」

そして、その空っぽになった連結部の向こう側に、二人の男がいた。

一人はサハレーン・スキラスタスだ。彼はやはり、ぼんやりとした視線を空中にさまよわせている。甲板の上にへたりこんで、襟首をもう一人の男に摑まれている。

そのもうひとりは――彼が、〈ハイパスダリカ〉の人々を全員追い出してしまったのは間違いなかった。

「――ムガンドゥ三世！」

私は、その彼に向かって叫んだ。

「何をしているんですか、あなたは⁉」

私は連結部を通り抜けようとした。しかし見えない結界が張られていて、どうしても通ることができない。

「ああ――リスカッセさん」

三世は穏やかな表情で、私の方を向いた。

「ちょうど良かった、あなたには訊きたいことがあったのでね」

とぼけた口調で言われる。しかし私の方はそんなに落ち着いてはいられない。

「どうして皆を移したんですか？」

しかし、この問いに彼はにこにこ笑うだけで答えない。

「ねえ、リスカッセさん——私にはずっと疑問に思っていることがあるんですよ」

全然関係のない話を、一方的に始める。私は苛ついた。

「質問に答えてください！　あなたは何をする気なんですか⁉」

大声で怒鳴ってみても、彼の表情は変わらない。

「そいつは父の——ニーソン・ムガンドゥ二世の話なんですがね」

そう言われて、私を含めて近くにいる者たちが一斉に、うっ、と押し黙る。

そう、ムガンドゥ一族は常に、先代の者を暗殺して地位を簒奪し続けているのではないかという伝説があるのだ。

そんな私たちの動揺を見抜いているらしい三世は、

「まあ、彼は私が殺したわけではなかったのだが」

と、とんでもないことを前置きした。絶句するしかない私たちに、彼は続ける。

「しかし見捨てたことも、また事実だ。彼が死にそうになっていたときに、私は別のことを部下に命じていましたからね。彼を助けることを捨て、組織を安定させることの方を優先させた——それも、死んでいく彼の目の前でね。正直に言って、全然悪いとは思わなかった」

淡々とした口調であり、そこには何らかの感情を見出すことはできない。

「だが、私がその彼に〝最期に何か言うことはあるか？〟と訊いたら、どういうわけか彼は何も言わずに、なんだか笑ったように見えたんだ——その沈黙の意味が、私にはどうしても理解できなくてね」

彼はスキラスタスの襟首を摑んだまま、やれやれと首を振った。

「…………」

私は彼の真意を測りかねて、押し黙るしかない。

「なんで彼は笑ったのか、あなたはわかりますか、リスカッセさん」

三世は私にまっすぐな視線を向けながら訊いてきた。

「……えーと」

私は困惑する。これは一体どういうことなのだろうか？

「——何か、試しているんですか？」

思い切って訊き返した。

「え？」

三世の眼が丸くなる。

「それはどういう意味です？　私はただ、あなたに訊いているだけですが」

「だって――」

私は少し顔をしかめる。

「そんなこと、わかりきったことじゃありませんか」

私は苦々しい調子で、仕方なく答えてみる。

「あなたのお父上は――要するに、あなたが死に際に現れてくれて、ほっとしたんですよ」

「……は？」

三世が、ぽかん、とした顔になった。あの恐るべき支配力を持つ海賊頭首のそんな表情を、私はこれまで見たことがなかった。

「だから――自分はやられてしまったけど、すぐにあなたが組織を立て直してしまうのを見て安心したんです――あなたが父親の死を前にしてもまったくダメージを受けずに、冷静に事態に当たるのを確認して、その――頼もしい、と思ったんですよ。簡単なことでしょう？」

こんなこと、子供にだってわかるだろう。謎でも何でもない。

しかし三世は、私の説明を聞いて絶句してしまっている。

「………………」

顔の筋肉がぴくぴくと震えだした。そして次の瞬間、彼は身をのけぞらせて――

「――うわはははははははははははっ！」

と、大爆笑した。

「ははは っ、なんだそりゃ――なんて馬鹿馬鹿しい――わははははははははははははははははははははっ！」

全身を震わせて、ひたすらに笑い転げている。

しかし私たちには、何がおかしいのかさっぱりわからない。

「……？　？」

皆の眼が点になっている。そんな私たちを無視して、三世はひいひい呻いている。

笑いながら、彼はぱちん、と空いている方の手で、指を鳴らした。

その途端〈ハイパスダリカ〉と海賊島を繋げていた連結部が、がこん――という鈍くて重い音とともにいきなり外れてしまった。

（――!?）

そして、既に錨が上げられていた〈ハイパスダリカ〉は、海賊島から離れて、流されるように移動していってしまう。

その方角は、そう――私が提案した、例の一隻だけを帝国軍に攻撃させてわざと撃沈されるという、あの作戦で考えられた進路そのままだった。

「ち、ちょっと！」

私はあわてて、三世とスキラスタスの姿を追いかけて走る。

三世はちら、とこちらの方を見て、そしてひどくさばさばとした口調で、

「どれ――ひとつ負けてくるか」

と言った。

3.

「なあ――スキラスタス、君の野望は何だ？」

三世は、他の人間が誰もいない船上で芸術家に向かって話しかけた。

「…………」

しかしスキラスタスは答えず、ぶつぶつ呟き続けている。

三世はそんなスキラスタスをずるずると引きずって、やがて〈ハイパスダリカ〉の艦首にまでやってきた。

眼前には、大海原が広がっている。

その水平線に、ぽつんぽつんと見える点は、ダイキ帝国軍の戦艦の群だ。

船はそれらに向かって一直線に進んでいく。誰も舵を取っていないにもかかわらず、船はどうやら三世の意志で自由自在に操れるようだ。

帝国軍の戦艦は〈ハイパスダリカ〉の接近に反応して動き始めた。

しかし、それはただの迎撃態勢ではなかった。通常の陣形から大きく形を崩し、上空から見おろしたら、その配列が一つの巨大な魔法陣になるような――そう、それは島一つを蒸発させてしまう戦略兵器〝多重怨恨砲〟の攻撃態勢だった。

帝国軍はなんの躊躇もなく、最大最強の攻撃で〈ハイパスダリカ〉を一撃のもとに粉砕してしまおうというつもりなのだった。

戦艦のひとつひとつから、光が放たれて、中央に位置している旗艦に収束していく。光はどんどん集まってきて、強くなっていく。

しかしそれを見ても、三世の表情は穏やかなまま変わらない。

「君は世界でもっとも素晴らしい芸術を創ったらしいが――それが君の野望だったのかな」

静かな声で、自分の後ろにへたりこんでいる男に訊ねている。

「……わ、私は――」

スキラスタスは震える声を出した。

「私は……怖い」

「何が怖いんだね」

「……怖いことが、怖い――なんで自分が怖いのか、それが把握できないことが、何よりも――私は、怖いということを――我がものにしたいんだ……！」

ぶつぶつと、聞き取りにくい声だったが、スキラスタスは断定するようにそう言った。

三世はうなずいて、

「なるほど——立派な野望だな」

と言った。これにスキラスタスは顔を上げて三世を見た。そして、ぼそぼそと訊ねる。

「——あ、あんたは？　あんたの野望は……なんなんだ？」

「私か？　私は——」

話している二人の前方では、帝国軍の旗艦に収束していた光が一際大きく強く輝いたかと思うと、一転してその輝きが暗黒の、闇の塊に変貌した。

周囲の光をすべて吸い取ってしまうような、巨大な漆黒《しっこく》の球体が現れた。これこそが〝多重怨恨砲〟が最大出力で調整されているときにのみこの世に出現する〝無明弾頭《むみょうだんとう》〟だった。

巨大な弾頭は、ゆっくりと旗艦から離れて、宙に浮かび上がっていく。

それを見つめながら、三世は言葉を続けた。

「私は——いや、僕は」

少年のような表情になって、彼はぽつりと囁くように言う。

「僕が、なにものなのか知りたいんだよ——」

その瞬間、無明弾頭が解き放たれて、恐るべき暗黒の質量を伴って迫ってきた。

闇の大怪球は一瞬で〈ハイパスダリカ〉に到達し、直撃する。

闇が弾けて、閃光が千切れるように乱舞する。海が衝撃で割れ、竜巻のように躍り上がる。あまりの轟音のため、すべての音が吹き飛ばされて何も聞こえない。

＊

「――直撃です！　確認しました！」

副官が、ダイキ帝国軍のヒビラニ将軍に興奮した声で報告してきた。

「よし――蒸発して欠片《かけら》も残さずに、綺麗に消し飛んだな」

ヒビラニは深くうなずいた。

「なんのつもりで一隻だけノコノコと出てきたか知らんが――ちょうど良かった。偉大なる我が軍の威力を世界中に思い知らせる、格好の標的になってくれたからな」

ヒビラニは唇の端に満足げな笑みを浮かべていた。

彼の前には戦場の様子を投影している幻影が浮かび上がっている。

「ちゃんと周辺状況を記録しておけよ。無明弾頭で攻撃することなど滅多にない――貴重な資料となるのだからな」

「はい。進行中です」

幻影の中心では、凄まじい爆発の余波がなかなか消えない。周辺に霧のようなものが立ちこめて、何も見えなかった。

そして――それらが終了したその中から、一つのシルエットが浮かび上がる。

それを見て、ダイキ帝国軍の軍人たちは一斉にぎょっと眼を剝いた。

「――なんだと⁉」

それは〈ハイパスダリカ〉だった。

「そ、そんな馬鹿な！」

ヒビラニは絶叫しながら席を蹴って立ち上がっていた。

「ど、どういうことだ⁉」

「わ、わかりません――確かに直撃したんです！」

部下の声も悲鳴のようになっている。

そして眼を凝らしてそれを注視して、彼らは再び一斉に、言葉を失った。

戦艦は、無傷ではなかった――その艦首部分が完全に溶け落ちて消失していた。だが、そのすぐ後ろにひとつの影が立っていた。

「あ、あれは……」

その影から後ろには、攻撃がまったく届いていなかった。そこですべてが止められて、完璧なまでに――防御されていた。

＊

「――ふっ」

インガ・ムガンドゥ三世は、消失してしまった艦首部分に眼を落としながら、自分の胸に付いた塵を払いのけた。彼が着ていた服の、焼け焦げた破片であった。

その下には全身に、魔法紋章の刺青がびっしりと刻まれている。

「無明弾頭にも通用するとはな――さすがだな、ニーガスアンガー……いい仕事だ」

彼は何事もなかったように呟くと、かるく手を振った。それと同調して〈ハイパスダリカ〉が退却を始める。攻撃を受けて、そのまま退いてしまう――レーゼ・リスカッセが提案したとおりの行動だった。

彼の背後では、スキラスタスが絶句している。三世の真後ろに位置していた彼は、まったくの無傷である。

「…………」

茫然としていて、唇の端が震えている。そこに三世が悪戯っぽく、

「どうかね〝怖い〟ということを、把握できたかな?」

と訊いたが、返事をするだけの余裕は、その芸術家に残されていなかった。

*

「…………」

海賊島に残っていた私たちには、もう言葉がなかった。

艦首が溶け落ちた〈ハイパスダリカ〉が戻ってくる。だが誰も、それを歓声で出迎えたりはしない。沈黙と、そして途方もない畏怖《いふ》の念を以て、その帰還を受け入れるしかない。

「――ふん」

私の横に立っているヒースロゥだけが、呆れたような渋い表情をしている。

「たかが〝自己紹介〟ひとつするだけのことに、ずいぶんと手間を掛けるものだな――」

どこか馬鹿にしたような口調でさえあるが、こんなことを言えるのは世界広しといえども風の騎士だけだろう。

そう、世界が今の光景を目撃した――だがその世界は果たしてこの事実をどう受けとめることになるのか、私には想像もつかない。

「――やあ、リスカッセさん」

三世が私の姿を認めて〈ハイパスダリカ〉の甲板上から手を振ってきた。

仕方なく、私もごく小さな動作で振り返す。すると彼は笑顔を見せて、

「おっしゃる通りにしましたがね――これからどうしましょうか？」

と、ふざけたような口調で訊いてきた。あまりにとんでもなさすぎて、私としてはもう驚いたり絶句したりするのにも疲れていたので、

「そうですね――とりあえず、服をお召しになったらどうですか？」

と彼を指差して、軽い投げやりな口調で言ってやった。

全身の防御紋章がむき出しになった彼の格好は、ありていに言って、一糸まとわぬあられもない姿だったのだ。

「——あ、これは失礼」

意外なことに、海賊島の頭首はひどく赤面した。

"the man in pirate's island" closed.

あとがき――勝利と敗北の間で

私は、別になんでもない普通の人から「自分は過去に一度も敗北というものをしたことがない」と言われて茫然《ぼうぜん》としたことがあるが、しかしどうやらこの感覚はそんなに珍しいことでもなく、ほとんどの人が「いや、そんなにひどい負けってのは経験したことがないねえ。パチンコでスッたりはするけど」などとヘラヘラしながら言うので大変困っている。何故ならば、それはどう考えても嘘であり、間違いであり、そんなことを言い出している時点でその人は確実に何かに負けているからだ。何に負けているのかというと、つまりは「勝つこと」に負けているのだ。勝ったことがないから、負けたということにさえ気づいていない。ずーっと負けっ放しであるから、勝つということに向かおうという意志もない。「勝つって言ったって、だって敵とかいないじゃん。何を倒せばいいのよ」とか言ってきょとんとするだけだ。そんなあなた、スポーツとか戦争とかに縛られ過ぎた発想はやめなさい。勝つということは別に他を負かしてその上に立ったと錯覚することではないのだ。「驕《おご》る平家は久しからず」という諺があるように、いわゆる勝者とされたものは、実はその時点で決定的なまでに負けることが確定しているのである。歴史というのはそういう連中の見本市のようなもので、ある勝利は必ず、失敗と崩壊の要因を、成功とされたそのものの中に内包しているのだ。アレキサンダー大王やチンギス・ハーンは侵略しすぎて広がりすぎた領土を維持できなかったし、ドイツの議会選挙で過半数の議席を獲得して大勝利したナチスはその最初の党派方針故に破滅へと一直線に進んだし、どこかの国は「とにかく目先に沢山の金があって、それが動いていればいいんだ」と思いこんで、あげくにツケが払えなくなって溺《おぼ》れる羽目に陥《おちい》る。そういうものだと言えばそういうものなのかも知れないが、私などはやっぱり「それのどこが勝利なんだよ」とつっこんでしまう。ほんとうの勝利というのは、後に一片の後悔も残さず、いずれ消えてしまうにせよ、なんというかその、もっとすっきりしたものではないかと思ってしまうのだ。

私はしかし、あり得ないことを語っているだけなのかも知れない。だいたい勝利とか敗北といったものはきわめて原始的な、それこそ肉食動物が草食動物を食べるといった弱肉強食の原則に基づいた、生きるか死ぬかの二者択一であって、ほんとうの勝利とかそんな悠長なことを言ってられるほど呑気《のんき》なものではないのだ――とか。そう言われると確かに、まあ私自身も過去に新人賞を取って小説家としてデビューするまではかなり大変だったわけで、勝つか負けるかであって他にないのだとかいう気持ちになったことも一度や二度や三度や四度や五度や……まあとにかく、しかし実際に多数の他の応募者たちを蹴落として〝そこ〟をくぐり抜けてしまうと、全然勝利感がなかったりもしたわけである。これでは勝ったことにはならない、というのが正直な気持ちで、なんというか、世間的に勝ち負けとか言われているようなものは全部、その先こそが問題なのだというべきものばかりのような気がしてならない。それは段階のひとつに過ぎないのであって、現実はそんな勝敗というようなささいなものには大して関係ないという——。勝っても油断するなという話でもあろうし負けても卑屈になることはないということなのかも知れないが、なんか私には「それでも勝ちたいんだよ。負けたくないんだよ」という気持ちがあるのだった。では何に勝ちたいのか、何に負けたくないのか、というとこれが漠然としていて訳がわからなくなるのだが——。

自分はもしかすると、決定的にもう敗者なのではないか、という気分もかなりある。自分だけでなく、他の皆様方、要するに人間そのものということだが、これはどうやっても完璧な幸福とか絶対の勝利というものには出会うことのできない哀しい存在なんじゃないか、とか。幸福とか勝利とかいった〝いいもの〟とされている概念は世界に一定量しかなくて、皆はそれを少しでも自分の近くに引き寄せようとして奪い合うしかないのかなあ、そうすることでしか勝利を得ることも幸福になることもないのかなあ、とかぼんやり思う。世界にある勝利の方程式は他から如何に効率的に財を奪い取るかという海賊行為のマニュアルしかなくて、他のことは全部、所詮は負け犬の遠吠えに過ぎないのかも知れない。

……とかなんとか言って、こういうことは全部、ただの甘ったれな言葉遊びのような気がしないでもない。勝ったことがないというのは逆に言えば本当に負けたこともないからなのでは、という風にも思うし。では本当の敗北というのはどんなものなのか、それはどれくらい恐ろしいことなのか——なんか知らないが、歴史というのは勝者が没落するものであると同時に、こんなに酷《ひど》い目にあったらもうおしまいだろうという敗者が平気で立ち直ってしまうことの繰り返しでもあるのだった。いったいどちらが真の勝利者なのか、それともほんとうの勝利というのはそのどちらとも関係のないところにあるのか——だったらそれをもう少し探してみるのもいいのではないかと。ねえ？　もしかすると我々はずっと、正しい勝ち方を知らなかっただけなのかも知れませんぜ。少なくとも我々がこうして生きているということは、どんなに状況がどん詰まりのようであっても、少なくとも「まだ負けていない」ということなんじゃないかと。既に何を言っているのか自分でも訳わかんなくなって来ているが、それはもしかすると勝負の行方は最後の最後までわからないということなのかも知れませんね。え？　それは勘違いだろうって？　まあどうでもいいです。私は別に、あなたに勝とうと思っているわけじゃないので。以上。

BGM "Loser" by BECK

解説——陰謀とはなにか

「どうしたレーゼ、何を泣いているんだ？」

「バーンズお祖父《じい》ちゃん、人間ってずるいよね……私はもう、何も信じられなくなったよ」

「おいおい、どうした？　学校で嫌なことでもあったか。友達と喧嘩《けんか》したのか？」

「嘘《うそ》つかれた。ひどいんだよ、みんなで約束してたのに。クラス全員で先生に意見しようって話だったのに。他に誰も来てくれなくて。私だけが先生を相手にしなきゃならなくなって」

「むう、そいつはひどいな。でもレーゼは偉いな。一人でもちゃんと決めたことをやり抜いたんだろう？　立派なことだよ」

「そんなのどうでもいいよ。先生には睨《にら》まれるし、いいことなんて全然ないよ。許せないよ。どうしてみんなは、平気で嘘ついて人を傷つけられるの？　なんで？」

「なあレーゼ、私はあくまでもおまえの味方だが、それでもおまえに嘘をついてしまったことは何度かあるぞ」

「え？　なんで？　どういう意味？」

「そしておまえも、私に嘘をついたことは何度もあるだろう。私が気づいていたものもあるだろうし、今でも嘘だと知らないままのことだってたくさんあるはずだ」

「そ、それは……でも」

「そう、悪気はない。おまえが学校でひどい嘘をつかれたこととは違う。しかし嘘は嘘で、そして世の中というのは、基本的には嘘で満ちているんだ。世界は嘘で動いていると言ってもいい。おまえも動かされたのだ」

「え？　え？　なんのこと？」

「クラスの皆は、先生に文句を言いたかった。しかし言う勇気がなかった。そこで勇気のあるおまえを利用して、自分たちは傷つくことなく、目的を果たしたんだ。彼らが嘘をつかなければ、おまえは一人では先生のところに行けなかったんだろう？」

「そ、それはそうだけど……でもずるいよ」

「ずるいのは先生たちだって同じじゃないのか？」

「うん。まったく頭にくるよ——あっ、ずるい先生に対抗するためには、みんなもずるくなっても仕方がないって言いたいの？　そんなの屁理屈《へりくつ》よ。でも——そうね、私はみんなもまっすぐに怒っていると思っていたけれど、それは違っていて、自分たちの不満を解消したいだけで、別に正しいことをしたいんじゃなかったってのは、よくわかったわ。私には見る目がなかった。難しいね、色々と」

「レーゼ、おまえは自分を裏切った友達が憎いか？」

「いや、まさか——そこまでは。あー、でも面倒でしょうね、明日から。どんな顔して会えばいいのかな。無視されたりするのかな。憂鬱《ゆううつ》だわ。お祖父ちゃんならどうする？」

「私に訊《き》くのか？　女の子の間の繊細な関係性なんか私にはわからないよ」

「でも、お祖父ちゃんは情報部の軍人でしょう？　そういう陰謀には慣れっこなんじゃないの？」

「やれやれ。おまえにかかったら国家間の駆け引きも、クラスの揉《も》め事と同レベルか。しかし、その通りだ。人間がやっていることは、大人でも子供でも大差ない。質的には変わらない。いかに自分が傷つかず、他人から利益を掠《かす》め取るか、ということに夢中になっているんだからな」

「まるで海賊みたい」

「海賊だって同じだ。無責任な吟遊詩人が、海の浪漫《ろまん》がどうとか、翻《ひるがえ》る髑髏《どくろ》の旗は自由だとか美化しているが、奪う者の栄光は奪われる者がいなければ何の成果もない。自らは何も生み出さずに、ただ平和と安定を破壊するだけだ。しかし残念ながら、世界の半分はそういう者たちで占められていて、かつ、その中の一割程度が成功者になって、残りの賊どもからも奪い取った成果を独占している。そしてその大半は、力尽くというよりも陰謀で行われているんだ」

「強い者が勝つ、弱肉強食、じゃないの？」

「それもまた、海賊的な連中が好んで使う欺瞞《ぎまん》だよ。世の中というのは結局、バランスだ。ある所では有利なことが、別の場所では不利になる。貯め込みすぎた力は重荷になり、足を引っ張る。常に状況は変化している。その中でどう動くか、昨日までの強さは明日には不要になる。それを見極めなければ」

「うーん、でもそれと陰謀って関係あるの？」

「明日の変化をいち早く見抜いたとして、おまえならどうする？」

「え？　いやふつうに準備するんじゃ駄目なの？」

「海賊はそこで、他人に準備させない、という手段を採るんだよ。自分が備えているところを知られると、他の者たちも同じようにするから、と手の内を隠すのだ。それが陰謀の本質だ。別に世界を導いたり、他人を意のままに操るといったものではないんだ。ただ、隠しているだけだ」

「うわ、ずるい。みんなに教えて協力し合った方が、絶対にもっとうまくいくのに」

「残念ながら、それが通用する状況というのはとても少ない。発展する要素があふれかえっていて、皆が豊かになるチャンスがあって、他人の足を引っ張るよりも自分が成長した方が豊かになれる、という前提がそろっている時代というのは、歴史上とても珍しいんだ。今も微妙だろう」

「でもゼロじゃないよね。少なからず社会が発展してるってことは、自力の成長をあきらめない人たちがいなければ無理でしょ？」

「うむ。そこに気づけるレーゼはやっぱり賢いな。だがその区別を明確に分けることはできないんだ。誰もが海賊的な面を持っている。奪い奪われ、その中で生きることが人間にとっては当たり前になりすぎていて、それがない世界を、誰も想像できないんだな。だから皆、陰謀に頼らざるを得ない」

「頼ってるの？」

「うむ。ほとんど依存していると言ってもいい。陰謀なしには世の中は回らないし、それで楽をしているんだ。たとえばレーゼ、おまえだって今日、みんなが来てくれると思ったから先生のところに文句を言いに行けたんだろう？　それは嘘だったが、しかしその嘘をおまえは疑わなかった。なぜだ？」

「なぜ、って――うーん」

「みんなのことを心から信じていたからか？　違うんじゃないのか。嘘だと思うことが面倒だったから、疑うと色々と考えなくてはならないことが多くて大変だから、だから安易に信じてしまった面もあるだろう。楽なんだよ、陰謀に乗っかることは。実際に先生と対面するまでは、おまえは楽をしていたんだ。だが現実は厳しくて、そこで責任を取らされることになるんだが」

「うう、悔しいけどお祖父ちゃんの言う通りだよ。私、すごく甘い考えだった。そして、それに気づかなかった。楽してたか、って訊かれると〝いいえ〟って自信を持って言えないよ」

「そして海賊はそこにつけ込むんだ。彼らは人々の楽をしたいという気持ちを利用して、自分たちに都合のいいように陰謀を操る。しかしな、レーゼ——人間には限界がある。全知全能の人間などいない。だから海賊たちだって、自分たちの陰謀がどんな風に世界を動かすのか、正確には予測できない。いい加減な計画を立てて、思いもよらぬ結果になることだって珍しくないんだ。そのほとんどは失敗に終わるんだが——まれに、本当にごくごくまれに、とんでもない成果が生まれることがある」

「なんだか宝くじが当たるみたいな話ね」

「まさしく。そういう偶然と、さっきおまえが言っていた〝自力の成長をあきらめない〟人の意志が合わさって、そうやって世界は一歩ずつ進んできたんだ。これは両輪であり、どちらが欠けても社会の未来はない」

「ううん。難しいね。えーと、要するに——楽をしたいっていう人の気持ちだって大切だから、それを無視してもロクなことにならない、ってこと?」

「おお、レーゼ——いやおまえの飲み込みの良さと言ったら。昔の私など遠く及ばないな。私なぞはハリカ姫やオースが訳のわからないことを言うたびに眼を白黒させていたのになあ。おまえはとても頭がいいな。実に素晴《すば》らしい」

「いや、お祖父ちゃんの昔の知り合いの話はいいから。それより私はこれからどうすればいいのか、そっちが問題なの」

「おお、そうだったな。おまえは陰謀にまんまとはめられて、そしていいようにされてしまった訳だが――その怒りはまだ収まっていないか？」

「そりゃあね――悔しいし、腹も立っているけど。でもそれをいつまでも気にしていても、きっと先には進めないんでしょ？」

「だろうな」

「でも、私に嘘をついた連中に私から〝気にしてないから〟って言ったところで、きっとギスギスした空気は消えないでしょうね――私が偉そうにしてる、って反感を買うだけ。うーん……ああもう、そっか。向こうが私に嘘をついたんだから、こっちも嘘をつくしかないのかもね」

「ほほう」

「明日になったら、まず――連中に謝るよ。〝勝手に一人だけで文句を言いに行って、悪かったね。つい腹が立ってて、みんなを待てなかった〟って――それを言われたら、連中だって自分たちに落ち度がない感じになるから、きっと受け入れるでしょ」

「しかし、それは嘘だな？　おまえの気持ちの真実とは違う」

「そうよ、陰謀よ。でも仕方ないわ。こんなことでクラスで揉めたくないし――ああもう忌々《いまいま》しい」

「なあレーゼ——ちょっとだけ気になっているんだが」

「なによ」

「いや、おまえ——いつもだったら、そんなことでクヨクヨするようなタマじゃないだろう。なんで今回は、そんなに周囲の空気を気にしてるんだ」

「そ、それは、別に……」

「そもそも、逃げ帰って家で一人で泣くよりも、その場で喧嘩してすっきり、というタイプだろう、おまえは。いったい何を気にしているんだ、本当は」

「な、なにって——」

「だいたい、普段は私に相談なんかしないだろう。するんだったら、学校の親しい友達にだろう。ほら、あのヒース君とやらに話さなかったのか?」

「ば、馬鹿——駄目よそんなの。絶対に彼には言っちゃ駄目なのよ。そんなことしたら——」

「ああ、そうか。彼だったら、きっとすごく怒って、おまえのためにクラス中を敵に回してでも正義を貫こうとしてしまうか。そうなったらクラスどころか、教師相手にも、学校そのものにさえ文句を言いに行って、色々と問題が大きくなるか」

「……そうよ」

「だが彼なら、そんなことは一切気にしないだろう?」

「……だから困るのよ」

「ふうむ。どうやら私があれこれ偉そうに言ったのは無意味だったな。レーゼ、おまえはもうとっくに、海賊も頭を下げるくらいに陰謀を使いこなしているじゃないか。これなら心配ないな。うん」

「………………」

BGM "Control" by Garbage

本書は二〇〇二年十二月に講談社ノベルスとして刊行されたものです。
（「解説――陰謀とはなにか」は書き下ろし）

〈著者紹介〉
上遠野浩平（かどの・こうへい）
1968年生まれ。『ブギーポップは笑わない』（電撃文庫）でデビュー。ライトノベルブームの礎を築き、以後、多くの作家に影響を与える。同シリーズはアニメ化や実写映画化など多くのメディアミックス展開を果たす（2019年1月よりTVアニメ放送開始予定）。著書に「事件」シリーズ、「しずるさん」シリーズ、「ナイトウォッチ」シリーズなど。

海《かい》賊《ぞく》島《とう》事《じ》件《けん》

the man in pirate's island

2018年12月18日　第1刷発行　　定価はカバーに表示してあります

著者……………………上《か》遠《と》野《の》浩《こう》平《へい》

発行者……………………渡瀬昌彦
発行所……………………株式会社 講談社
〒112-8001 東京都文京区音羽2-12-21
編集03-5395-3506
販売03-5395-5817
業務03-5395-3615

本文データ制作…………講談社デジタル製作
印刷……………………豊国印刷株式会社
製本……………………株式会社国宝社
カバー印刷………………慶昌堂印刷株式会社
装丁フォーマット…………ムシカゴグラフィクス
本文フォーマット…………next door design

ISBN978-4-06-513963-9　N.D.C.913　414p　15cm